Dominik Barta

TÜR AN TÜR

Roman

Paul Zsolnay Verlag

Für F.

Mit freundlicher Unterstützung der Kulturabteilung der Stadt Wien, Literatur, und des Landes Oberösterreich.

1. Auflage 2022

ISBN 978-3-552-07303-6
© 2022 Paul Zsolnay Verlag Ges.m.b.H., Wien
Satz: Nele Steinborn, Wien
Autorenfoto: © Leonhard Hilzensauer / Paul Zsolnay Verlag
Umschlag: Anzinger und Rasp, München
Motiv: Tassen, 2016 © Cornelius Völker, VG Bildkunst, Bonn, 2022
Druck und Bindung: CPI books GmbH, Leck

Printed in Germany

»Next to us the grandest laws are
continually being executed.«
Henry David Thoreau

I

Gegen acht Uhr früh zog ich ein. Die Tage zuvor hatte ich einen alten Kasten weggeschafft, die beiden Wohnräume und die Badezimmerdecke neu gestrichen und das Bett ausgetauscht. Dass die Geräusche des auf und ab fahrenden Aufzugs ständig präsent waren, wusste ich noch aus der Zeit, als die Wohnung meiner Tante gehört hatte. Das leise Surren der Fahrstuhlkabine störte mich nicht. Quietschte die eiserne Tür am Ausstieg zu laut, ölte der Hausmeister die Gelenke, und nur der luftige Schwung blieb hörbar. Meine Tante hatte dreißig Jahre lang hier gewohnt. Nach ihrer Pensionierung ging sie zurück ins Burgenland, wo sie geboren und aufgewachsen war. Es hieß, Wien war ihr unerträglich geworden.

Im Großen und Ganzen gefiel mir die Einrichtung. Nach einer Generalreinigung, die sich bis zum Abend hinzog, streckte ich auf dem Sofa unter dem Dachfenster die Beine aus. Von allen Möbelstücken meiner Tante war das Sofa das schönste. Es schien extra für die Wohnung angefertigt worden zu sein, setzte sich aus geschwungenen Kirschholzteilen zusammen und war mit einem roten Bezug bespannt. Eine erwachsene Person konnte bequem darauf liegen, wenn sie die Beine anwinkelte oder über die Lehne hängen ließ. Man blickte auf die gegenüberliegende Häuserfront. Die Septembersonne streifte die obersten Fensterbänke, die Dachschrägen, Rauchfänge und Satellitenschüsseln. Von der Laimgrubengasse wehten

Verkehrsgeräusche und Kinderstimmen herauf. Allenthalben setzte sich der Lift in Bewegung. Gegen sieben Uhr öffnete sich die Fahrstuhltür, und ich hörte, wie nebenan ein Schlüssel ins Schloss gesteckt wurde. Lautes Räuspern hallte durch den Gang. In meinem Wohn- und Essbereich waren die unbekannten Schritte erstaunlich gut zu vernehmen. Eine Tür öffnete sich, jemand ließ Wasser, hinter der Mauer rauschte eine Spülung. Wenig später schien die gesamte Wand zu pfeifen, als würde ein leiser Zug oder ein kleines Schiff die Wohnung kreuzen. Ich wusste nicht, was ich davon halten sollte. Um mich abzulenken, drehte ich das Radio auf. Zu meiner eigenen Überraschung drosselte ich die Lautstärke sofort auf ein sehr moderates Maß.

Die Innenmauern des Schlaf- und Eingangsraums sowie des Badezimmers und des Wohn- und Essbereichs schmiegten sich im rechten Winkel um den Liftschacht und die Nachbarwohnung. Das Bett stand unter dem zweiten Mansardenfenster, das ebenfalls auf die Gasse hinausging. Meine Tante war bis zuletzt mit 80 mal 200 Zentimetern Matratzenfläche zufrieden gewesen. Das Mansardenfenster stand weit offen, die Nachtluft war warm. In der angrenzenden Wohnung jaulten die Wasserrohre seltener auf. Auch die Schritte blieben aus. Den gesamten Abend über hatte ich die Hellhörigkeit der Wohnung mit Anspannung registriert. Trotz der Müdigkeit kam ich nicht zur Ruhe. Vielleicht schlief ich ein bisschen oder döste. Doch kurz nach Mitternacht fanden alle Träume ein Ende, denn von nebenan schlug bellender Husten durch die Wand. Der Husten wurde von Phasen des Räusperns und Röchelns durchbrochen.

Siebzehn Stunden nach dem Einzug war mir die Mansarde unsympathisch. Acht Jahre hatte ich täglich davon geträumt, die Mitbewohner und Mitbewohnerinnen loszuwerden. Nach acht Jahren gelang es mir endlich, eine eigene, kleine Wohnung zu mieten. Aber nun war ich wieder nicht allein. Von jenseits der Mauer schwappten die menschlichen Regungen etwas zu deutlich herüber. Mich störte nicht nur das eindringliche Geräusch der Schritte, des Pinkelns und des Räusperns. Die Vorstellung, selbst gehört zu werden, schlug sich fast noch stärker auf mein Gemüt. Ich drehte mich nach links. Das Bett knarrte. Ich holte mir im Badezimmer ein Glas Wasser. Der Parkettboden klapperte. Ich lauschte dem schrecklichen Husten, und mir graute bei dem Gedanken, all meine eigenen Körperregungen oder Vergnügungen würden ebenso einen Rezipienten oder eine Rezipientin finden. Drüben pfiffen die Wasserrohre. Es war halb zwei Uhr in der Nacht. Im Bad wurde herumgekramt. Erneut entlud sich ein Gewitter des Hustens, Röchelns und Spuckens. Ich hielt mir die Ohren zu. Zu allem Überfluss machte sich ein unangenehmes Verantwortungsgefühl breit. Sollte ich hinüberlaufen? War er oder sie am Ersticken? Langsam wurde es still, zum Glück.

Am nächsten Tag zögerte ich die Begegnung hinaus. Doch bevor ich mich still in mich hinein ärgerte oder den Umzug bereute, musste ich den Nachbarn oder die Nachbarin ansprechen, weil Problemen musste man sich ohne Umschweife stellen. Aus dem Husten, dem Röcheln und den Schritten erschloss sich kein Geschlecht. Es nervte mich, nicht zu wissen, ob ein Mann oder eine Frau neben mir auf die Toilette ging. Die Person war jedenfalls ein Unmensch. Ihre Schritte waren zu laut, ihr Husten grauenvoll und ihre Defäkation eine Zumutung. Je lauter sie hustete, desto regloser wurde ich. Dabei verstärkte sich das Fremdheitsgefühl, das doch hätte weichen sollen. Ich wollte hier zu Hause sein. Der Nachbar oder die

Nachbarin zog einmal pro halber Stunde Schleim durch den Hals. Es bestand kein Zweifel, dass sich daran ein Schmatzen anschloss. Ich war neben die vulgärste Person der Welt geraten. Kurz vor Mittag fiel ihr ein Teller zu Boden. Ich nahm mir ein Herz, sprang auf den Gang hinaus und klopfte mit der Faust an die Tür.

Ich bin in Simmering, am Enkplatz, aufgewachsen. Als die vierte Klasse Volksschule dem Ende zuging, begann meine Mutter Vollzeit in einem Sportgeschäft auf der Landstraßer Hauptstraße zu arbeiten. Mein Vater hatte Tischler gelernt und arbeitete ab den neunziger Jahren beim Aufbautrupp der Repräsentationsräume eines schwedischen Möbelhauses im Süden von Wien. Während der Nachmittage gehörte unsere Wohnung mir. In den ersten Jahren genoss ich diese Ruhe. Ich aß in der Schule, dann lief ich nach Hause und strich durch die stillen Räume. Ich stöberte in den Nachtkästchen meiner Eltern, roch an der Kleidung meiner Mutter oder durchforstete ihre Handtaschen. Ich legte mich aufs Bett, hing Träumen und Fantasien nach und spürte meinen Körper wachsen und gedeihen. Im Wohnzimmer, auf der Stereoanlage meines Vaters, hörte ich stundenlang Musik. In Englisch hatte ich sehr gute Noten, weil ich sämtliche Texte von R.E.M. auswendig konnte und übersetzte (»Ich verliere meine Religion«, »Jeder tut weh«, »Leuchtend-glückliche Leute«, »Nachtschwimmen« und so weiter). Allein Frederik durchbrach die autistischen Montage oder Mittwoche, um mich auf die Straße zu locken. Er wohnte im nächsten Block. Wir kannten uns seit dem Kindergarten und hatten gemeinsam die Volksschule besucht. Er war mein Nachbar und mein allerbester Freund.

Frederiks Mutter war Volksschullehrerin. Sein Vater arbeitete als Busfahrer bei den Wiener Linien. Frederiks Mutter hatte ein Faible für Ärzte und Naturwissenschaften. Mein Vater, der ausschließlich Wienerisch sprach, hatte einen Tick mit Fremdsprachen. Frederik und ich, oder eigentlich unsere Eltern, wählten deshalb unterschiedliche Gymnasien für uns. So sahen Frederik und ich uns manchmal ein paar Tage nicht. Doch eigentlich waren wir immer zusammen. Er lief am Abend kurz zu mir herüber, oder ich lief zu ihm hinüber, oder wir telefonierten, was unsere Eltern ärgerte. Sobald wir abends länger ausbleiben durften, knüpften wir ein noch engeres und neues Band. Unsere Klassengemeinschaften vermischten sich. Vor allem weil Frederik bei den Mädchen sehr erfolgreich war. Ich besuchte den neusprachlichen Zweig des Gymnasiums in der Boerhaavegasse. Frederik war in Simmering, im naturwissenschaftlichen Realgymnasium, geblieben. Manchmal nahm ich zwei oder drei Mädchen aus meiner Klasse ins El Mariachi am Rennweg mit, wo wir abends Billard spielten. Daraus resultierte immer eine längere Bekanntschaft, denn ausnahmslos alle Mädchen fanden Frederik begehrenswert. Mich erfüllte die Attraktivität meines besten Freundes mit Stolz. Nur manchmal mischte sich Eifersucht dazu. Vor allem, wenn es einem der Mädchen gelang, mit Frederik zu gehen. Ich vermisste ihn dann sofort, terrorisierte ihn und seine Eltern am Telefon und machte ihn bei unseren Freunden lächerlich. Zum Glück ging Frederik nur sporadisch wirklich mit seinen Verehrerinnen. Trotz seiner Attraktivität hatte er eine schüchterne Natur. Er verliebte sich meist in ein ganz bestimmtes Mädchen und hielt für Monate still und hartnäckig daran fest. Es wäre ihm nicht eingefallen, dieses Mädchen auch nur anzusehen, geschweige denn anzusprechen. Nur ich wusste von seiner innersten Leidenschaft, und manchmal wusste wohl nicht einmal ich, an wen er superinsgeheim ununterbrochen dachte.

So war ich es, der als Erster Sex hatte. Am Ende der siebten Klasse fuhren wir mit der Schauspielgruppe nach Tschechien. Wir verbrachten vier Tage in einem abgelegenen Hotel, um ein neues Stück einzustudieren. Nach dem Abendessen ließen uns die Lehrer bis 22 Uhr tun, was wir wollten. Renate und ich saßen auf einer Holzbank und blickten in die Dämmerung. Wir hatten uns eine Flasche Wein besorgt, die uns sofort beschwipste. Renate rückte näher an mich heran und küsste mich. Sie war zwei Jahre älter als ich und sollte die Hauptrolle spielen. Es gefiel ihr, denke ich, dass ich errötete und zitterte und kaum wusste, was ich sagen sollte. Sie nahm meine Hand und führte mich in ihr Zimmer. Sie zog sich aus und zog mich aus, und ich starrte auf ihre großen, weißen Brüste. Alles Weitere besorgte sie mit Ruhe und Sicherheit. Nach vielleicht vier Minuten waren wir fertig, oder sagen wir, ich war fertig. Drei Tage später saß ich mit Frederik abends im Herderpark und erzählte ihm davon. Frederik konnte sich nicht satthören und bat um vierhundert intime Details, die ich nicht liefern konnte. Nur das warme Gefühl war mir in Erinnerung geblieben.

Die Kinder zogen lärmend am Brunnen vorbei. Verwegene Burschen stiegen zu der nackten, steinernen Dame hoch, um sie zu begatten. Ein ums andere Flugzeug senkte sich über unseren Köpfen. Frederik legte mir den Arm um die Schultern. Wir schlenderten Schulter an Schulter zum Enkplatz zurück. Die letzten Ferien lagen vor uns. Ich war so glücklich wie noch nie in meinem Leben. Doch tief unter dem Glück würgte ich an der Wahrheit. Im Abendlicht, Frederiks Parfüm in der Nase, beinahe Wange an Wange mit seinem attraktiven Gesicht, spürte ich deutlicher denn je, dass Renate mir nichts bedeutete.

Während des Zivildienstes ging Frederik immer öfter mit Kollegen aus dem Rettungsdienst aus. Sie besuchten die Lokale am Schwedenplatz, und eines Nachts fiel ihm Soraya in die Arme. Frederik begleitete sie nach Hause. Sie wohnte im zweiten Bezirk, in der Zirkusgasse. Unter einem blühenden Zierkirschenbaum küssten sie sich auf den Mund. Zwei Wochen später hatte Soraya die Wohnung für sich allein. Ich spürte die Aufregung in Frederiks Stimme. Er wollte, dass ich zu ihm hinüberkomme, um sein Outfit zu kontrollieren. Ich täuschte vor, meinem Vater helfen zu müssen. Die Schilderung der Nacht, am nächsten Tag, erregte und empörte mich. Er nahm Soraya mit nach Hause und präsentierte sie seinen Eltern. Zuvor hatte ich die Ehre, sie kennenzulernen. Wie nicht anders zu erwarten, war Soraya wunderschön. Wir verbrachten einen Abend zu dritt, von dem Frederik fand, dass er herrlich gewesen war. Ich konnte vor Eifersucht nicht mehr schlafen. In den folgenden Tagen rief Frederik hundertmal an, um sich mit mir auszutauschen. Er wollte mit Soraya und mir ins Kino oder eine Pizza essen oder im El Mariachi Billard spielen. Meine Mutter wunderte sich, warum ich nicht ans Telefon ging. Frederik läutete an der Tür. Ich bat meine Mutter, ihn anzulügen. Sie schüttelte den Kopf. Einen Tag später bog ich nachmittags in die Sedlitzkygasse ein, um in Herrn Bastugs Geschäft ein Twix zu kaufen. Frederik sprang aus einem Hauseingang und drückte mich gegen die Wand: »Was ist los?« Seine Augen hatten einen Gesichtsausdruck, wie ich ihn noch nie gesehen hatte. Wir setzten uns in den Herderpark. Frederik wurde immer unfreundlicher.

»Was denkst du dir? Dass du der Einzige bist, der mit den Mädchen herumficken darf? Spinnst du? Ich bin so böse auf dich wie noch nie in meinem Leben. Soraya denkt, dass du sie nicht magst. Aber das geht zu weit. Ich liebe sie. Soll ich sie wegen dir verlieren? Ich verstehe nicht, was du gegen sie hast. Du bist ein egoistisches Arschloch!«

Seine Stimme war kalt. Ich stand auf und rannte davon. Frederik sollte nicht sehen, wie mein ganzer Körper reagierte und revoltierte. Wir wechselten eineinhalb Jahre kein Wort mehr miteinander.

Wegen der Nervosität wurden meine Hände feucht. Ich fürchtete, die Nervosität würde den Zorn überdecken und mich wie einen Hanswurst aussehen lassen. Das Räuspern begleitete den schlürfenden Gang. Meine negativen Gefühle schnürten sich in mir zusammen. Ich fühlte mich imstande, meine Meinung herauszupeitschen. Die Unperson würde mich wohl schon im Spion mustern. Ich gab meinem Gesicht einen gehässigen Ausdruck. Der Schlüssel wurde ins Schloss gesteckt und die Tür mit Schwung geöffnet. Mein Hass stürzte augenblicklich in sich zusammen. Ich wechselte zweimal Stand- und Spielbein. Mein Nachbar blickte mir freundlich ins Gesicht.

»Ja bitte? Was kann ich für Sie tun?«

Das graumelierte Haar trug er zurückgekämmt. Seine schlaksigen Beine steckten in blauen Hosen. Das weiße Hemd war etwas zu groß und hing über den Bund. Die Gesichtszüge waren fein und männlich. Der würzige Geruch eines Aftershaves hüllte ihn in eine angenehme Duftwolke. Ich schätzte ihn auf mehr oder weniger sechzig.

»Ich wollte mich vorstellen …«, mein Mund war vereist und sperrte sich, »mein Name ist Kurt Endlicher. Ich wohne jetzt nebenan, seit gestern.«

Mein Nachbar hob die Augenbrauen. Sein Erstaunen schien echt und natürlich.

»Tatsächlich? Ich habe mich schon gewundert. Sind Sie mit Frau Resetarits bekannt? Die Wohnung steht schon so lange leer.«

Ich nickte und erläuterte kurz die Verhandlungen zwischen meiner Tante und mir.

»Ich heiße Paul Drechsler. Es tut mir leid. Wenn ich gewusst hätte, dass Sie jetzt hier wohnen ...«, er lächelte. In die Freundlichkeit mischte sich Verlegenheit: »Mir fällt alles runter, ich bin in Eile. In zwanzig Minuten sollte ich beim Arzt sein. Ich werde meinen Husten nicht los. Sie haben es wohl bemerkt.«

Noch einmal lächelte er. Dann baten seine Gesten um Entschuldigung. Wir verabschiedeten uns, und ich kehrte verzaubert in meine Wohnung zurück.

Drei Tage später klopfte es an meiner Tür. Durch den Spion wirkte seine Gestalt noch schmaler.

»Mir ist eingefallen, dass ich noch Waschmarken habe. Aber ich habe mir vor zwei Jahren eine Waschmaschine gekauft und brauche sie nicht mehr. Haben Sie dafür Bedarf?«

Ich nickte. Die Frage nach dem Preis wischte er mit der linken Hand beiseite.

In der darauffolgenden Woche ging die Schule los. Kam ich am späten Abend nach Hause, ortete ich als Erstes die Anwesenheit meines Nachbarn. Immer noch hörte ich sein Auf- und-ab-Schreiten. Doch es störte mich nicht mehr. Der Arztbesuch schien Wirkung gezeigt zu haben. Sein Husten hatte sich gelegt. Nur das Räuspern war geblieben. Legte ich mich müde auf das rote Sofa, um mir die Abendnachrichten anzuhören, bereitete es mir Genugtuung, wenn seine Wasserrohre pfiffen, seine Laden einrasteten oder sogar seine Klospülung rauschte. Ich ließ dann ein Buch zu Boden fallen, stellte eine

Tasse laut ins Regal zurück oder streifte mit dem Fingernagel über die Wand, die wir uns teilten.

Wir begannen einander auszuhelfen. Fehlte Zucker oder ein Hammer oder Kaffee, ging ich auf den Gang hinaus und klopfte an seine Tür. Zirka ein Jahr nach meinem Einzug überreichte er mir den Reserveschlüssel seiner Wohnung. Die dritte Partei auf unserem Stock war nie zu Hause. Es handelte sich um einen Fotografen oder Journalisten oder Schriftsteller, der die meiste Zeit des Jahres in Afrika verbrachte. Nach Aushändigung des Schlüssels kam mein Nachbar, um mich um einen noch vertraulicheren Gefallen zu bitten. Er wollte für zwei Wochen zu seinem Sohn. Ob ich in der Zwischenzeit seine Pflanzen gießen könnte. Ich nickte, und an einem Dienstag um die Mittagszeit fand ich mich in seinen Zimmern wieder. Es war ein seltsames Gefühl. Ich bemühte mich, die kleinste Indiskretion zu vermeiden. Er hatte mir gezeigt, welche Töpfe zu gießen waren. Ich machte keinen Schritt zu viel. Dennoch ließen sich Mutmaßungen nicht vermeiden. Den Flur zwischen Küche und Wohnzimmer musste ich jedenfalls durchqueren. In diesem Flur hing ein großes Foto. Es zeigte meinen Nachbarn als jungen Mann. Sein Gesicht schmiegte sich an eine attraktive Frau. Das Foto strahlte Wärme und Glück aus. Ich konnte meinen Blick lange nicht davon losreißen.

Nach dem Zivildienst wollte ich keinesfalls weiter bei meinen Eltern bleiben. Ich suchte mir eine Wohngemeinschaft. Im Laufe eines Jahres lebte ich mit Vorarlbergern, Südtirolerinnen, Franzosen, Kärntnerinnen und mit sehr vielen Oberösterreichern zusammen. Weil meine Eltern mit Frederiks Eltern befreundet waren, erfuhr ich, dass Frederik mit Soraya eine

Wohnung im zweiten Bezirk bezogen hatte. Doch die Beziehung war zerbrochen, und er suchte einen Mitbewohner, um die Miete bezahlen zu können. Für unsere Eltern stand fest, dieser Mitbewohner hätte ich zu sein. Ich lehnte ab. Wieder und wieder fragte meine Mutter mich, was zwischen Frederik und mir vorgefallen war. Ich sah mich außer Stande, ihr darauf eine Antwort zu geben. Meine Eltern erachteten die Mieterei in Wohngemeinschaften grundsätzlich als Geldverschwendung. Mein Vater weigerte sich, für die Kosten aufzukommen: »Du hast ein Gratiszimmer in Simmering. Wenn du ranzige Wohngemeinschaften mit Hinterwäldlern bevorzugst, dann musst du dir das selbst finanzieren.«

Ich nahm eine Anstellung an und kellnerte donnerstags, freitags und samstags, immer nachts, auf der Burggasse. Das Studium der Germanistik und Anglistik kam sehr langsam in die Gänge.

Nach dem ersten Studienjahr bot sich die Möglichkeit, den Sommer in London zu verbringen. Über verschlungene Wege war mir ein Praktikumsplatz an einer Sprachschule zugefallen. Eric Prydz' Coverversion von *Call On Me* donnerte sehr oft durch die Diskotheken und Clubs. Wir nahmen viel Speed, denn das war billiger als Bier. Gegen vier Uhr früh fielen die sichtbaren und die unsichtbaren Schranken zwischen den Menschen. Ein junger Mann mit äthiopischem Gesicht tanzte auf mich zu. Er fasste mir an den Hintern. Jahrelange Ängste und Hemmungen verpufften. Zwischen Toilette und Garderobe fand sich eine Nische. Gegen sieben Uhr früh blinzelten wir in die Sonne. Die Londonerinnen und Londoner waren längst damit beschäftigt, ihren Alltag abzuwickeln. Nach einem Kuss verschwand Noel zwischen Passanten, Mistkübeln und Autos. Ich rief Frederik an. Trotz der frühen Stunde hob er sofort ab. Seine Stimme war mir das Vertrauteste auf der Welt. Es war die Stimme meiner Jugend, des Enkplatzes, des Herderparks, des El Mariachi, meiner ersten Liebe. Zwei Wochen später besuchte mich Frederik in London. Wir verbrachten ein frenetisches Wochenende des Wiedersehens. Finden heißt eigentlich Wiederfinden, schreibt Sigmund Freud.

Frederik studierte Medizin, wie es ihm seine Mutter von Kindheit an eingesäuselt hatte. Im dritten Studienjahr lernte er Yasmina kennen. Yasminas Eltern stammten aus Beirut. Sie war im herrschaftlichen Teil des achtzehnten Bezirks aufgewachsen. Sie liehen sich gegenseitig Bücher, besetzten sich Plätze im Lesesaal des Allgemeinen Krankenhauses und organisierten sich dieselben Praktika. Abends gingen sie gemeinsam zum Italiener oder zum Japaner oder zum Libanesen. Frederik löste die Wohnung im zweiten Bezirk auf und zog mit Yasmina in die Porzellangasse. Seine hartnäckige Art zu lieben hatte sich nicht verändert. Er schlang sich um Yasmina und verehrte sie. Das Partyleben kümmerte ihn weit weniger als mich. Wenn wir dennoch zu dritt durch die Nacht streiften, strahlte seine Zufriedenheit auf uns alle ab. Auch ich liebte Yasmina, denn sie half mir, mit meiner Verlegenheit zurechtzukommen. In der Disco zwinkerte sie mir verstohlen zu. Sie war auf einen Mann aufmerksam geworden. Wir tanzten in seine Richtung und prüften die einlangenden Signale. Yasmina verfügte über ein valides Radar. In den glücklichsten Fällen ergab sich so für mich ein kleiner Flirt oder ein Geschmuse oder sogar eine Nacht zwischen fremden Kissen und Decken.

Die Studienjahre zogen leider sehr schnell dahin. Meine Eltern wurden allmählich milder und erhöhten ihre monatlichen Zuwendungen. Ich musste nur noch zwei Tage die Woche als Kellner arbeiten und konnte mir bessere Zimmer leisten. Ich wechselte mehrmals die Adresse. Frederik und Yasmina schlossen das Medizinstudium in Mindeststudiendauer ab. Beide begannen am Allgemeinen Krankenhaus auf der Internen zu arbeiten. Nach dem ersten Arbeitsjahr zogen sie mit Hilfe von Yasminas Eltern einen Stock höher auf 120 Quadratmeter ins Dachgeschoß. Über ihrem Bett erstreckte sich ein Panoramafenster, wie ich es noch nie in meinem Leben gesehen hatte. Auch ich schloss endlich das Lehramtsstudium ab und fand, nach fast zweijähriger Suche und einer weltweiten Finanzkrise, eine fixe Stelle an der Handelsakademischen Abendschule Margaretenstraße. Mit 29 Jahren verfügte ich über die finanziellen Voraussetzungen, eine kleine Wohnung zu mieten. Zu jener Zeit, wie könnte man das vergessen, postete ein österreichischer Jungpolitiker in den Internetforen: »Für junge Menschen ist Eigentum die beste Maßnahme gegen Altersarmut.« Wir Simmeringer erkannten daran, was für ein Idiot hier, wieder einmal, zu ministeriellen Ehren gelangt war.

Meine Mutter hatte ihre Schwester Erika intensiv bearbeitet. Mit mir als Mieter würde sie keine Scherereien haben. Meiner Tante schien es bald nicht mehr peinlich, vom eigenen Neffen Geld zu nehmen. Andererseits hatte sie genügend Bauernschläue, um nicht ohne Gewinn aus dem Geschäft zu gehen. »Bei aller Liebe«, betonte sie, »aber ich bin nicht Mutter Teresa aus Kalkutta.« Wir einigten uns auf einen fairen Mietzins. Hoch genug, um die Gier meiner Tante zu befriedigen. Aber hinlänglich moderat, um auch für mich ein gutes Geschäft zu sein. Sie überließ mir die 34 Quadratmeter der Mansarde für 400 Euro, samt Einrichtung.

Frederik war wenig überzeugt: »Aber was ist denn das? Hier ist so wenig Platz, das Bett steht ja fast am Gang, zu zweit kann man hier nicht leben … Wieso suchst du dir nicht endlich eine richtige Wohnung?«

Ich wies ihn darauf hin, dass es für alleinstehende Menschen schwer war, die Kosten für eine Wohnung aufzubringen. Mein monatliches Gehalt war nicht das zweier Ärzte.

»Aber das sag ich dir doch schon seit zehn Jahren: Such dir endlich einen Mann! Du bist klug, liebenswert und fesch. Wieso bist du immer allein? Das ist schlecht für die Gesundheit!«

Um das Unangenehme dieser Sätze abzuwehren, antwortete ich: »Aber ich lebe nicht allein. Ich lebe mit meinem Nachbarn. Herr Drechsler und ich, wir verstehen uns außerordentlich gut.«

Frederik schüttelte den Kopf. »Was soll denn das heißen? Herr Drechsler ist ein alter Hund. Euch trennen dreißig Jahre und eine Wand. Er ist dein Nachbar, schon vergessen? Er wohnt nicht mit, sondern neben dir!«

Herr Drechsler war mir mehr und mehr ans Herz gewachsen. Im Grunde wusste ich nichts über ihn oder nur so viel, wie aus seiner Einrichtung, aus Geräuschen und höflichen Plaudereien geschlossen werden konnte. Wir sprachen nicht über private Dinge. Wir siezten uns. Begegneten wir uns zwischen Tür und Angel, lag ein konkreter Anlass vor, den wir sogleich abarbeiteten. Aber ich wusste, dass er allein lebte. Zwar hing in seinem Flur ein wunderschönes Foto zweisamen Glücks. Doch ich hörte, dass er abends allein zu Bett und morgens allein unter die Dusche ging. Samstags hörte er Radio Diagonal und sonntags verfolgte er Formel-1-Rennen. Er arbeitete als

Beamter. Genaueres hatte er mir nicht verraten. Ich hatte ihm erzählt, dass ich Deutsch und Englisch unterrichtete. Darüber hinaus umgingen wir jedes private Detail. Hörte ich ihn abends Wasser lassen oder Haare föhnen oder Zähne putzen, dann kam es vor, dass ich Hände und Wangen gegen die warmen Badezimmerfliesen presste und ihm leise eine gute Nacht wünschte.

Mein Vater litt seit einigen Jahren unter Bandscheibenbeschwerden und konnte keine schweren Dinge mehr heben oder bewegen. Das schwedische Möbelhaus gestattete ihm im sechzigsten Lebensjahr eine Pensionierung zu großzügigen Bedingungen. Kaum im Ruhestand, organisierte er den Haushalt. Meine Mutter arbeitete nur noch halbtags im Geschäft. Sie genoss es, für die Koch-, Putz- und Einkaufspflichten nicht mehr zuständig zu sein. Beide waren, abgesehen vom Rückenleiden meines Vaters, bei bester Gesundheit. Der Druck des erwerbstätigen Lebens beugte sie nicht mehr. Die Angst vor dem sozialen Abstieg hatte sie nicht mehr so streng im Griff. Im Grunde genommen erlebten meine Eltern dank des österreichischen Pensionssystems zum ersten Mal sorglose oder sogar glückliche Tage. Einzig ich bereitete Ungemach. Dass ich schwul war, hatte ihnen nie wirklich etwas ausgemacht. Meine Eltern waren keine Dummköpfe. Doch nun, da sich ihr Alltag so angenehm verlangsamt hatte, sehnten sie sich halsstarrig nach Enkelkindern.

Sämtliche Gespräche, die ich mit meinen Eltern führte, kreisten früher oder später um die Frage, ob ich jemals Kinder haben würde. In ihrer eigenen Beziehungsgeschichte hatte die Fortpflanzung eine schicksalhafte Rolle gespielt. Lange hatten sie geglaubt, unfruchtbar zu sein. Meiner Geburt waren, den Erzählungen meiner Eltern zufolge, etliche Versuche,

Konflikte und Verzweiflung vorausgegangen. Als ich zur Welt kam, rettete ich ihre Ehe. Die unerbittlichen Götter ließen allerdings nur einmal Gnade walten. Ich sollte keine Geschwister bekommen. Nach dem London-Aufenthalt wand ich mich monatelang herum. An einem schrecklichen Nachmittag eröffnete ich ihnen, wie es um mich stand. Sie fanden sich damit ab. Ich trug keine Röcke oder Schminke. Ich sprach mit tiefer Stimme. Im Herderpark hatte ich Fußball gespielt, wie alle anderen Kinder und sogar besser als, zum Beispiel, Frederik. Mein Bartwuchs war intakt. Die anfänglichen Befürchtungen meines Vaters erwiesen sich als unbegründet. Doch auf einem ganz anderen Blatt stand für sie die trostlose Zukunft homosexueller Beziehungen.

»Für mich ist völlig in Ordnung, dass du Männer liebst. Ich verstehe es zwar nicht, wenn man bedenkt, wie schön die Frauen sind. Aber bitte. Doch einmal abgesehen von den erotischen Dingen – wie willst du so leben? Wie willst du dich mit einem Mann zusammentun, wenn ihr doch genau wisst, dass daraus nichts entstehen kann, niemals? Das begreife ich nicht.«

Der Gesichtsausdruck meines Vaters verriet Liebe und Zuneigung. Er nahm meinen Teller, ächzte beim Bücken und stellte ihn in den Geschirrspüler. Meine Mutter reichte mir eine Tasse Kaffee. Sie strich zärtlich über meinen Kopf. Sie fühlten nicht oder wussten nicht oder wollten nicht wissen, wie sehr mich ihre Fragen verletzten.

Mein Vater packte die übrig gebliebenen Schnitzel in Alufolie. Ich trat mit den Schnitzeln auf den Enkplatz hinaus und schlenderte zur Straßenbahn. In der Laimgrubengasse war der Lift dauernd besetzt. Ich trottete die Stiegen hinauf. Im vierten Stock gab es einen Aufruhr. Zwischen Lift, Treppe und

Flur drängten sich Menschen. Die meisten Gesichter kannte ich vom Sehen. Eine Frau schluchzte, ein Mann legte ihr behutsam den Arm um die Schultern. Eine Wohnungstür stand offen, und am Boden lagen Holzsplitter. Rettungskräfte mit roten Einsatzjacken füllten Formulare aus. Ich versuchte mich freundlich und überfordert an allen vorbeizudrängeln. Da sah ich meinen Nachbarn im Türrahmen der offenen Wohnung stehen. Sein Gesicht war gerötet. Ich ging auf ihn zu, um ihn zu begrüßen. Offensichtlich hatte er eben erst geweint. Herr Drechsler streckte mir kurz die Hand entgegen. Dann löste er den Griff und verschwand im Inneren der fremden Wohnung. Ich hastete in den sechsten Stock und setzte mich ratlos in die Küche. Die verfluchten Schnitzel verbreiteten einen unangenehmen Geruch. Eine Stunde später klopfte es an der Tür. Das Höfliche und Elegante seiner Erscheinung war verschwunden. Mein Nachbar bat darum, hereinkommen zu dürfen. Er setzte sich an den Tisch. Ohne viel Aufhebens begann er zu sprechen: »Margit Seiler ist gestorben, offenbar ein Schlaganfall. Sie ist während des Mittagessens in der Küche zusammengesackt. Sie hat sich ein Gulasch aufgewärmt, zum Glück in der Mikrowelle. Frau Kord hat den Aufprall gehört und sich gewundert. Sie ist auf den Gang hinaus und hat an die Tür geklopft. Die Rettungskräfte konnten nichts mehr machen. Haben Sie Margit gekannt?«

Ich schüttelte den Kopf.

»Ich hab sie sehr gut gekannt. Wir sind fast gleich alt. Sie hat beinahe ihr ganzes Leben in diesem Haus verbracht, immer im vierten Stock. Ich bin 1979 eingezogen, gemeinsam mit meiner Frau, da war sie schon da. Genossenschaftswohnungen waren sehr begehrt. Sie war auch verheiratet. Aber 1980 oder 81, ich erinnere mich nicht mehr genau, verunglückte ihr Mann, Erich Seiler, ein Fernfahrer. Ein vierschrötiger Kerl, immer lustig und hilfsbereit, aber oft abwesend, wegen der langen Reisen. Er ist auf der Straße gestorben, bei einem Verkehrsunfall irgendwo in der Nähe von Mailand ...«, mein Nachbar bat um ein Glas Wasser. »Margit hat im ersten Bezirk in einer Konditorei gearbeitet. Letztes Jahr ist sie in Pension gegangen. Sie hatte offenbar Probleme mit den Beinen. Die lange Steherei hat sie nicht mehr gut vertragen. Obwohl viele Leute im Geschäft verkehrten, ist sie all die Jahre allein geblieben. Sicher gab es in der Konditorei den einen oder anderen Stammgast, der sich für Margit interessierte. Doch die Margit hat niemanden mehr angeschaut nach dem Tod ihres Mannes ...«

Mein Nachbar warf mir einen traurigen Blick zu: »Sie hören sich das alles an. Ich hoffe, ich langweile Sie nicht? Doch, verzeihen Sie, ich muss jetzt mit jemandem sprechen ...«, er nahm einen Schluck Wasser.

»Die Margit war eine sehr schöne Frau. Sie hat nie den Kopf hängen lassen und ist jeden Tag zur Arbeit gegangen. Oft auch am Sonntag. Ich hab damals, das heißt, *wir* haben damals ebenfalls im vierten Stock gewohnt. Wir sind erst später, das heißt, *ich* bin erst später in den sechsten hinaufgezogen, als mein Sohn aus dem Haus war und meine Frau ... Damals jedenfalls wohnten wir neben der Margit im vierten Stock, und ich bin oft abends zu ihr hinüber, um ihr Gesellschaft zu leisten. Oder meine Frau hat bei der Margit eine Mehlspeise bestellt und abends abgeholt. Besonders die Linzer Torte der Konditorei von der Margit hat meiner Frau sehr gut geschmeckt. Wir haben Mitgefühl mit ihr empfunden, die mit einem Mal so allein war. Wir haben sie in der Nacht oft schluchzen gehört. 1982 wurde unser Sohn, Fabian, geboren. Unser Bub hat geschrien, und die Margit hat drüben geschluchzt, das hat uns bewegt. Die Wände hier im Haus sind sehr dünn, das haben Sie ja sicher schon bemerkt. Man hört alles, und die Margit hat sicher manche Nacht nicht schlafen können, weil unser Bub die ganze Zeit geschrien hat. Die Margit war in unserem Alter. Sicher ist ihr das Herz zerbrochen, wie sie unser Kind hat schreien hören, und selber ist sie ganz allein in der Küche gesessen und hat eine dünne Suppe gelöffelt. Sie hat ihren Mann sehr geliebt, und wie er tot war, hat sie sich nicht von ihm trennen können.

Ich weiß nicht, wie ich es sagen soll, aber in jener Zeit – vielleicht können Sie das verstehen, vielleicht ist es aber auch unverständlich oder klingt sogar ein bisschen charakterlos –, ich war in jener Zeit sehr oft bei der Margit und hab ihr mit diesem und jenem geholfen. Wir haben sie zu Weihnachten immer zu uns eingeladen. Einmal sind wir, das heißt meine Frau und ich, gemeinsam mit ihr an den Neusiedler See gefahren. Ich hab ihr den neuen Kühlschrank angeschlossen oder ihr die Glühbirnen ausgewechselt, solche Sachen, und meine Frau hat sie oft mit dem Auto mitgenommen …«, mein Nachbar unterbrach sich. Er vergewisserte sich, dass ich noch immer zuhörte. »Ich hab die Margit einfach sehr ins Herz geschlossen. Sie hat mir so leidgetan mit ihrem ganzen Unglück, mit ihrer zierlichen Gestalt. Wie sie frühmorgens in die Arbeit ging. Wie sie sich ein paar Tränen aus den Augen gewischt hat und zur Straßenbahn lief, immer ein bisschen zu spät. Wie sie abends zurückkam, und wie sie unseren Jungen geherzt hat. Wie sie ihm ein Stück Gugelhupf oder einen Marmorkuchen mitbrachte …« Mein Nachbar hielt für einen Augenblick inne. »Ich hab jedenfalls mit der Zeit die Margit mehr geliebt als meine Frau. Das ist es, was leider passiert ist.

Sie dürfen nicht glauben, dass ich meine Frau nicht geliebt habe. Doch die Liebe zu ihr verblasste ein wenig neben der Margit, für die ich so große Teilnahme empfand. Und als unser Sohn größer und größer wurde – er müsste übrigens in Ihrem Alter sein –, da konnten wir nicht mehr zusammenbleiben, und meine Frau hat mich verlassen. Ich war – wie soll man es anders ausdrücken? – in Margit verliebt. Ich hab mir das nicht ausgesucht, es ist einfach so passiert. Ich hab versucht, es wegzustecken oder zu verdrängen, aber das war sehr schwer, weil die Margit ja direkt neben uns gewohnt hat. Sie war unsere Nachbarin, und ich hab sie beinahe jeden Tag gesehen. Meine Frau hat das gewusst oder gespürt, und unsere ganze Situation wurde mit der Zeit unerträglich. So ist meine Frau schließlich ausgezogen, samt dem Kind, und ich bin in den sechsten Stock in eine kleinere Wohnung, und die Margit ist im vierten Stock geblieben. Wir haben uns täglich im Flur gegrüßt. Doch nachdem meine Frau weg war, wurden auch meine Besuche bei der Margit seltener. Sie wollte nicht, dass es im Haus Gerede gibt. Sie hing auch wirklich an ihrem Mann. Und letztlich haben wir uns immer seltener gesehen, nur mehr auf der Stiege oder bei einer Hausversammlung. Eines Tages hatte ich niemanden mehr, weder meine Frau noch die Margit. Margit und ich, wir wohnten dreißig Jahre im selben Haus, haben uns aber nur noch gegrüßt, und sonst nichts. Dass sie sich letztes Jahr pensionieren ließ, wegen der Beinschmerzen, das hab ich erst von Frau Kord erfahren. Jetzt ist sie einfach gestorben. Können Sie sich das vorstellen?«

Ich konnte mir das nicht vorstellen. Ich wusste nicht, wie ich auf seine Erzählung reagieren sollte. Um der Ratlosigkeit Herr zu werden, bot ich ihm einen Schnaps an. Wir tranken ein Gläschen Birnenschnaps, dann verabschiedete er sich.

Ich lag lange wach und dachte nach. Ich wusste oder spürte oder bildete mir ein, dass Herr Drechsler wenige Meter entfernt von mir auch nicht schlafen konnte. Ich musste an die Fotografie in seinem Flur denken. Die Gesichter wirkten so glücklich, die Zweisamkeit so perfekt. Zeigte das Bild seine Gattin oder Frau Seiler? Oder eine dritte Person, die ich nicht kannte, weil sie in seiner Erzählung keine Rolle gespielt hatte? Ich fragte mich, wie weit mein Nachbar mit Frau Seiler gekommen war. Hatten sie sich jemals geküsst oder miteinander geschlafen? In ihrer Wohnung oder in der seinen? Spielte das eine Rolle? Ich wusste es nicht. Ich wusste generell nichts über die Liebe. Je länger ich wachlag, desto tiefer grub sich ein haltloses Denken. Zu allem Überfluss kamen die Worte meines Vaters zum Vorschein. Mein Vater konnte sich nicht vorstellen, wie ein Mann mit einem Mann zusammenlebte. Daraus würde nichts entstehen, so hatte er sich ausgedrückt. Im Grunde genommen dachte ich dasselbe. Im Zustand nachtwachender Melancholie begann das menschliche Gebäude zu zittern: Wie konnte überhaupt ein Mensch mit einem anderen Menschen zusammenleben, dauerhaft, über Tage, Wochen, Monate und Jahre hinweg? Ich wusste es nicht, und die Traurigkeit darüber raubte mir den Schlaf.

Auf die Schmuserei mit dem Äthiopier in London waren Schmusereien auf der Gumpendorferstraße, am Karlsplatz, auf der Donauinsel, am Gürtel und vielen weiteren Orten gefolgt. In Gebüschen, Garderoben, Hinterzimmern und schließlich in Bars, Diskotheken und WG-Zimmern kam es zu mehr oder weniger sexuellen Vereinigungen. Doch in den seltensten Fällen fand ich mich bei einem Frühstück oder gar an einem gut gedeckten Mittagstisch in einem Wohnzimmer mit Parkettboden und Bücherwand wieder. Rasch bremste die Sorge um Krankheiten das Verlangen. Dass mein bester Freund Medizin studierte, war nicht gerade hilfreich. Ich lief wegen der kleinsten Lappalie zum Arzt und ließ mich tausendmal auf HIV und Syphilis und Hepatitis und Feigwarzen testen. Bei Lichte besehen benahm ich mich harmloser als der heilige Kasimir. Ein bisschen Petting, manchmal Oralverkehr, selbstverständlich ohne orale Ejakulationen. Über den sogenannten Lusttropfen und sein ansteckendes Potenzial hatte ich die gesamte, im Internet existierende Literatur, sowohl auf Englisch als auch auf Deutsch, gelesen. Bestand eine rein hypothetische Möglichkeit der Ansteckung, blieben der Panik Tür und Tor geöffnet. Mich störte nicht die Vorstellung des Sterbens, überhaupt nicht. Aber ich wollte mir nicht vorstellen, wie ich zum Enkplatz fuhr, mit meinen Eltern ein Schnitzel aß und ihnen erklärte, dass ich HIV-positiv war. Dass das Virus längst niemanden mehr tötete, tröstete mich nicht. Die Bilder meiner Jugend waren unausrottbar. Tom Hanks, der sich den Arien der Verzweiflung hingab. Die hässlichen Hautausschläge von Freddie Mercury oder Rudolf Nurejew. Sie waren an ihrer Perversität zu Grunde gegangen. Gott mochte die Schwulen nicht. Wer Unzucht trieb, hatte mit dem Schlimmsten zu rechnen.

Je weniger Sex ich hatte, desto gescheiter wurde ich. An der Universität gab es eine queere Studierendengruppe, in der ausschließlich über Identität gesprochen wurde. In den langen Disputen bestand der wichtigste Trick darin, dem anderen nachzuweisen, dass er nicht voraussetzungsfrei gedacht hatte. Die gefinkeltsten Schlaumeier und Schlaumeierinnen fanden immer ein Haar in der Suppe. »Da!«, riefen sie, »jetzt hast du ein Klischee bedient!« Hatte man ein Klischee bedient, hatte man eine Sünde begangen. An einer dieser Diskussionsveranstaltungen nahm Thomas teil. Mit ihm entwickelte sich zum ersten Mal etwas, das vielleicht Beziehung genannt werden konnte. Bei den endlosen Debatten in der queeren Gruppe verwahrte sich Thomas gegen jedes Klischee. Doch nach zwei, drei Bier, einem Joint oder einem besonders gelungenen Orgasmus entschlüpften auch ihm generische Aussagen. Wir schliefen neben- und miteinander, entweder in seiner WG oder in der meinen. Wir frühstückten, dann gingen wir zusammen auf die Universität, und am Abend kochten wir füreinander Spaghetti mit Pesto. Nach drei Monaten erfuhr ich leider, dass Thomas nicht nur mit mir Spaghetti kochte, sondern auch mit Rafael und Sebastian und Ferdinand und so weiter.

Die sechzehn Unterrichtsstunden an der Handelsakademischen Abendschule waren fordernd. Am Samstagabend saß ich am liebsten in der Mansarde und schaute in den Himmel. Manchmal kam es vor, dass ich wieder R.E.M hörte, so wie früher. Die unaufdringliche Anwesenheit meines Nachbarn, die durch die Wand wehte, war jenes Maß an menschlicher Gesellschaft, mit dem ich am besten zurechtkam. Frederik empörte sich: »Wie kannst du damit zufrieden sein? Wieso hast du extra dieses große Bett heraufgeschleppt? Wieso machst du so ein Drama aus dem Schwulsein? In dieser Stadt leben hunderttausende Schwule. Statistisch betrachtet ist jeder zehnte Mensch schwul. Na und? Einen künstlichen Darmausgang haben, im Rollstuhl sitzen, im Schützengraben liegen, das ist schlimm!«

Ich hatte Frau Seiler nicht gekannt, doch ihr Tod berührte mich. Noch mehr berührte mich Herrn Drechslers Berührtsein. Man sah ihn kaum noch. Manchmal hörte ich ihn laut und deutlich hüsteln und wimmern. Frederik spottete: »Du bist verrückt geworden. Was soll dieses Geheule? Geh endlich hinaus! Dieses ganze Leiden! Jemand sollte es dir herausvögeln, aber flott und ordentlich!«

Tatsächlich trat in ebendieser Phase eine Veränderung ein. Drei Wochen nach ihrem Tod wurden Frau Seilers Möbel aus dem Fenster geworfen. Handwerker, einer davon sehr hübsch, gingen in der Wohnung aus und ein. Der letzte Schnee schmolz auf schmutzige Häufchen zusammen. Dann kam die neue Nachbarin und brachte unser aller Leben vollkommen durcheinander.

2

Die erste Begegnung fand an meiner Tür statt. Ich erwartete keine Gäste und ging davon aus, es wäre Herr Drechsler. »Sind das deine?« Hinter dem Rücken zog sie vier löchrige Boxershorts hervor. Ich bedankte mich wortkarg. Einige Tage später roch ich sie, noch ehe ich sie sah. Im Supermarkt auf der Gumpendorfer Straße hing ein Parfüm in der Luft. Ich erriet nicht, an wen es mich erinnerte. An der Kasse legte ich Kaffee, Butter, verpackten Schinken, Marillenmarmelade und drei Packungen extrafeuchten Toilettenpapiers auf das Förderband. Der Duft wurde intensiv. Ich drehte mich um. Sie ließ den Blick über das Förderband gleiten und grüßte spöttisch. Ich grüßte zurück und packte die Ware, so schnell es ging, in meinen Rucksack. Noch auf der Straße fühlte ich die Schamesröte. Das Toilettenpapier war megapeinlich.

Eine Woche später stieg ich die Treppen zu meiner Wohnung hinauf. Noch unter dem vierten Stock hörte ich sie schreien: »Beim nächsten Mal hol ich die Polizei! Alte Knacker mit Prätentionen – da kommt mir das Speiben!«

Ich überlegte, wieder in den dritten Stock hinunterzugehen und den Lift zu nehmen. Doch sie hatte mich gesehen und reckte den Kopf übers Geländer.

»Du kommst ein bisschen zu spät. Zwei Minuten früher, und du hättest erlebt, wie dieses Aas versucht hat, meine Wohnung zu öffnen. Ist der pervers oder was?«

Eine weitere Tür öffnete sich. Frau Kord prüfte die Lage: »Was ist denn los? Wer schreit denn hier so?«

»Der Trottel hat versucht, meine Wohnungstür zu öffnen. Er hat mit irgendwelchen Schlüsseln in meinem Schloss herumgefuchtelt ...«

»Wer? Er?« Frau Kord zeigte auf mich.

»Nein, der ...« Die Neue wies in den fünften Stock hinauf.

»Einer vom Haus? Wie hat er ausgesehen?«

»Graue Haare, schmieriges Gel, dieses Scheusal. Noch so eine Aktion, und ich zeig ihn an!«

Frau Kord legte die Stirn in Falten. Sie verabschiedete sich: »Wenn Sie etwas brauchen – ich bin da ...«

Ich wollte mich ebenfalls verziehen, doch die Neue hatte eine Bitte.

Es war schwierig, den Kasten in den Griff zu bekommen. Meine Finger fanden am glatten Holz keinen Halt. Sie schwitzten stark, und ich rutschte immer wieder ab. Unter mehrmaligem Absetzen hievten wir ihn an die Stelle, die sie sich ausgedacht hatte. Ihr Spott wich einer beinahe sympathischen Fröhlichkeit.

»Ich danke dir! Hier nimmt er das Licht nicht weg. Aber die Handwerker, diese Trottel, haben nicht auf mich gehört ...«

Sie streckte mir die Hand entgegen: »Mein Name ist Regina.«

Ich wischte die nassen Handflächen an den Hosenbeinen ab.

»Ich heiße Kurt. Ich wohne im Sechsten!«

»Das weiß ich doch, wegen der Unterhosen ...«

Ich atmete schwer und bewegte mich etwas benommen zur Wohnungstür. An der Schwelle bemerkte ich, dass sich unter meinen Achseln große, dunkelfeuchte Flecken gebildet hatten. Regina ließ mich nicht aus den Augen.

»Hast du morgen schon etwas vor? Wieso kommst du nicht um acht vorbei, und wir trinken ein Bier?«

Sie stemmte die Hände gegen die Hüften. Ihr Kinn hob sich um ein, zwei Zentimeter.

»Gern«, sagte ich, und mir brach die Stimme. Sie machte einen großen Schritt. Mit einer Geste zwischen Winken und Hinauswerfen schloss sie hinter mir die Tür.

Im Badezimmer betrachtete ich meinen nackten Oberkörper. Ein leerer Kasten aus dünnen Pressspanplatten hatte mich in Schweißausbrüche versetzt. Mein Vater hätte mich ausgelacht. Ich wusch Oberkörper und Achseln und kühlte mein Gesicht. Am Sofa versuchte ich wieder Oberhand zu gewinnen. Was hatte sie mit mir? Stand sie auf mich? Wieso wurde ich in ihrer Anwesenheit zu einem rotbackigen Scheißer?

Yasmina rief an: »Hast du Zeit? Ich bin bei dir um die Ecke. Es ist dringend. In einer halben Stunde?«

Ihre Stimme klang besorgt. Wir verabredeten uns im Café Savoy. Im Badezimmer probierte ich drei oder vier T-Shirts. Frederik hatte mir zu Weihnachten ein Parfüm geschenkt, das ich vom Hals bis zum Nabel verteilte. Während ich vor dem Waschbecken stand, hörte ich deutlich Herrn Drechsler. Offenkundig stand auch er im Badezimmer. Er drehte den Wasserhahn mehrfach auf und zu, dabei sprach er mit sich selbst, was in dieser Intensität eher selten vorkam. Schließlich fluchte er so laut, wie ich es noch nie von ihm gehört hatte.

Yasmina umarmte mich. Wir setzten uns in die Sonne und bestellten zwei Aperol Spritz. Entgegen allen Erwartungen zündete sie sich eine Zigarette an.

»Es läuft nicht gut. Wir haben jetzt getrennte Nachtdienste. Damit wir ein bisschen auf Abstand kommen. Auf der Station ist immer Stress, auch wegen des Neubaus in Floridsdorf. Jeder rennt zu uns. Schon seit mehreren Wochen oder sogar seit Monaten ist alles schwierig. Wir streiten jeden Tag. Wir nerven uns, ganz automatisch, ohne dass ein Wort fällt. Oder zumindest er nervt mich. Du glaubst nicht, was für ein Arzt Frederik ist. Wie er mit den Leuten redet. Ein Scherzchen hier, eine Blödheit da. Zu manchen Patienten ist er so frech, dass ich mir denke: Jetzt bekommt er eine runtergehauen. Aber nein, die Leute lieben ihn. Mindestens zweimal im Monat kommt zum Beispiel der Einbeinige. Wegen Herzflimmerns. Er ist stolz darauf, dass er die U-Bahn nimmt und sich selbst einliefert. ›Ich brauche keine Rettung‹, ruft er den Schwestern zu. Dabei hat er eine Weinfahne, die zum Kotzen stinkt. Beim letzten Mal hat ihm Frederik heimlich den Rollstuhl manipuliert. Er konnte nur noch im Kreis fahren. Über eine Viertelstunde hat er versucht, zum Aufzug zu rollen. Frederik und die Pfleger haben sich totgelacht. Der Einbeinige ist wütend geworden. Frederik hat das Rad wieder flottgemacht. Da hat der Einbeinige gelacht und gesagt: ›Danke, Herr Doktor! Sie sind der beste Herr Doktor in diesem verfickten Spital!‹

Frederik ist überhaupt ausschließlich Arzt. Wenn er nicht im Spital ist, möchte er nur herumliegen. Oder er repariert sein Fahrrad. Fahrradfahren und Spazierengehen sind die einzigen Dinge, die man draußen mit ihm machen kann. Ausgehen tut er nicht mehr, das merkst du ja selbst. Das letzte Mal, dass wir gemeinsam in der Disco waren, daran kann ich mich nicht mehr erinnern. Auch fürs Kino oder fürs Theater oder Kabarett ist er nicht zu haben. Von Vernissagen oder Oper rede ich gar nicht. Vor Weihnachten habe ich es nicht mehr ausgehalten. Ich wollte wenigstens einmal im Jahr ein bisschen Kultur erleben. Wir sehen vernünftige Menschen nur mit nacktem Hintern. Jede Woche schieben wir mindestens fünf Tote aus der Station. Da bekommt Kultur einen gewissen Stellenwert. Man umgibt sich mit Kunst und trinkt ein Glas Prosecco, damit man nicht vollkommen verroht. Ich habe uns Sitzplatzkarten für den *Barbier von Sevilla* besorgt. Das ist keine schwere Kost. Nach der Ouvertüre ist er eingeschlafen. Das geht mir sowas von auf die Nerven. Er denkt, dass er das Recht hat, in der Staatsoper einzuschlafen. Aber wenn ich sehe, wie er das in sich hineindenkt und im Opernsessel einschläft, da möchte ich ihm eine runterhauen.«

Yasmina zog an ihrer Zigarette. »Bitte, du darfst nicht schlecht von mir denken. Wir sind seit fast zehn Jahren zusammen. Kein Mann hat mir jemals so viel bedeutet wie Frederik, ich schwöre! Doch seit einiger Zeit funktioniert es nicht mehr. Ich weiß auch nicht genau, warum. Aber, weißt du, er wird immer ignoranter. Der Beruf macht ihn kaputt. Dabei merkt er es gar nicht. Er glaubt, es genügt, ein guter Arzt zu sein, und fertig. ›Ich bin Arzt im städtischen Spital. Ich rette Leben für alle Krankenkassen. Das sollte reichen.‹ Er liest keine Bücher. Er liest keine Zeitungen. Das Einzige, was ihn interessiert, sind Medizin- und Fahrradzeitschriften. Frederik kennt die neuesten Ventil-Versionen bei Rennradschläuchen. Wir haben vier Rennräder im Keller. An einer Hinterbremse oder an der Gangschaltung kann er zwei Stunden herumdoktern. Was in der Welt passiert, weiß er nicht. Die Urlaubsdiskussionen sind zum Verrücktwerden. Seit zehn Jahren möchte Frederik an den Attersee fahren. Am besten immer ins gleiche Hotel am Attersee. Alles andere ist zu weit weg. Aber verflucht noch mal, der Attersee, was soll das? Italien ist für ihn zu weit weg.

Außerdem ist es ihm dort zu heiß. Vom Libanon brauche ich gar nicht zu reden. ›Dort macht man nicht Urlaub. Dort bekommt man Probleme.‹ Sag du mir, wie kann man mit einem solchen Mann zusammenleben? Dabei passiert so viel. Gerade jetzt. Die Welt bricht auseinander. Frederik merkt es nicht.

Weißt wenigstens du, was in Beirut los ist? Wisst ihr, dass in Syrien Krieg ist? Wisst ihr, dass alle Syrer nach Beirut flüchten? Es sind bereits über eine Million. Dabei haben wir mit den Palästinensern längst genug. Jeden Tag sprengt sich irgendwo einer in die Luft. Meine ganze Familie lebt in Angst. Der Scheißkrieg in Syrien ist eine Katastrophe. Er macht auch unser Land kaputt. Zum hundertsten Mal wird alles kaputt! Aber das interessiert hier niemanden, und Frederik interessiert es auch nicht. Lieber möchte er im Wienerwald spazieren gehen oder mit dem Fahrrad nach Hainburg fahren. Wir haben eine Facebook-Seite eröffnet, um auf die Lage aufmerksam zu machen. Wir versuchen in den sozialen Medien Druck zu erzeugen, damit die Europäer endlich aufwachen. Aber Frederik hat nicht einmal ein Smartphone. Verstehst du mich? Er macht mich wahnsinnig.

Und du, du riechst ja wie er … Habt ihr jetzt sogar dasselbe Parfüm?«

Yasmina grub ihre Nase in meine Jacke. Sie griff nach dem Stoff und versteckte sich darin. Nach einer Weile kroch sie hervor und sah mich an. Sie weinte immer noch ein bisschen: »Wie hältst du es nur mit ihm aus?«

Ihr Haar duftete, wie kein Männerhaar je duftet. Ich drückte sie an mich.

»Soll ich mit ihm reden?«

Yasmina zögerte. »Nein. Montagabend sind wir beide zu Hause. Da nehme ich die Sache selbst in die Hand.«

Sie zündete sich eine neue Zigarette an. »Was machst du heute? Gehst du mit mir aus? So wie früher? Gehen wir unter die Leute?«

Die Raucherei stand ihr nicht besonders. Ihr Teint war frisch. Ihr gesamtes Wesen straff und unbeugsam.

»Lieber nicht …« Ich strich ihr über die feuchten Wangen. »Ich hab morgen Abend eine Verabredung. Da möchte ich fit sein.«

Yasmina lächelte und insistierte. Sie wolle alles wissen. Ich schüttelte den Kopf. Es war absurd, über die sogenannte Verabredung ein weiteres Wort zu verlieren. Nur ein Clown, wie ich einer war, machte sich auf so schäbige Weise interessant. Ich bereute, »die Verabredung« erwähnt zu haben.

Die Lokale zwischen Gumpendorfer- und Mariahilferstraße, oberhalb der Laimgrubengasse, waren an Samstagen sehr gut besucht. Überall saßen junge Leute in meinem Alter. Sie unterhielten sich mit Notebooks und Handys, trugen pastellfarbene Kleidung und große Sonnenbrillen. Ich konnte mir überhaupt nicht vorstellen, so auszusehen wie sie. Ich betrat eine Filiale des Sportgeschäfts meiner Mutter. Ihretwegen bekamen mein Vater und ich und sogar meine Tanten, Onkel und Cousinen ordentlich Rabatt. Außerdem kleidete ich mich gern in Trainingshosen. Auch weil meine Schülerinnen und Schüler das so machten. Die Handelsakademische Abendschule besuchten Leute, die neben der Lehre einen Maturaabschluss anvisierten. Sehr fokussierte Personen mit einem starken Willen. Meistens schleppten sie sich direkt nach der Arbeit von Viertel nach fünf bis neun in den Klassenraum. Höflich bemühten sie sich, nicht ununterbrochen zu gähnen. Viele hatten Schmierölspuren an den Fingern, rochen nach Fritteuse oder Haarspray. Zu bedauern war, dass ich ausschließlich schriftliche Fächer unterrichtete. Die Korrektur von englischen oder deutschen Erörterungen gehörte zur allerschmerzhaftesten Mühsal. Oft lieferte sie den naheliegenden Vorwand, am Samstagabend brav zu Hause zu bleiben. Auf dem Heimweg vom Sportgeschäft war im Übrigen nicht zu übersehen, dass immer mehr Bürgerinnen und Bürger ihren Samstag ebenfalls in Trainingshosen abwickelten. Ich erachtete das als lächerlichen Etikettenschwindel und ärgerte mich darüber.

Die neuen Jeans schmiss ich sofort in die Waschmaschine, weil meine Mutter mir das so eingebläut hatte. »Durch unsere Geschäfte laufen die ärgsten Schweine. In einer Umkleidekabine findest du angeschissene Unterhosen, mit Schuppenflechten weißgestaubte Pullover und gebrauchte Kondome. Bevor du etwas Neues anziehst, wäschst du es!«

Ich trug mich in die Liste für den Trockner ein.

»Schön, Sie zu sehen«, rief Frau Kord, »wie geht es Ihnen?«

Sie stellte die Schmutzwäsche auf einer der Waschmaschinen ab und rückte an meine Seite. »Was ist denn unlängst los gewesen? Hat die Neue Herrn Drechsler gemeint? Ich habe nichts gesehen. Wie sie den angeblichen Angreifer beschrieben hat, dachte ich mir aber gleich, das muss der Drechsler sein. Achtung mit dieser Neuen! Ich habe genau gehört, wie sie mit den Handwerkern umgesprungen ist. Sie kommandiert gern. Sie wird Herrn Drechsler doch nicht etwa anzeigen? Heutzutage ist man im Handumdrehen angezeigt. Das geht ruck, zuck. Der Drechsler hat kein Glück mit den Frauen ...«, an dieser Stelle lachte Frau Kord und schüttelte den Kopf, »Margit hat ihn gemieden, wie der Teufel das Weihwasser. Sie konnte seine Schritte von allen anderen im Haus unterscheiden. Wenn er im Stiegenhaus war, ging sie nicht aus der Wohnung. Einmal war sie bei mir, da klopfte der Drechsler an der Tür. Margit hat sich sofort versteckt. Ich habe ihn abgewimmelt und bin ins Wohnzimmer. Wie ein Kind kauerte sie hinter dem Sofa. Daraufhin ist sie wütend geworden. ›Was für ein Fluch‹, hat sie gerufen, ›was für ein Fluch, mit diesem Mann das Haus zu teilen …‹ Man hätte ihr den Zorn nicht zugetraut. Sie war eine so zierliche Person …«

Frau Kord füllte die Trommel.

»Irgendetwas ist zwischen den beiden vorgefallen, irgendeine Hässlichkeit. Ich hab keine Ahnung. Ich schätze ihn. Am Begräbnis hat er mir fast leidgetan. Hätte er gewusst, wie Margit über ihn hergezogen ist, hätte er nicht so geweint. Aber dass er sich jetzt gleich den nächsten Streit anfängt! Das ist nicht gescheit. Achtung mit der Neuen! Ich trau ihr nicht über den Weg. Ob sie nicht ein bisschen plemplem ist. Das wäre mir sehr unangenehm. Wenn sie mich auch anzeigt, dann gnade ihr Gott! Wer sich wegen jeder Kleinigkeit aufregt, wer immer alles besser weiß, wer wegen jedem Schmarrn zur Polizei rennt, der lernt mich kennen. Es ist eine Schande. Die schönste Wohnung ein Albtraum, wenn neben dir ein Trottel wohnt. So ist es, mein Lieber, so und nicht anders!«

Frau Kord füllte ordentlich Waschmittel in die Maschine.

»Aber wie geht es Ihrer Tante? Seit Wochen hör ich nichts von ihr. Hat sie ihr Telefon verlegt? Für die Stadt war Ihre Tante nicht gemacht. Wie oft hat sie vom Burgenland geredet. Wir haben hie und da ein Gläschen miteinander getrunken, wissen Sie das? Aber das ist doch verständlich! Ohne Mann, ganz allein, wie soll man das auf Dauer aushalten? Manchmal ist auch die Margit herübergekommen, dann haben wir drei alten Witwen ordentlich gelacht. Richten Sie ihr schöne Grüße aus! Ich vermisse sie sehr.«

Sie nahm den leeren Korb und ging.

Punkt sieben Uhr war Radio Diagonal zu Ende. Mein Nachbar vermittelte einen schrecklichen Eindruck.

»Borgen Sie mir bitte Ihr Bügeleisen?«

Natürlich bügelte ich keine Nike-T-Shirts und keine Jeans, wie ich überhaupt kein Kleidungsstück jemals gebügelt hatte.

»Brauchen Sie auch das Bügelbrett?«

Ich verneinte.

»Die neue Mieterin hat mich eingeladen!«

Herr Drechsler reichte mir das Bügeleisen. Meine Verabredung schien ihn nicht zu kümmern. Oder er wagte nicht nachzuhaken, weil private Gespräche nicht unseren Gepflogenheiten entsprachen. Ich hatte meine Schwelle erreicht. Er räusperte sich.

»Sie meinen die Mieterin im vierten Stock?«

Erleichtert drehte ich mich um.

»Sie hat mir erzählt, Sie hätten versucht, bei ihr einzubrechen?«

Herr Drechsler lächelte.

»Das stimmt. Ich hatte noch Margits Reserveschlüssel. Mir schien es angebracht, ihn nach dreißig Jahren zurückzubringen. Ich wusste nicht, ob die Tür erneuert worden ist. Gestern habe ich vier- oder fünfmal geläutet und geklopft. Ich weiß selbst nicht, was mich gepackt hat. Ich wollte einfach ausprobieren, ob er noch sperrt. Da riss sie die Tür auf und schrie mich zusammen. Aber richtig! Sie drohte mit der Polizei. Ich bin davongelaufen. Dann hab ich mich geschämt.«

Er wischte sich mit der Hand über den Mund. Die ganze Zeit über schüttelte er leicht den Kopf.

»Bitte sagen Sie Regina, dass es mir leidtut.«

Er war plötzlich aufgewühlt und trat sinnlos auf der Stelle herum. Dann verschwand er grußlos in seiner Wohnung.

Regina bat mich in die Küche. Sie hatte zwei Teller und Besteck aufgedeckt. Ein würziger Duft lag in der Luft. Die neuen Hosen spannten beim Hinsetzen. Ich fuhr mir mehrmals über die Oberschenkel und vermied es, die Beine zu überkreuzen.

»Es gibt Geflügel, wenn du nichts dagegen hast … Du bist kein Vegetarier, nicht? Du kaufst Schinken zum Frühstück.«

Sie stellte zwei Flaschen Bier auf den Tisch. Wir tranken auf unser Wohl.

»Schön, dass du gekommen bist! Ich sterbe vor Hunger. Stimmt es, dass du Lehrer bist? Frau Kord hat mir das erzählt …«

Ich bejahte und nahm einen ordentlichen Schluck Bier. Dann überkreuzte ich die Beine doch, wodurch der Saum der Hosenbeine nach oben rutschte. Der Knöchel und mein sehr dicht behaartes Schienbein wurden sichtbar.

»Ich habe sofort gespürt, dass du Lehrer bist. Es gibt einen Habitus der Lehrer, kaum zu verwechseln. Was unterrichtest du?«

»Deutsch und Englisch, an der Handelsakademischen Abendschule des BFI, auf der Margaretenstraße. Was machst du?«

»Ich arbeite in St. Marx, am Institut für biochemische Verhaltensforschung.«

Sie zog ein metallenes Behältnis aus dem Rohr. Erdäpfel, Karotten, Zwiebeln und Fleischteile brutzelten in einem Rosmarin-Sud. Sie bat mich um einen Untersetzer und deutete auf eine Lade.

»Und was genau machst du an diesem Institut? Wessen Verhalten erforscht ihr?«

»Der Fokus meiner Gruppe liegt auf Mäusen. Wühlmäuse, zum Beispiel, existieren in verschiedenen Arten, wobei vor allem zwei besonders interessant sind: die Prärie-Wühlmaus und die Berg-Wühlmaus. Obwohl es sich beide Male um Wühlmäuse handelt, exekutieren die Prärie-Wühlmäuse ein ganz anderes Sexualverhalten als ihre Verwandten, die Berg-Wühlmäuse. Wie es scheint, leben die Prärie-Wühlmäuse monogam und treu, die Berg-Wühlmäuse hingegen promisk und asozial. Aber warum? Wodurch wird dieser Unterschied verursacht? Solche Dinge versuchen wir herauszufinden.«

Sie biss in einen Hühnerflügel, den sie sich mit den Händen an den Mund führte. »Schmeckt's?«

Ich nickte und hatte die erste Bierflasche ausgetrunken. Mit Gesten verständigten wir uns darauf, dass ich mir jede weitere Flasche selbst aus dem Kühlschrank nehmen sollte.

»Sexualverhalten ist ein großes Rätsel. Biologen und Psychologinnen sind in den 150 Jahren seit Charles Darwin keinen Schritt vorangekommen. Eher sind wir immer tiefer ins Dickicht geraten. Wir wissen bis heute nicht, in welcher genauen Korrelation neuronal-biochemische Prozesse und sexuelle Gefühle stehen. Wodurch wird sexuelle Erregung wirklich verursacht? Wie greifen äußere und innere Reize ineinander? Wieso kann der Anblick von etwas erregen? Ist Erregung an einen dunkel anwesenden Fortpflanzungswunsch gekoppelt? Denkt die kleine Wühlmaus tatsächlich an ihren Reproduktionserfolg, wenn sie sich demselben oder einem anderen Sexualpartner hingibt? Wieso erregt sich die verlotterte Berg-Wühlmaus messbar an immer neuen Partnern, die brave Prärie-Wühlmaus hingegen nicht? Offenbar führen beide Strategien zu passablen Ergebnissen. Wieso macht es dann aber die eine Maus so und die andere so? Ist es die Umgebung? Sind es am Ende Gefühle, die den Ausschlag geben? Aber was gehört alles zur Umgebung? Und was sind Gefühle? Liebt die Prärie-Maus ihren Partner? Sollen wir das wirklich in Erwägung ziehen?«

Meine Bemühungen, männlich auszusehen, begannen zu schmerzen. Ich spürte, wie sich der Rücken verspannte. Die Brust möglichst viril in die Höhe zu strecken, strengte die Rückenmuskulatur an. Gleichzeitig schwand jede Hoffnung. Mein Versuch, jemand anderer zu sein, kam mir lächerlich vor. Sie war Verhaltensforscherin. Sie hatte sehr scharfe Augen. Aus einer kurzen Begegnung an der Kasse hatte sie auf meine Essgewohnheiten geschlossen. Mir graute vor dem verhaltenswissenschaftlichen Interpretationswert des extrafeuchten Toilettenpapiers. Die Pressspanplatten ihres Wandschrankes hatten mir beide Achseln durchfeuchtet. Längst wusste sie, dass ich ein schwuler Jammerlappen war.

»Hormone spielen jedenfalls beim Sex eine gewichtige Rolle. Das ist eine Binsenweisheit. Hormone sind biochemische Substanzen, die in unserem Körper die Kommunikation zwischen den einzelnen Organen besorgen. Man sollte die biochemische Dimension des Geschehens weder überbewerten noch geringschätzen. Man sollte sie ernst nehmen. Wenn wir noch zwei Bier trinken, werden unsere Gedanken andere sein, als wenn wir sie nicht getrunken hätten. Diese Modifikationen sind biochemisch verursacht. Sie kommen nicht aus dem souveränen Geist oder der kapitalistischen Kultur oder dem christlichen Abendland. Auch ein Geisteswissenschaftler oder eine Philosophin müssen sich mit ihnen ins Benehmen setzen. Oder etwa nicht? Denkst du nicht auch, dass dieses Huhn köstlich schmeckt? Jetzt wird es in deinem Magen in seine chemischen Bestandteile zersetzt. Dadurch verändert dieses Huhn, das ich für dich gekocht habe, deinen Organismus. Nichts geht verloren. Die Materialität der Welt ist ein in sich geschlossenes System. Ich denke, am Ende müssen das auch die Geistesspezialisten von deiner Fraktion zugeben, oder nicht? Mein Vater war bei der Post in Wolkersdorf. Er wusste genau, dass es zwei Beine aus Fleisch und Blut braucht, damit eine Nachricht ankommt.«

»Wir sind aus Langenzersdorf am Bisamberg. Unser Garten ist schmal, geht aber weit nach hinten den Hang hinauf. Ich war vor zwei Tagen dort. Jetzt blühen schon fast die Apfelbäume. Im Sommer gibt es Kirschen und Feigen. Das Klima am Bisamberg ist mild. Drum wächst bis Stammersdorf der Wein so gut. Auch Ribisel, Holunder und Haselnüsse. Rechts an der Mauer liegen Hochbeete mit Salat und Gemüse. Überall sprießt Wein. Neben den Beeten ist ein kleiner Hühnerstall und ein Stall mit Gänsen. Als wir noch klein waren, spielten meine Schwester und ich den ganzen Nachmittag mit den jungen Gänsen. Hinter dem Hasenstall, weiter oben, lag ein Gatter mit Schweinen. Jetzt haben wir keine Schweine mehr, denn meine Eltern bringen es nicht mehr übers Herz, sie zu schlachten. Aber während meiner Kindheit gab es immer Ferkel, die mein Vater verkaufte. Es gibt auf der Welt nichts Liebenswürdigeres als ein Ferkel. Wir liebten alle Tiere, nicht nur die Hunde. So sind wir aufgewachsen, meine Schwester und ich. Das Huhn, das du isst, ist aus unserem Garten! Noch ein Bier?«

Sie hielt mich für ein Mitglied der geisteswissenschaftlichen Fraktion. Regina ordnete mich instinktiv nicht den Sportplätzen und Kraftkammern zu, sondern den Seminarräumen und Bibliotheken. Sie ordnete mich der Judith-Butler-Fraktion zu, um mich indirekt wissen zu lassen, dass sie längst wusste, dass ich schwul war. Sie wurde mir immer unheimlicher. Ich beobachtete sie und bemerkte, wie sie mich ebenfalls beobachtete. Es lag auf der Hand. Der Habitus der Lehrer war vor allem ihr selbst in Fleisch und Blut übergegangen. Sie hörte sich gerne reden. Sie erklärte mir ungefragt den genauen Aufbau ihres Labors, woher sie die Mäuse bezog und wohin die toten Mäuse entsorgt wurden. Doch währenddessen musterte sie mich. Zu allem Überfluss gab es die ganze Zeit Bier. Das Bier hatte immerhin den Effekt, dass ich in meiner eigenen Verrücktheit einsank. Je mehr ich trank, desto anfälliger wurde ich für den Gedanken, sehr männlich sein zu können. Regina stand auf, um das leere Blech in den Ofen zurückzuschieben. Sie wollte Platz schaffen. Dabei bückte sie sich und schob mir, für zwei Sekunden, ihren Hintern entgegen. Tatsächlich griff ich mir in diesem Moment an den Schritt. Die Hitze in der Küche war ordentlich angestiegen, und an den Fenstern kondensierte die warme Luft. Zu meiner Männlichkeit gehörte, dass ich nun endlich etwas sagte oder replizierte oder das Gespräch auch nach meinem Willen lenkte oder der neunmalklugen Forscherin endlich den Schneid abkaufte.

»Und was ist mit deiner Mutter?« Ich bemühte mich, ein raffiniertes Gesicht zu machen.

»Meine Mutter? Meine Mutter ist Griechin! Sieht man das nicht?« Sie blinzelte kokett. Sie schien ein bisschen beschwipst, wobei ich ihr mittlerweile alles zutraute.

»Meine Mutter hat uns gezeigt, wie man die Hühner umbringt und rupft. Du übergießt sie mit heißem Wasser. Natürlich erst, wenn sie tot sind. Dann ziehst du vorsichtig Feder für Feder aus der Haut. Wie viele Leute auf der Gumpendorfer Straße wissen noch, wie lange es dauert, ein Huhn zu rupfen? Meine Mutter hatte viele Jobs. Zuletzt hat sie für die Gemeindebibliothek in Langenzersdorf gearbeitet. Wir sind jeden Sommer nach Athen, das heißt, eigentlich nach Piräus.«

»Sprichst du Griechisch?«

»Durchaus, nicht perfekt, aber doch sehr gut.«

»Was meinst du mit ›meiner Fraktion‹? Welcher Fraktion gehöre ich denn deiner Meinung nach an?«

»Ich bin vor fünf Monaten aus den Staaten nach Wien zurückgekommen. Am Institut of Behavioral Sciences von Philadelphia, auch an etlichen anderen amerikanischen Universitäten wird viel in Bezug auf Sexualbotenstoffe geforscht. In den USA findest du Leute, die das gesamte menschliche Wesen auf Gene und Proteine zurückführen. ›Persönlichkeit‹ ist in ihren Augen nur ein kleines Seitenstück zur Biochemie, die Seele ein Anachronismus aus dem alten Europa. Ebenso heftig wird eine kulturalistische Gegenposition vertreten. Der Unterschied zwischen männlich und weiblich, zum Beispiel, soll demnach nicht biologisch, sondern kulturell fundiert sein. Du bist kein Mann, weil du männliche Geschlechtszellen hast, sondern weil du von der Kultur und den Medien und den Diskursen so indoktriniert wurdest. Bezeichnenderweise wird diese These nicht von echten Wissenschaftlerinnen vertreten, sondern eher von Pädagogen oder Philosophen oder Germanistinnen oder Anglisten, Leuten wie dir …«

Ich nickte, obwohl ich mir nicht sicher war, ob der letzte Satz eine Frechheit war. Fast wollte ich die langen Identitätsstreitereien aus der queeren Studentinnengruppe aufs Tapet bringen. Hatte sie nicht eben vierzehn Klischees bedient? Ich biss mir auf die Zunge. Weshalb sollte ich in einer queeren Gruppe gewesen sein? Weil mit meinen männlichen Geschlechtsorganen etwas nicht stimmte? Weil sie sich beim Anblick der falschen Reize erregten? Falsch, in welchem Sinn? Ein griechischer Hintern ließ sie jedenfalls kalt, leider.

»Na ja, ich habe mir nie viel aus diesen Dingen gemacht. Ich bin kein Germanist, sondern Lehrer. Ich unterrichte Elektriker und Fitnesstrainerinnen. Ich zeige ihnen, wie man die Deutsch-Matura besteht. Das kommt mir sinnvoll vor. Das Konzept der Weiblichkeit, der Diskurs der Männlichkeit und so weiter, das ist mir nicht so wichtig.«

Meine Lüge war so groß, dass sie mich kurz erröten ließ. Regina hatte eine neue Idee: »Wenn du einverstanden bist, drehe ich uns jetzt einen Joint.«

Es ließ sich nicht ignorieren. Ihre Finger portionierten den Tabak und streuselten Gras darüber. Ihre Zunge strich über das Papier. Ihr linkes Knie indes stieß immer öfter an mein rechtes. Ich konnte mir unmöglich einreden, dass es ohne Absicht geschah.

»Das ist Blödsinn, wie ihn nur ein Mann von sich geben kann. Der Unterschied zwischen dem Weiblichen und dem Männlichen ist in der Biologie der Säugetiere der entscheidende Unterschied. Unser gesamter Körper hat sich um diesen Unterschied herum entfaltet. Es ist die Differenz der Geschlechtszellen, die die Gestalt des Körpers in der Schwebe hält. Sie verleiht ihm seine Mannigfaltigkeit. Die sexuelle Selektion ist der Grund dafür, dass die Menschen auf diesem Planeten so verschieden aussehen. Du schläfst im Jahr mit dreizehn Frauen und denkst dir nichts dabei. Aber wir Frauen zahlen teuer für Sorglosigkeit. Deshalb reflektieren wir genau, wir prüfen die kleinsten Unterschiede, wir *wählen*. Denn nur wir verwirklichen das neue Leben. Biologie ist ein weibliches Geschäft. Ihr Männer reißt die Klappe auf. Doch *on the long run* formt sich die Welt nach weiblichen Wünschen. So ist es, mein Lieber, das ist ein Faktum.«

Regina erhob sich und winkte mich ins Wohnzimmer. »Wir wollen es uns gemütlich machen, oder nicht?«

Als ich mich erhob, machte sich der Schwips bemerkbar. Aus dem Wohnzimmer drang Musik von St Germain. Regina und ich waren wohl ungefähr im selben Alter. Das Sofa war weiß oder beige, breit und gemütlich. Regina streckte Arme und Beine von sich. Sie schien zufrieden. Der Joint lag auf dem Tisch. Neben dem Aschenbecher flackerte eine Kerze. Ich suchte nach einem Glas, um Wasser zu trinken. Ein menschliches Bedürfnis regte sich. Regina rief mir den Weg auf die Toilette zu. Ich schloss mich ein und setzte mich, um mit meiner männlichen Blödheit nicht alles anzuspritzen. Wieso hatte sie gesagt, dass ich im Jahr mit dreizehn Frauen schlief? Wieso verarschte sie mich? War sie am Ende homophob? Verspottete sie die Schwulen, weil sie die biologischen Abläufe durcheinanderbrachten? Wieso stieß sie ihr Knie gegen meines? Oder bildete ich mir das alles ein, weil ich seit zwei Jahren mit niemandem mehr intim gewesen war? Weil ich körperliche Nähe ausschließlich halluzinierte?

Doch ich fühlte mich wohl bei Regina. In ihrer Nähe wurde alles leichter. Ihre Stimme war voller Spott und dennoch liebenswürdig. Es musste schön sein, mit ihr zusammenzuleben. Sie wusste, wie man Hühner rupfte. Sie hatte in den USA studiert. Sie schleppte Wandschränke, wie mein Vater, ohne mit der Wimper zu zucken. Sie sollte nicht Wühlmäuse, sondern die menschliche Schwulheit erforschen. Warum gab es etwas so Nutzloses wie die Homosexualität? Wieso war es mir nicht möglich, einer Halbgriechin Lust zu bereiten? Wieso konnte ich nicht mit einer Frau zusammenleben, so wie mein Vater, Frederik und die allermeisten Männer? Ich spülte, kühlte den Nacken und trocknete mir die Hände.

»Wir ziehen das Gras am Institut. Es ist eine besondere Kreuzung. Du wirst begeistert sein. Mild und beruhigend. Ich nehme an, du bist Nichtraucher, oder etwa nicht?«

Ich lächelte. »Du weißt alles über mich. Du fragst nur aus Höflichkeit, hab ich recht?«

Regina setzte den Joint unter Feuer. »Deine Kleidung riecht nicht nach Rauch. Ich habe dich noch nie mit einer Zigarette gesehen. Deine Zähne sind weiß. Alles offensichtlich. Was nicht sichtbar ist, weiß ich nicht. Aber was sichtbar ist, nehme ich zur Kenntnis.«

»Von meinem Nachbarn soll ich dir etwas ausrichten. Er entschuldigt sich für das, was gestern passiert ist. Es tut ihm aufrichtig leid.«

Regina reichte mir den Joint. »Dein Nachbar ist ein komischer Kauz. Irgendetwas stimmt nicht mit ihm. Es ist etwas Dunkles in seinem Blick. Er hat ein Geheimnis.« Sie zog eine Grimasse.

»Mein Nachbar ist ein wirklich liebenswürdiger Mensch. Ich würde ihn gerne heiraten.«

Reginas Gesichtsausdruck wurde immer komödiantischer.

»Tatsächlich?« Sie fixierte mich. Irgendetwas schien sie zu frappieren.

Ihr Gesicht kam dem meinen immer näher.

Ich erinnerte mich daran, als St Germain in allen Bars und Nachtlokalen zu hören war. Frederik und ich hatten bis zum Morgengrauen gefeiert und getrunken. In der Nachtlinie 71 schliefen wir ein. Beim Zentralfriedhof schmiss uns der Fahrer hinaus. Frederik wurde unternehmungslustig. Er schnupperte in die Luft und spitzte die Ohren. Durch ein Loch schlüpften wir in den Park vom Schloss Neugebäude gegenüber. Im Tau leuchteten Tulpen und Hyazinthen. Unter einem blühenden Baum wurde Gras geraucht. Frederik, der im Rausch an Schüchternheit verlor, setzte sich zu einem Mädchen. Von irgendwoher drang das Pochen eines Basses. Ich nahm neben ihm Platz. Mir gegenüber leuchteten zwei Augen. Ein Bursche fokussierte mich. »Was für eine Nacht!«, sagte er mehrmals. Dabei wippte er im Rhythmus vor und zurück. Frederik und das Mädchen küssten sich auf den Mund. Der Bursche reichte mir einen Joint, und plötzlich hörte ich ganz deutlich die Stimme aus St Germains *Rose Rouge*, die immerzu *I want you to get together* sang. Der Bursche lachte mich an. Unsere Schuhsohlen berührten sich. Hinter der Mauer stieg die Sonne hoch. *I want you to get together – put your hands together*, sang die Stimme. Doch verdammt, wie ich war, rührte ich mich nicht von der Stelle.

Zwischen den Liedern schwappten die Bewegungen der Menschen durchs Fenster herein. Am Ende der Laimgrubengasse gab es eine Schwulenbar und ein Restaurant. Oben auf der Gumpendorfer Straße reihte sich ein Nachtlokal ans nächste. Ihr Scheitel lag unter meinen Augen, weil sie den Kopf gegen meine Schulter gelehnt hatte. Ich drückte ihr mein Kinn ins Haar und küsste ihre Stirn. Sie setzte sich auf. Sie schob ihr Becken an mich heran. Ein angewinkeltes Bein drückte sie zwischen meinen Rücken und die Sofalehne. Das andere Bein platzierte sie vor meiner Brust, genau über meinem Schritt. Wir lachten die ganze Zeit, und das Lachen wärmte. Das Gewicht ihrer Kniekehle stimulierte, irgendwie, meinen Penis. Vielleicht war es aber auch das ununterbrochene Lachen, das die Beckenmuskulatur und das Zwerchfell ins Vibrieren brachte. Sie blies sich eine Locke aus dem Gesicht. Der Joint ging zur Neige. Wir umfassten den Filter immer vorsichtiger, um uns an der Glut nicht die Finger zu verbrennen.

3

Ich legte mich erledigt aufs Sofa, nippte am Bier und sah mir am Laptop die Spätnachrichten an. Der Nachrichtensprecher berichtete von einem schweren Bombenanschlag mit 71 Toten und 124 Verletzten in der nigerianischen Hauptstadt Abuja. Verdächtigt wurde die islamistische Terrororganisation Boko Haram. Es läutete an der Tür, und mein Missmut erreichte eine Obergrenze. Der Sonntag hatte nicht gereicht, um wieder auf die Beine zu kommen. Seit Studententagen hatte ich nicht so viele Drogen konsumiert. Die Schülerinnen und Schüler, prinzipiell gutmütig, hatten ein sensibles Sensorium für eventuelle mögliche Zügellosigkeit. Fehlte die Motivationskraft oder zeigte der Lehrer Schwäche, verfielen sie zielstrebig in jeden Schlendrian. Sie kamen zu spät in den Klassenraum, klebten unverhohlen am Mobiltelefon, und alle Übungen dauerten endlos. Außerdem wollte ich definitiv kein Gespräch über unseren gemeinsamen Abend führen. Regina sollte einen anderen Zeitpunkt abwarten. Ich überlegte, am Sofa sitzen zu bleiben. Vielleicht überzeugte sie sich, dass ich nicht da wäre. Aber unter dem Türschlitz fiel Licht in den Gang, was ihrem Scharfsinn sicher nicht entgehen würde. Höchstwahrscheinlich hatte sie mich beobachtet, wie ich das Rad in die Garage geschoben hatte. Die Glocke schlug ein zweites Mal an, über mehrere Sekunden. Diese Penetranz schien mir der Gipfel. Durch den Spion sah ich, dass ich mich geirrt hatte.

»Was machst du hier?«

»Sie hat mich rausgeschmissen.«

Frederik betrat die Wohnung, warf seine Tasche aufs Bett und ging in die Küche.

»Ich brauche auch ein Bier.«

Er ging zum Kühlschrank, aber ich hatte nie Bier auf Lager. Ich kaufte es nach dem Unterricht beim Würstelstand.

»Kann ich ein paar Tage bei dir bleiben? Jetzt mit meinen Eltern reden, das bringt mich um. Ich mache dir keine Umstände. Ich habe freiwillig alle Nachtdienste angenommen. Ist das okay für dich?«

»Was ist denn passiert? Wieso hat sie dich rausgeworfen?«

Ich wusste nicht, ob Frederik wusste, dass ich mit Yasmina gesprochen hatte.

»Ich will nicht darüber reden.«

Ich ging ins Badezimmer und hörte, dass mein Nachbar ebenfalls im Badezimmer war. Ich putzte mir die Zähne. Frederik öffnete das Dachfenster. Er nippte an meinem Bier und hielt den Kopf in die frische Luft. Wir wechselten die Plätze, Frederik ging ins Bad, und ich hielt den Kopf zum Fenster hinaus. Dann legten wir uns ins Bett.

»Ich habe ein T-Shirt von dir genommen, ist das okay?«

Frederik hatte ein altes Guns-n'-Roses-T-Shirt von mir angezogen. Seine Boxershorts kamen mir ebenfalls bekannt vor.

»Hast du auch meine Unterhosen an?«

»Nein, wie kommst du denn darauf?« Er lächelte müde. Wir drehten das Licht ab und lagen still in der Dunkelheit.

In den nächsten Tagen bekam ich ihn kaum zu Gesicht. Er kam um die Mittagszeit nach Hause, wenn ich auf dem Weg in die Schule war. Gingen wir gemeinsam zu Bett, waren wir zu müde, um ein Gespräch zu beginnen. Frederik lag nichts daran, irgendetwas zu erklären. Allerdings nahm ich zur Kenntnis, dass er abends meine Nähe suchte. Einmal lag er bereits unter der Decke. Ich korrigierte am Küchentisch Aufsätze zum Thema *Pro's and Con's of Contraceptives*. Er rief: »Kommst du bald ins Bett?«

Ich legte den Stift beiseite, zog mich aus und kroch auf meine Seite. Frederik begann sich an mir zu reiben und umschlang mich mit seinen behaarten Armen.

»Yasmina hat es immer prophezeit. Am Ende bleiben nur wir zwei!«

Ich schlug und zwickte ihn, um ihn abzuschütteln. Wir lachten und balgten herum. Doch später in der Nacht weinte er. Er unterdrückte es, um mich nicht zu wecken. Ich hörte ihn den Rotz hochziehen und spürte, wie sich sein Körper schüttelte. Am liebsten hätte ich ihn umarmt, doch das war ausgeschlossen. Ich fingierte tiefen Schlaf und hoffte, er würde sich beruhigen.

Ich holte bei Drechsler den Reserveschlüssel.

»Mein bester Freund schläft eine Weile bei mir. Seine Freundin hat ihn rausgeschmissen.«

Drechsler nickte taktvoll und ging in die Küche. Er kramte in seinen Laden und händigte mir den Schlüssel aus. Ich hatte das Bedürfnis, ihm eine Freude zu machen. Das Haar stand ihm zu Berge, ein bisschen wie bei Albert Einstein. Weil er mir vertraute, ließ er es zu, dass ich ihn so sah.

»Brauchen Sie etwas? Ich gehe einkaufen!«

Drechsler schüttelte den Kopf. Doch ich spürte seine Unruhe. Wir gingen zur Wohnungstür, und er räusperte sich, wie er es immer tat.

»Eine Sache würde mich interessieren«, er sprach mit gesenktem Kopf, »wie war das Treffen mit unserer Nachbarin? Haben Sie ihr meine Entschuldigung ausgerichtet?«

Erwartung und Scham flackerten über sein Gesicht. Ich verbarg meine Betretenheit oder versuchte es zumindest. Über das Treffen bei Regina sollte bis in alle Ewigkeit geschwiegen werden. Je weniger darüber gesprochen wurde, desto unwirklicher würde es werden. Drechsler druckste herum, als wäre er ein Teenager. Ich wollte ihm eine Freude machen.

»Ich habe ihr die Entschuldigung ausgerichtet. Sie hat alles längst vergessen. Sie hat nur Gutes über Sie gesagt!«

Regina hatte Herrn Drechsler einen komischen Kauz mit dunklem Geheimnis genannt. In diesem Moment aber war deutlich zu sehen, wer oder was Herr Drechsler war. Er spitzte die Ohren und begann zu schwitzen. Als wäre er in Eile, schob er mich über die Schwelle.

Am Samstagvormittag fiel Frederik erschöpft durch die Tür und legte sich sofort ins Bett. Ich korrigierte Aufsätze und putzte die Küche. Yasmina hatte mehrmals angerufen. Ich wollte nicht in Frederiks Anwesenheit mit ihr sprechen, also ging ich auf die Gasse.

»Es geht ihm gut, er ist bei mir.«

Yasmina war im Dienst: »Auf der Station benimmt er sich, als wäre nichts geschehen. Niemand verdrängt so gut wie Frederik. Du musst auf ihn aufpassen. Ich hoffe, er springt nicht aus dem Fenster oder wirft sich vor die U-Bahn. Ich traue ihm alles zu, hörst du?«

Yasmina schien mir maßlos zu übertreiben.

»Du brauchst dir keine Sorgen zu machen. Er ist bei mir. Er springt nicht aus dem Fenster.«

»Jaja – ihr zwei, natürlich!«, irgendwie schien sie auch böse auf mich zu sein. »Ich muss zu den Patienten.« Sie legte auf.

Die Supermarktbesuche waren nun eine Herausforderung, weil ich immer fürchtete, Regina zu treffen. Ich blickte weder nach links noch nach rechts und lief möglichst zielstrebig durchs Geschäft.

Frederik stand gegen fünf auf.

»Ich nehme jetzt ein Bad, dann masturbiere ich. Oder vielleicht mache ich es umgekehrt. Dann könnten wir gemeinsam etwas essen. Was hältst du davon?«

»Es gibt Rindsrouladen und kühles Bier. Ich habe schon alles eingekauft.«

Frederik lächelte. Natürlich würde er sich nicht vor die U-Bahn werfen. Freundschaft ist ein Band, das die Menschen wirklich trägt.

»Ich will versuchen, es dir zu erklären. Wenn du es nicht verstehst, dann versteht es niemand! Yasmina ist voller Widersprüche. Sie ist das eine, und gleichzeitig ist sie das Gegenteil. Das ist nicht auszuhalten. Der ganze Streit hat damit begonnen, dass ich ihr vor ungefähr einem Jahr gesagt habe, dass ich ein Kind mit ihr möchte, weil ich sie liebe. Kannst du dir das vorstellen? Ich sage: ›Yasmina, du bist die Frau meines Lebens. Ich möchte Kinder mit dir. Warten wir nicht länger!‹ Aber sie reagiert, als hätte ich eine Frechheit gesagt. Was mir überhaupt einfällt? Wie ich auf eine solche Idee kommen kann? Ob ich verrückt geworden bin? Sie war böse auf mich wie noch nie. Sag du mir: Wie soll man das verstehen? Ich habe mich gewehrt, ihr meine Meinung gesagt. Doch damit kann sie erst recht nicht umgehen. Wenn man ihr Paroli bietet, regt sie sich nur noch mehr auf. Sie ist noch wütender geworden, und wir haben fast eine Woche lang nicht miteinander geredet. So hat die ganze Scheiße begonnen.

Ich habe gesagt: ›Wenn du es als Frechheit empfindest, dass ich mit dir Kinder haben möchte, dann heißt das, dass du unsere Beziehung nicht ernst nimmst. Was soll es sonst heißen? Wir sind seit sieben Jahren zusammen. Wir haben beide einen guten Job. Wir haben eine große Wohnung. Wir sind 31 Jahre alt. Wieso sollten wir keine Kinder kriegen? Offenbar willst du nicht wirklich mit mir zusammenleben.‹ Yasmina hat ein Glas zerschlagen, wie es ihre Art ist. Du konfrontierst sie mit einem Problem. Sie ist maximal entrüstet. Dann geht sie in den Beschuldigungsmodus. Sie beschuldigt dich. Sie dreht die ganze Sache so, dass du es bist, der alles falsch gemacht hat. Sie setzt sich auf das allerhöchste, moralische Ross. Dann schleudert sie dir deine Fehler entgegen. Sie beweist dir, wie primitiv du bist. Sie destilliert aus allem, was du sagst, das Gegenteil von dem, was du sagen wolltest. ›Willst du mir ein Kind machen, damit ich nur ja deine Frau bleibe?‹ ›Wie kannst du annehmen, dass nur Kinder die Liebe besiegeln?‹ ›Du denkst wie ein arabischer Macho!‹ ›Soll ich mir vielleicht in Zukunft ein Kopftuch aufsetzen?‹ ›In meinem Land ist Krieg, und du hast nichts Besseres zu tun, als an Vermehrung zu denken.‹

Kannst du dir das vorstellen? So einen Blödsinn wirft sie mir an den Kopf. Kurt! Wir kommen aus demselben Haus. Unsere Familien sind bis ins letzte Glied sozialdemokratisch oder sozialistisch oder was auch immer der Unterschied ist. Ich habe kein Problem mit selbstbewussten Frauen. Ich liebe sie. Ich möchte mein Leben mit ihnen verbringen. Wieso rastet sie so aus? Woher hat sie dieses aufgedrehte Zeug? Weißt du, woher? Aus dem Internet. Aus ihrer ›Gruppe‹. Yasmina ist nämlich seit einiger Zeit ›engagiert‹. Was heißt, sie ist den ganzen Tag auf Facebook und bei ihrer ›Gruppe‹. Dieses sogenannte Engagiert-Sein nervt extrem. Yasmina ist in der Cottagegasse in Samt und Seide aufgewachsen. Ihre Eltern sind aus dem Libanon, okay, aber Yasmina ist in Wien geboren. Sie ist in Döbling in die Schule gegangen, als Kind fuhr sie zur ›Sommerfrische‹ an den Comer See oder an den Gardasee oder an den Zürichsee. Aber seit diesem Scheißkrieg in Syrien macht sie sich zur Libanesin, zur Araberin, ja, zur Afrikanerin! Manchmal sagt sie: ›Du bist weiß, das verstehst du nicht.‹ Ganz so, als wäre sie jetzt eine Schwarze. Dabei schimpft sie ununterbrochen über den Libanon und ihre Familie und über den Islam und über die arabische Kultur, verstehst du? Aber bitte, der Libanon liegt überhaupt nicht in Afrika! Ihrem verblödeten Vater gehören allein auf der Porzellangasse zwei Zinshäuser. Er ist ein Kapitalist wie aus dem Lehrbuch. Lächelt immer nett, aber hinter dem feinen Schnurrbart ein unerträgliches Schwein.

Dann ist es passiert, vor zirka zwei Monaten. Wir haben uns wegen der Verhütungsmittel gestritten. Sie hat sich über die weiblichen Kosten der Pille und die weiblichen Kosten der Binden aufgeregt, irgend so etwas. Ich habe versucht, einen Witz zu machen. Ich habe ihr gesagt, dass ich in Hinkunft die Binden zahle und dass wir die Kosten der Pille einsparen. Sie ist ausgerastet und hat mich einen typischen Macho mit weißem Gehirn genannt. ›In meinem Land ist Krieg, und du machst sexistische Herrenwitze!‹ Sie hat mich beschuldigt, ein Ignorant zu sein, unsensibel, egoistisch et cetera. Da bin ich auch wütend geworden. Ich war verletzt von ihren Tiraden. Von ihrer Wut auf mich. Obwohl ich sie liebe, wie ich noch nie in meinem Leben jemanden geliebt habe. Sie ist es doch, die die ganze Zeit nur an sich selbst denkt! Ich habe gesagt: ›Verschon mich endlich mit deinem politischen Gefasel. Du bist lächerlich. Du bist keine arabische Rosa Luxemburg, sondern eine G'spritzte aus dem achtzehnten Bezirk.‹ Nun, das hätte ich nicht sagen sollen. Sie ist aufgesprungen und zu ihren Eltern gefahren. Ich hab alles zurückgenommen und mich entschuldigt. Aber die Sache ist nicht mehr gut geworden, und am Montag hat sie mich hinausgeworfen.

Was ich gesagt habe, kann ich nicht zurücknehmen. Man sollte den Mund halten, solange man wütend ist. Aber sie treibt mich in den Wahnsinn. Wieso kommt sie mir immer mit dem Syrienkrieg? Was soll ich denn machen gegen diesen Krieg? Was habe denn ich mit diesem Krieg zu tun? Ich bin Frederik Neundlinger aus Simmering. Ich bin Arzt am Allgemeinen Krankenhaus im neunten Bezirk. Ich versuche den ganzen Tag Menschen zu helfen. Das ist mein Beruf! Ich habe längst versucht, diesen Krieg zu verstehen. Es stimmt nicht, was Yasmina sagt. Ich habe mich informiert und sogar ein Buch darüber gelesen von einem Professor aus Oxford. Aber diesen Krieg kannst du nicht verstehen. Niemand versteht, wie man aus dem Schlamassel dort wieder herauskommt. Was erwartet sie von mir? Sie will, dass ich mir ein Smartphone kaufe. Aber ich will kein Smartphone! Was soll es bringen, mir über das Telefon diesen endlosen, pseudoengagierten Kack reinzuziehen?«

Frederik wurde zornig: »Ich liebe sie. Sie ist die schönste und klügste Frau der Welt. Aber sie darf mich nicht die ganze Zeit beschuldigen. Das halte ich nicht mehr aus.«

Ich öffnete ein zweites Bier für ihn und erzählte ihm, dass ich Yasmina getroffen hatte: »Sie hat mir gesagt, dass es zwischen euch Krach gibt. Vielleicht bist du wirklich unsensibel geworden? Du siehst jeden Tag Katastrophen. Dein Beruf ist eine Zumutung. Ihr erlebt jeden Tag, dass es den Tod gibt. Wie Krankheiten unser Leben ruinieren. Wie ungerecht Gesundheit verteilt ist. Aber du solltest dir nichts darauf einbilden! Vielleicht seid ihr beide überfordert. Yasmina hat in meine Jacke hineingeweint. Ich denke, sie macht es sich nicht leicht. Vorhin am Telefon hat sie mich gebeten, auf dich zu achten. Sie meinte, du würdest vielleicht aus dem Fenster springen.«

Dass Yasmina sich Sorgen um ihn machte, gefiel ihm. Eine Weile schwiegen wir beide.

»Kurt! Ich möchte, dass du etwas für mich tust. Ich möchte wissen, was in dieser sogenannten Gruppe vorgeht. Wer ist in dieser Gruppe? Was schreiben sie sich auf Facebook? Du musst das für mich herausfinden. Sie treffen sich einmal die Woche am Yppenplatz. Ich glaube, diese Gruppe ist an allem schuld. Ob da nicht irgendein Typ dabei ist, der ihr diesen ganzen hysterischen Mist einflüstert. Ich glaube, dieses Kriegsgerede ist nur vorgeschoben. Sie hat jemand anderen und lenkt damit nur ab, verstehst du? Statt es zuzugeben, beschuldigt sie mich. Sie ist sehr stolz, ich traue ihr das zu. Ich bin nicht auf Facebook. Ich bin nicht bei dieser Gruppe. Ich verstehe kein Arabisch und kein Türkisch. Sie nennen sich *Femmarab*, französisch ausgesprochen. Du musst sie beschatten!«

Ich konnte mich nur wundern. »Wie bitte? Beschatten? Ich bin doch nicht James Bond. Ich habe auch kein Smartphone. Facebook geht mir am Arsch vorbei, genau wie dir. Ich kann Englisch und nicht Arabisch!«

Frederik ließ sich nicht beirren. »Du wirst davon profitieren. Es wird Zeit, dass du jemanden kennenlernst. Heutzutage läuft alles über das Smartphone, Facebook, Twitter, Tinder. Du kannst dir jeden Tag ein Date ausmachen und Sex haben.

Nebenbei beobachtest du Yasmina. Hast du das Arschloch ausgeforscht, in das sie sich verliebt hat, kümmere ich mich darum. Du bist mein bester Freund. Du kennst Yasmina. Sie vertraut dir. Bitte, es ist wichtig!«

Er fasste meine Hand. »Höchstwahrscheinlich springe ich nicht aus dem Fenster. Das liegt mir nicht. Aber ich will, dass Yasmina zu mir zurückkommt. Ja, das will ich! Verstehst du nicht, warum mir die ganze Scheiße auf der Station nichts anhaben kann? Weil ich mit Yasmina zusammenlebe und sie von Montag bis Sonntag liebe.«

Die älteren Kolleginnen und Kollegen waren stolz auf unsere Schule. Die Direktorin war eine bemerkenswerte Frau, und alle achteten sie für ihr Engagement. Sie dehnte die Kooperation mit dem Arbeitsmarktservice auf vielfältige Weise aus. Immer öfter saßen Menschen aus mehr oder weniger exotischen Landstrichen in unseren Klassenräumen. Seit den Aufständen im Nahen Osten gab es in unseren Gängen Ägypterinnen, Somalier, Afghaninnen, Jemeniten, Pakistanis und natürlich Syrerinnen. Sie mischten sich unter die üblichen Türken, Floridsdorfer und Polinnen, die darüber kaum noch auffielen. »Der Weltlauf hält Einzug in der Margaretenstraße«, sagte die Direktorin bei jeder Gelegenheit. Viele Kollegen ließen sich syrisches Baklava, gebackene Mäuse aus Afghanistan oder irakisches Biskuit mit Kokosflocken schenken. Die neuen Schüler und Schülerinnen waren im Lehrkörper beliebt. Am Beginn des Semesters saßen sie wie Lämmer in den Bänken, führten prachtvolle Mitschriften und salutierten fast beim Eintritt der Lehrkraft. Leider färbten die österreichischen Landessitten sehr schnell ab, und die bedingungslose Ergebenheit wurde gebremst.

Mir war im Wintersemester ein Iraker zugeteilt worden. Er sprach erstaunlich gut Deutsch, war offensichtlich schlau, und ein erfolgreicher Abschluss war für ihn durchaus erreichbar. Mit der Rechtschreibung haperte es allerdings. Am ersten Schultag schien er vor Aufmerksamkeit zu platzen. Er schlug das Buch mit solcher Verve auf, dass sein Sitznachbar, ein abgebrühter Maschinenschlosser aus Ottakring, erstaunt die Augenbrauen hochzog. Er hieß Ferhat. Nach der Stunde bot er mir an, meine Tasche ins Lehrerzimmer zu tragen. Ferhat war sehr attraktiv, ich ließ ihn gewähren. Es dauerte wenige Tage, da bemerkte Ferhat, dass seine Dienstfertigkeit von den Genossinnen und Genossen belächelt wurde. Er temperierte seinen Eifer und passte sich dem Understatement der Sitznachbarn an. Dennoch gelang es ihm schlecht zu verbergen, wie gern er zur Schule ging. Er war höflich, witzig und klug. Bald hatte er sich bei seinen Kommilitonen beliebt gemacht. Er rauchte viel, man sah ihn im Hof scherzen und den Mädchen den Kopf verdrehen.

Nach zwei Monaten nahm Ferhats Einsatz leider ab. Sein Asylverfahren war positiv verlaufen. Er hatte eine Stelle in einer Bäckerei angenommen und legte eine Musterflüchtlingskarriere hin. Doch von einem Tag auf den anderen erschien er unpünktlich oder fehlte ganz. Alle echten Lehrer macht ein solches Verhalten wütend, Ferhats sporadisches Erscheinen brachte auch mich gegen ihn auf: »Sei kein Dummkopf! Du spülst dein Glück beim Klo hinunter!«

Ferhat wies das empört zurück. »Aber Herr Lehrer, ich habe Probleme!«

Ich musste mich zusammenreißen, ihn nicht in den Arm zu nehmen. »Was denn für Probleme? Du hast Bleiberecht, einen Job, eine WG, eine Ausbildung. Nur darum musst du dich jetzt kümmern!«

Ferhat lächelte traurig. »Wenn das so leicht wäre …«, der Konjunktiv war ihm in Fleisch und Blut übergegangen.

Im Lehrerzimmer versuchten wir mehr über ihn zu erfahren. Im Aufbaukurs Mathematik war er seit sechs Wochen nicht erschienen. Wir prüften seinen Akt. Er stammte aus Erbil im Nordirak. Seine Muttersprache war Arabisch, sein voller Name lautete Ferhat Fersan. 2011 war er nach Österreich geflüchtet, laut den Dokumenten war er 21 Jahre alt.

Nach Weihnachten kam er noch seltener und wirkte insgesamt angespannt. Was ihn so stark beschäftigte, darüber verlor er kein Wort. Im Kollegium beschlossen wir, dem Arbeitsmarktservice Ferhats Abwesenheiten zu verschweigen. Vielleicht kehrte er auf den Pfad der Tugend zurück. Vielleicht gelang es, ihn wieder enger an die Schule zu binden.

Ich schlief dreimal über Frederiks Beschattungsauftrag. Dann sah ich darin einen Weg, an den strauchelnden Ferhat heranzukommen. Frederik würde erfahren, womit Yasmina sich die Zeit vertrieb. Und mir würde es gelingen, Ferhat wieder zu Kooperation und Ausbildung zurückzuholen. Die lächerliche Beschattung würde in ein soziales Projekt ausarten, und alle wären zufrieden. Die erotischen Triebfedern des Projekts waren mir zu diesem Zeitpunkt schon mehr oder weniger bewusst. Immerhin hatte Ferhat das Aussehen eines Supermodels. Doch die moralische Außenform des Unternehmens war so glänzend, dass sie die inneren Motive überblendete.

Am Dienstag erschien Ferhat mit über einer Stunde Verspätung im Kurs. Montags hatte er gefehlt. Nach dem Unterricht fing ich ihn ab, und er gab sich einen schuldbewussten Gesichtsausdruck. Wir setzten uns ins Besprechungszimmer. Ferhat erwartete seinen Rauswurf.

»Ich habe eine Bitte an dich! Ich brauche einen Arabisch-Dolmetscher. Du sprichst doch Arabisch, oder nicht?«

Ferhat nickte: »Natürlich! Ich helfe Ihnen gerne! Das ist alles?«

»Das ist alles. Hättest du diese Woche Zeit? Könntest du zum Beispiel am Freitagabend zu mir nach Hause kommen? Du müsstest uns eine Facebook-Seite übersetzen. Bist du bei Facebook? Eigentlich hilfst du meinem Kumpel. Er möchte seine Freundin ausspionieren.«

Ferhat entspannte sich. Die Gefahr, von der Schule zu fliegen, schien fürs Erste gebannt.

»Aber natürlich! Das kann ich gerne machen. Ich bin bis neunzehn Uhr in der Bäckerei, dann komme ich zu Ihnen.«

Ich nannte ihm die Adresse und gab ihm zur Sicherheit meine Telefonnummer. Ich machte mich unnötig wichtig und fügte geheimnisvoll hinzu: »Aber bitte kein Wort zu niemandem!«

Nach diesem Gespräch traten alle Merkmale der Verliebtheit an die Oberfläche. Über der Kettenbrückengasse leuchtete der Mond, und ich stieß mit der Lenkstange meines Fahrrads gegen einen Mistkübel. Am nächsten Tag warf es mich aus der Bahn, dass Ferhat wieder nicht im Unterricht erschien. In der Nacht von Mittwoch auf Donnerstag träumte ich ein dramatisches Durcheinander. Alles kulminierte darin, dass Ferhat mich mit offenem Hemd auf den Mund küsste, wir uns nackt auszogen und gemeinsam duschen gingen. Am nächsten Morgen trat Frederik ans Bett.

»Kurti, heute Nacht hast du mich dreimal fest geboxt. Was ist denn los? Ist auch bei dir der Krieg ausgebrochen? Wird dir das Bett zu klein? Ich habe Schmerzen von der Halswirbelsäule abwärts.«

Ich kaufte neben dem Schulgebäude einen Apfel, und meine Knie zitterten. Das Geschäft war voller Schülerinnen und Schüler. Sie besorgten sich jene Energydrinks, Schokoladenriegel und Bananenshakes, die sie durch den Abend trugen. Ferhat erschien mit zehn Minuten Verspätung. Er schlich herein und setzte sich an seinen Stammplatz. Ich hatte mich schon darauf eingestellt, ihn wieder nicht zu sehen. Er warf mir einen verschmitzten Blick zu. Ich musste mich zusammenreißen und den biologischen Aufruhr in meinem Körper unterdrücken. Um 21 Uhr stolperten alle ermattet heimwärts. Ferhat zwinkerte mir zu: »Bis morgen!«

Ich nickte lächelnd, wobei mein Pulsschlag abermals stark anstieg. Diesmal schob ich das Fahrrad den Gehsteig entlang. Die Nachtluft kühlte den Kopf etwas ab. Ich sagte mir, dass gute Taten eben glücklich machten. Es ist eine Freude, einem in Not geratenen Menschen behilflich zu sein. Für Mitgefühl brauchte man sich nicht zu schämen. Hilfe und Liebe sind im Lateinischen dasselbe Wort, und so weiter. Ich fühlte mich meinem Nachbarn verwandter denn je zuvor und ging völlig verblendet nach Hause.

Freitags hatte ich keinen Unterricht, erledigte aber meistens die Stunden-Vorbereitung, dokumentierte die abgelaufene Woche oder begann mit Korrekturen. Ich bereitete zwei Gruppen auf die Maturaprüfungen am Ende des Sommersemesters vor. Gegen drei Uhr nachmittags fuhr ich in die Laimgrubengasse zurück. Frederik lag am Sofa und las die Zeitung. Für den Abend plante er ein Huhn und hatte ordentlich Paprika eingekauft. Ferhats Übersetzungsleistung wollte er mit hundert Euro entlohnen.

»Es reicht aber nicht, dass er uns diese Seite übersetzt. Ihr müsst auch zum Yppenplatz. Hast du ihm das gesagt? Ihr schießt ein Foto von dem Wichser, damit ich endlich sehe, mit wem ich es zu tun habe.«

Ich konnte nicht anders, als ihn auszulachen. »Du bist verrückt geworden. Gib zu, dass du dich verrannt hast.«

Frederik hob nur verächtlich das Kinn. »Hättest du einmal in deinem Leben einen Menschen wirklich geliebt, wüsstest du, was in mir los ist. Es kann nicht stimmen, dass der Syrienkrieg an allem schuld ist. Das ist verrückt. Hier ist etwas im Busch, und ich muss es wissen. Heute waren wir gemeinsam auf der Station. Sie hat abgenommen. Sie gibt mir meine Kleidung in Sporttaschen und verbietet mir, die Wohnung zu betreten. Kannst du dir das vorstellen? Nach sieben Jahren! Neuerdings raucht sie draußen mit den Pflegern. Damit sie nicht in meiner Nähe sein muss. Ich möchte mit ihr reden, aber sie hat nie Zeit. Auf der Station wissen alle, was los ist. Es ist zum Kotzen. Ich könnte sie umbringen!«

Um achtzehn Uhr wurde Frederik zappelig. Er warf sich meine Jacke um und ging kurz auf die Gasse. Ich legte mich aufs Sofa. Kurzzeitig erkannte ich glasklar, dass ich mich in Ferhat verliebt hatte.

Meine Mutter rief an und redete drauflos: »Hör mal, Frederiks Mutter macht sich Sorgen. Sie war gerade bei mir. Sie weiß alles, aber dass Freddy nicht mit ihr spricht, kränkt sie. Wie könnt ihr zu zweit in der Mansarde leben? Wo schläft er? Doch nicht in deinem Bett? Er soll schleunigst nach Simmering. Sonst kommt seine Mutter zu euch in die Laimgrubengasse, das verspreche ich dir. Wieso schläft er denn nicht zu Hause? Dort wäre viel mehr Platz, und ihr seid euch nicht im Weg. Die Neundlinger ist jedenfalls sehr in Sorge, das kann ich dir sagen. Wann kommst du endlich wieder einmal vorbei? Weißt du, dass wir uns elektrische Fahrräder gekauft haben? Dein Vater und ich wollen im Sommer rund um den Wörthersee. Morgen ist dein Vater in der Innenstadt. Er kauft am Naschmarkt Saiblinge für Sonntag. Möchtest du nicht bei uns essen? Dann musst du es ihm aber sagen, damit er auch für dich einen Saibling mitnimmt.«

Ich hörte meine Mutter reden und spürte, wie ihr Geplapper mich wärmte. »Mama, ich liebe dich«, sagte ich ohne passenden Anschluss.

Meine Mutter stockte. Nach einer Pause nahm sie den Faden wieder auf: »Aber Kurti, wir lieben dich doch auch. Du bist unser Ein und Alles, das weißt du doch …« Sie brach ab, und ich spürte, wie sie mit den Tränen kämpfte.

»Alles wird gut. Manchmal gibt es eben Streit. Das ist in allen Beziehungen so. Was haben dein Vater und ich gestritten. Sag Frederik, dass er nur weiter an die Sache glauben muss. Eigentlich bin ich froh, dass ihr jetzt zusammenwohnt. Manchmal mache ich mir Sorgen um dich, wegen des Alleinseins. Jetzt ist wenigstens Frederik bei dir, und der Gedanke tut mir gut.«

Nachdem ich aufgelegt hatte, weinte ich, ohne zu wissen, wie ich wieder aufhören sollte.

Gegen halb acht läutete es. Ich nannte Ferhat Stock und Türnummer. Frederik war immer noch nicht zurück, was mich verlegen machte. Ferhat grüßte und verbeugte sich. Ich erklärte ihm, dass mein Kumpel ein Huhn kochen wollte. Überraschenderweise wäre er aber verschwunden. Ferhat beteuerte, keinen Hunger zu haben. Ich bat ihn in die Küche und setzte ihn vor meinen Laptop. Ich bot ihm Bier an oder Tee. Er entschied sich für Tee und lobte die gemütliche Wohnung. Sein

Haar war frisch geschnitten. Er trug einen weißen Nike-Pullover mit Kapuze. Er roch nach Zigaretten, Deodorant und Bäckerei. Ich war sehr nervös, weshalb ich sofort auf den Auftrag zu sprechen kam. Es war mir peinlich, dass Frederik nicht da war, und ich bildete mir ein, dass Ferhat mich von der Seite ansah. Er wird das alles für einen billigen Vorwand halten, dachte ich. Der Gedanke war mir überaus unangenehm. Ich versuchte erneut, Frederik zu erreichen, obwohl ich bereits wusste, dass sein Telefon im Badezimmer lag.

»Wir fangen ohne ihn an …«, sagte ich so männlich wie möglich, das heißt, ich verspannte den Rücken, griff mir in den Schritt und so weiter. »Seine Freundin hat ihn verlassen. Sie heißt Yasmina. Jetzt ist er eifersüchtig. Sie ist neuerdings in einer arabischen Aktivistengruppe, und mein Kumpel bildet sich ein, dass sie dort jemanden kennengelernt hat. Sie ist in Wien geboren, ihre Familie kommt aber aus dem Libanon. Deshalb spricht sie Arabisch. Deshalb brauchen wir dich!«

Ferhat klickte hochkonzentriert herum. Mit einem mobilen Wörterbuch übersetzte er sich, was er nicht verstand. Ich schrieb alles, was er sagte, auf einen Zettel.

»Nariman postet, dass Islamisten nur dort regieren können, wo Frauen nichts zu sagen haben. Sahar postet: Gott ist für alle da. Aber Religion lehnen wir ab, weil wir das Patriarchat ablehnen.«

Das Wort »Patriarchat« schlug Ferhat im Übersetzungsprogramm nach.

»Nariman postet, dass das Leben in Arabien mit den Frauen neu beginnen muss. Solange ein Vater seine Töchter zur Heirat zwingen kann, wird es immer wieder Krieg geben. Bashar-al-Assad, Benjamin Netanjahu, Wladimir Putin und Recep Tayyip Erdoğan kämpfen nicht in verschiedenen Parteien, sondern in derselben Partei, nämlich in der 3000 Jahre alten Macho-Partei. Sie schreibt, dass tausend Jahre Tradition daran schuld sind, dass die arabische Welt jetzt untergeht. Hanan schreibt: Wer keinen Staat hat, dem bleibt nur die Familie. Wer keine Wissenschaft hat, dem bleibt nur die Religion. Yasmina schreibt: Das Fundament der Familie ist die Gesellschaft und nicht umgekehrt. Erst wenn du deinem Vater nichts mehr glaubst, gelingt die Revolution!«

Ferhat schüttelte sanft den Kopf, was schwer zu deuten war. Wir klickten uns durch die persönlichen Facebook-Profile von Hanan, Sahar, Nariman und Yasmina. Unsere Köpfe kamen sich ganz nah, und seine Augenbrauen streiften mein Gesicht.

»Sie ist sehr schön! Eine sehr schöne Frau!«, flüsterte er, als wir Yasminas Profil studierten.

Wir waren uns so nahe, dass unser Atem auf derselben Stelle den Bildschirm beschlug. Yasmina hatte nur wenige Fotos hochgeladen. Sie zeigten sie mit ihrer Mutter, auf der Vespa in Beirut, ein paar Urlaubsfotos, nichts Besonderes. Ferhat betrachtete alles mit höchster Aufmerksamkeit. Wir klickten wieder auf die Seite von *Femmarab*. Es gab Fotos mit Regenbogenfahnen und LGBTQ-Motiven: zwei Frauen mit Gucci-Taschen, die sich im Sonnenuntergang küssten. Zwei Männer, die Hand in Hand durch eine belebte Einkaufsstraße gingen.

»Was steht da?«, ich tat mein Bestes, ungezwungen zu klingen. Zwei hübsche Soldaten zwinkerten einander zu. Sie wurden von einem rosaroten Schriftzug eingefasst. Ferhat lachte: »Hier steht: Mach Liebe, nicht Krieg.«

Nach einer Dreiviertelstunde waren wir über Yasminas politisches Engagement mehr oder weniger im Bilde. Weit und breit zeigte sich kein verdächtiger Liebhaber. Weder in den Postings und verlinkten Berichten noch auf den Fotos. Ich fragte

Ferhat, ob er bereit wäre, mit mir zu einem der Treffen der Aktivistengruppe zu gehen. »Selbstverständlich!«, sagte er.

Der Auftrag war damit erledigt, die Verlegenheit griff um sich. Von Frederik fehlte jede Spur. Ferhat fragte, ob er eine Zigarette rauchen dürfte. »Selbstverständlich«, sagte ich, obwohl ich Zigaretten hasste. Wir stellten uns ans Fenster und blickten in die Nacht. Ferhat fuhr sich über die frisch geschorenen Schläfen. Ein Hauch von Oberlippenbart gab ihm das Aussehen eines U-21-Fußballspielers. Sein ruhiges Lächeln machte mich verrückt. Immer wieder sah er mir direkt in die Augen. Ich zog den Kopf ein und betrachtete die beleuchteten Fenster auf der anderen Straßenseite.

Er kam selbst auf sein Fehlverhalten in der Schule zu sprechen. »Ich weiß, dass es schlecht ist, wenn ich nicht in die Schule komme. Aber ich habe jetzt viel Stress. In meiner Heimat ist Krieg. Ich bin hier in Wien. Ich bin dankbar und integriere mich jeden Tag. Aber zu Hause passiert eine Katastrophe!«

Für eine halbe Sekunde dachte ich, dass er mich so intensiv ansah, weil er sich ebenfalls verliebt hatte. Sein arabischer Stolz würde ihm aber nicht erlauben, der Liebe jenseits der Augen Ausdruck zu verleihen. Das war natürlich ein Klischee ohne objektive Verankerung.

»Wenn jemand deinem Bruder den Kopf abschneiden möchte, kannst du nicht einfach in die Schule gehen. Wenn jemand deine Schwester bedroht, du weißt, was ich meine, dann ist Integralrechnen unwichtig. Manchmal möchte ich sofort nach Erbil zurückfahren, verstehst du?«

Ich reichte ihm eine alte Dose, damit er den Zigarettenstummel nicht aus dem Fenster werfen musste.

»Mein lieber Herr Lehrer!«, sagte er in einem anderen Ton. Seine Stirn legte sich in Falten, und er schien mit sich zu ringen. Er war offensichtlich im Begriff, etwas Bedeutsames zu sagen. »Mein lieber Herr Lehrer, ich bin kein Araber. Obwohl ich Arabisch spreche. Ich bin Kurde!«

Den dramatischen Tonfall verstand ich, ehrlich gesagt, nicht. Ich verstand nicht, was er mir damit sagen wollte. Ich hatte auf eine andere Konfession gehofft. Ferhat blickte auf die Uhr. Er wollte nicht weitersprechen, und ich wollte ihn zu nichts drängen. Beim Versuch, ihm Frederiks Geld zuzustecken, berührten sich unsere Hände. Jeder spielte den Stolzen, und Ferhat setzte sich durch. Sein Lächeln nahm einen durchtriebenen Ausdruck an: »Mein lieber Herr Lehrer, geben Sie mir Bescheid. Dann gehen wir zum Yppenplatz. Ich helfe Ihnen wirklich gerne, dass Sie diese Yasmina bekommen!«

Er drückte meine Hände und lief über die Stiegen nach unten.

Überall roch es nach Ferhat und der Zigarette. Ich lag wach und verfluchte mich. Kurz vor Mitternacht kam Frederik zurück, er sagte kein Wort, zog sich nackt aus und ging ins Bad. Halbherzig bemühte er sich, leise zu sein. Eine halbe Stunde später legte er sich neben mich. Sein Körper war heiß und frisch. Er wusste genau, dass ich nicht schlief.

»Ich habe Blödsinn gemacht.«

»Wo bist du gewesen?«

»Ich habe mit deiner Nachbarin geschlafen.«

Ich konnte es zunächst nicht glauben und bat ihn, das Gesagte zu wiederholen. Frederik wiederholte es Wort für Wort. Er faltete sich wie ein verletztes Tier, Tränen liefen ihm über die Wangen. Nach einer Weile fing er sich: »Das muss aufhören! Ich ertrage die Sentimentalität nicht länger!«

Ich konnte ihm nur zustimmen und forderte ihn auf, mir

sofort alles zu erzählen. Er wollte nicht und zog sich an den äußersten Rand des Bettes zurück. Das fand ich inakzeptabel. Im Grunde genommen war sein Verhalten eine Frechheit. Wut und Eifersucht bauschten sich immer weiter auf in mir. Ich hatte mich um seine beschissene Beschattung bemüht, und ich hatte mich vor Ferhat zum Affen gemacht. Er interessierte sich nicht dafür. Stattdessen bumste er mit Regina.

Ich packte ihn am Oberarm und drehte ihn in meine Richtung. Ich drohte ihm und nannte ihn einen Arsch. Er drückte das Gesicht ins Kissen. Dann erzählte er.

»Sie stand vor dem roten Eisengitter und bemühte sich, es mit einer Hand zu öffnen. Sie trug einen Topf mit einer riesigen Hanfstaude. Ich habe sofort erkannt, dass es eine Hanfstaude ist. Ich wollte auf die Gasse, sie rief mir zu. Ich sollte ihr das Gitter aufhalten. Sie schlüpfte an mir vorbei. Dann sollte ich ihr das Haustor aufhalten. Ich lief zurück und hielt ihr das Tor auf. Dann rief sie ›jetzt bitte noch den Lift‹. Ich fragte sie nach dem Stock. Ich bin in den vierten Stock hinaufgerannt. Sie trat aus dem Lift und gab mir den Schlüssel. Ich sperrte die Wohnungstür auf und wollte mich verabschieden. Doch sie rief, ich sollte warten. Sie stellte die Pflanze ab und kehrte zurück. ›Vielen Dank! Du bist der Freund von Kurt, nicht?‹ Ich wunderte mich, woher sie das wusste. Aber dann freute ich mich, denn das hieß, dass ihr beide befreundet wart. Unten am Haustor hatte sie sich ganz eng an mir vorbeigeschmiegt. Ihr Hintern streifte meine Oberschenkel. Ich habe seit fünf Monaten keine Frau mehr berührt. Seit zwei Wochen liege ich jede Nacht neben dir. Ich hatte eine solche Wut auf Yasmina. Und da drückt sie mir ihren Hintern entgegen. Was sollte ich tun? Wie hättest du an meiner Stelle reagiert?

Sie lud mich auf ein Bier ein. Das Gespräch verlief von

Anfang an ganz natürlich. Sie ist extrem intelligent. Ich hatte plötzlich den Eindruck, sie dachte, wir beide, das heißt, du und ich, wären ein Paar. Sie machte so Andeutungen. Sie sagte, dass sie es entzückend fände, wenn zwei Männer so vertraut zusammenlebten. Dabei sah sie mich an, und mir wurde ganz anders. Jedenfalls bemühte ich mich, dieses kleine Missverständnis aufzuklären. Ich fühlte mich mit einem Mal so wohl. Vielleicht war es das Bier oder die Ausdünstung der enormen Hanfpflanze. Jedenfalls, ich weiß selbst nicht, warum, ich erzählte ihr alles. Die ganze Geschichte mit Yasmina, von A bis Z. Als ich fertig war, bereute ich es. Ich dachte mir, jetzt will sie sicher nicht mehr mit mir schlafen. Denn das versteht sich von selbst. Die ganze Zeit, als ich bei ihr in der Küche saß, wollte ich mit ihr schlafen. Ich wollte ihr ganz primitiv mit den Händen den Busen kneten und meinen Kopf dazwischen hineinreiben. Vor allen Dingen wollte ich ihr die Hosen vom Leib reißen und mich gegen ihren Hintern drücken. Stattdessen redete ich mir den Mund fusselig und erzählte ihr meine verfickte Leidensgeschichte, und dann dachte ich, scheiße, jetzt hast du mit deiner Geschwätzigkeit alles vermasselt.

Leider bin ich kein Draufgänger, weil ich, wie du, ein zögerlicher Waschlappen bin. Deshalb bin ich dagesessen, habe auf ihren Busen gestarrt und ihr meine Beziehungsprobleme ausbuchstabiert. Wir haben ein zweites Bier getrunken und, ich denke, auch ein drittes. Auf einmal hat sie auch aus ihrem Leben erzählt. Ich habe sie nicht danach gefragt. Ich wollte, wie gesagt, mit ihr schlafen, und zwar so richtig. Aber dann erzählte sie ihre Geschichte. Wie soll ich es ausdrücken, es tat gut, das zu hören, obwohl es eine abscheuliche Geschichte war. Plötzlich war es zehn, und ich dachte mir, scheiße, oben ist der Araber, die Beschattung! Ich sagte, dass ich gehen müsste. Insgeheim bereute ich aber, dass wir nicht miteinander schliefen. Ich stand auf. Wir stellten die leeren Bierflaschen in die Kiste. Nach ihrer Geschichte war vollkommen ausgeschlossen, ihr irgendwie auf den Busen oder auf den Hintern zu greifen. Aber ich merkte genau, dass in ihr auch etwas kochte. Ich ging zur Tür. Sie folgte mir. Ich zog mir die Schuhe an. Sie reichte mir meine Jacke. Sie sagte: ›Es war sehr schön, es hat mich sehr gefreut.‹ Ich sagte dasselbe. In ihrem Gesicht konnte ich aber lesen, dass sie unter Feuer stand, genau wie ich.

Dann kam es notgedrungen zu einer Berührung. Weil man sich nämlich zum Abschied küsst. Ich musste meinen Mund auf ihre Wange legen, und unsere Rümpfe und Beine mussten sich näherkommen. Ich legte meine Hand an ihre Hüfte. Sie drückte ihre Brust gegen meine Brust. Ich drückte sie gegen den Kleiderständer. Sie schob eine Hand unter mein T-Shirt. Wir zogen uns aus. Was dann kam, kannst du dir denken. Sie stöhnte laut. Es dauerte relativ lange, worauf ich stolz bin. Sowie es vorbei war, wurde ich missmutig. Ich wollte es schlucken und verstecken. Sie merkte es sofort. Sie ist in einen Bademantel geschlüpft und hat mich in den Flur gezogen. Stück für Stück haben wir die Kleidung zusammengesammelt. Mit einem Nicken haben wir uns verabschiedet.«

Ich spielte zwei Wochen lang mit dem Gedanken, Frederik hinauszuschmeißen, und machte wenig Umstände, meinen Groll zu verbergen. Wegen der vielen Arbeit fand sich allerdings keine Zeit, ihn auszuleben. Abends legten wir uns stumm ins Bett, und jeder hing seinen Gedanken nach. Dann flog Frederik für vier Tage zu einem Internistenkongress nach Sevilla. Ich war erleichtert, ihn nicht mehr sehen zu müssen. Schon in der ersten Nacht vermisste ich ihn. Ich schrieb ihm eine SMS: »Ich war eifersüchtig, weil du mit Regina geschlafen hast. Deshalb war ich böse auf dich. Jetzt vermisse ich dich.«

Frederik schrieb innerhalb weniger Minuten zurück: »Das weiß ich längst, ich bin kein Depp. Aber du solltest endlich auch mit jemandem schlafen! Vorzugsweise mit einem Mann, eh? Das ist es, was schwule Männer tun.«

»Wieso bist du nicht schwul? Mit dir würde ich sofort schlafen!«

»Wir schlafen seit einem Monat miteinander. Wieso manche Menschen schwul sind, ist noch nicht erforscht. Das sagt auch Regina. Wenn ich schwul wäre, würde ich ununterbrochen mit dir bumsen, ich schwöre! Bitte gib Acht auf Yasmina! Rede mit ihr! Aber bitte ohne mit ihr zu schlafen! Bussi, dein Freddy!«

4

Wir spazierten über den Naschmarkt, wo rund um die Lokale kein Platz leer geblieben war. Jede und jeder hielt das Gesicht in die Sonne und mimte Unbeschwertheit. Yasmina hatte keine Muße. Wir gingen durch den Bärenmühldurchgang, vorbei an der Karlskirche, über den Schwarzenbergplatz in den Park des Belvederes und wieder zurück zum Schwarzenbergplatz, durch den Stadtpark, zur Urania, über den Donaukanal auf die Jesuitenwiese und durch die Hauptallee bis zum Praterstern. Als wir uns zum ersten Mal hinsetzten, ging die Sonne unter. Eine Sonnenbrille, wie die restlichen Wienerinnen und Wiener, benutzte Yasmina nicht.

»Wegen dem bisschen Sonne setze ich keine Brille auf.«

Ich versuche ihre Rede, die sich im Grunde genommen vom Bärenmühldurchgang bis zum Praterstern hinzog, einigermaßen wiederzugeben. Selbstredend war mir die Politik des Libanon bis dahin völlig gleichgültig gewesen:

»Mein Vater spricht nicht über den Krieg. Oder nicht so, wie man sich das vorstellt. Für ihn hat der Krieg damit begonnen, dass es keinen Strom mehr gab und aus den Leitungen kein Wasser mehr kam. Man konnte die Aufzüge nicht mehr benutzen, dabei wohnte sein bester Freund im siebten Stock. Mal gab es hier eine Schießerei, dann dort. Immer weniger Straßen waren sicher, immer weniger Viertel, Beirut wurde immer kleiner. Er hat trotzdem ein Büro gemietet, die Wände ausgemalt und einen großen Schreibtisch gekauft. Er hatte Hoffnung. Er war jung und optimistisch. Am nächsten Tag schlugen von irgendwoher Granaten ein. Die Wände kamen herunter, die Fenster zersprangen, und der Schreibtisch fiel aus acht Metern Höhe genau auf sein unten auf der Straße geparktes Auto. Innerhalb von wenigen Minuten hatte er seine gesamten Ersparnisse verloren. Im Nebenhaus ist sieben oder siebzehn Personen genau dasselbe passiert. Du hast es hingenommen oder dich aufgehängt. Dann wurde jeden Tag jemand entführt. Die Milizen wurden immer mehr. Niemand verstand ihren Sinn oder wusste, wer ihre Anführer waren. Stand man zur falschen Zeit an der falschen Stelle, wurde man eingesammelt. Mein Onkel Masud wurde zwei Wochen lang hinter einer Tankstelle festgebunden. Als das Lösegeld bezahlt war, ist mein Vater mit meiner Mutter nach Zürich. Er war der Jüngste. Über Maroniten oder Sunniten, Aleviten oder Schiiten, Juden oder Orthodoxe, Karantina, Shatila, Safra – darüber hat mein Vater sein ganzes Leben nicht gesprochen.

›Ich bin Händler‹, sagte mein Vater. ›Über den Krieg sprechen heißt die Glut anfachen.‹ Er hat sich die Hände gerieben und ein freundliches Gesicht gemacht. So ist es mein Leben lang gewesen. Aber dann hat sich etwas verändert. Es hat an dem Tag angefangen, an dem Assad in Damaskus Giftgas versprüht hat. Es braucht keine weiteren Beweise. Jetzt ist Beirut am Bersten. Dabei sind wir noch überhaupt nicht fertig mit unserem Krieg. Die Erholungszeit war viel zu kurz. Mit uns spricht er nicht darüber, doch wir hören ihn pausenlos telefonieren. Als Hariri ermordet wurde, spürten wir, dass es unseren Vater um den Verstand brachte. Hariri war der einzige Politiker, den mein Vater schätzte. ›Hariri ist kein Politiker, sondern Händler‹, sagte mein Vater. In seinen Augen ist das ein

Lob. Frederik macht sich über seinen Reichtum lustig. Er beurteilt ihn vom hohen Ross seiner sozialistischen Plattitüden herab. Dabei versteht Frederik nicht, dass Reichtum ein Bollwerk ist, um am Leben zu bleiben.

In Beirut weiß jedes Kind, dass Geld die einzige Möglichkeit ist, um der Politik zu entkommen. Wer nicht reich ist, den bringen die Parteien und Fraktionen um. Du bezahlst, damit du dir eine Wohnung nehmen darfst. Du bezahlst, damit du ein Geschäft eröffnen darfst. Du bezahlst, damit dein Geschäft nicht schon vor der Eröffnung gesprengt wird. Du bezahlst, damit du eine Frau heiraten darfst. Du bezahlst, wenn du ein Kind außer Landes schleusen möchtest. Du bezahlst Männer, die die Brüder von Männern sind, aus riesigen Familien voller Männer. Sie stehen auf der Straße und rauchen. Sie fahren dunkle Autos. Sie tragen Sonnenbrillen, auch wenn es regnet. Sie bilden Bruderschaften von Beirut nach Damaskus, von Damaskus nach Kairo, von Kairo nach Paris. Sie verstecken sich hinter religiösem Tiefsinn. Am Freitag ziehen sie sich die Schuhe aus oder knien sich vors Kreuz. Doch fromm ist niemand. Sie sind ausschließlich stolz auf ihr angeblich schweres Geschlecht. Dabei ist ein männlicher Händedruck das Einzige, was sie befriedigt. Ein Sohn macht sie glücklich. Sonst nichts.

Meine Schwestern und ich sind Wiener Mädchen, obwohl wir nicht so aussehen. Wir haben Partys gefeiert, Alkohol getrunken und Burschen aufgerissen. Du bist mein Zeuge. Unser Vater hat uns hundertmal ins Gebet genommen. Das machen alle Väter auf der Welt. Aber Religion hat keine Rolle gespielt. Er hat Frederik akzeptiert. Er hat akzeptiert, dass ich einen Freund habe und mit ihm zusammenlebe. Dass Frederik Arzt werden wollte, hat ihn besänftigt. Wenngleich ihm lieber gewesen wäre, Frederik hätte ein Business. Dass Frederiks Vater Busfahrer ist, war für ihn am allerschwersten zu verkraften. Dass die Neundlingers Christen sind oder Sozialisten oder was auch immer der Unterschied ist, hat meinen Vater nie gestört. Die Wohnung in der Porzellangasse kommt von ihm, natürlich. Das ganze Zinshaus gehört ihm. Dass ich Miete bezahle, war ausgeschlossen. Immobilien sind die einzige Religion meines Vaters, in Wien und in Beirut. Mein Vater hat Hariri unterstützt. Er hat ihn zweimal persönlich getroffen. Einmal hat er Hariri sogar die Hand geschüttelt. Hariri wollte den Krieg begraben und Beirut wiederaufbauen. Mein Vater hat sich beteiligt, wo immer er konnte. Als Hariri in die Luft gesprengt wurde, ist mein Vater zwei Tage lang nicht aus dem Büro herausgekommen. Ich durfte mit Frederik zusammenziehen. Aber einen Mietvertrag durfte ich nicht unterschreiben. Sonst hätte mich mein Vater in der Sekunde enterbt.

Das Schlimmste kam, nachdem Assad Giftgas versprüht hatte. Eine sehr schöne Cousine meiner Mutter lebte in Mezher, im Norden von Beirut. Mein Vater hat sie nach Wien geholt. Er hat sich um ihre Papiere gekümmert, sie heißt Alia. Sie lebt in der Wohnung unserer Tante im zweiten Bezirk. Bis vor kurzem verkaufte sie Souvenirs beim Hundertwasserhaus. Warum hat mein Vater sie nach Wien geholt? Wegen des Giftgases? Weil in Syrien Krieg ist? Wegen der vielen Flüchtlinge? Wegen der Grenzscharmützel in Arsal? Weit gefehlt. Alia hat vier Schwestern. Sie haben alle nur Buben auf die Welt gebracht. Jetzt soll auch Alia liefern. Mein Vater hat sie geschwängert. Meine große Schwester hat an der Wirtschaftsuniversität studiert. Sie arbeitet für die Deutsche Bank in München. Ich bin Internistin am Allgemeinen Krankenhaus der Medizinischen Universität Wien. Meine kleine Schwester dolmetscht für die Vereinten Nationen. Doch in der Welt meines Vaters ist das zu wenig. Es ist nichts im Vergleich zu einem Sohn. Wie viele Brüder werde ich noch bekommen? Mein Vater ist sechzig, meine Mutter ist zu Tode gekränkt. Sie geht nicht mehr aus dem Haus. Seine Modernität war immer dünn. Jetzt ist sie zerbrochen. Je länger dieser sogenannte Frühling dauert, desto arabischer wird mein Vater. Mein Vater ist ein Arsch, sagt Frederik. Aber was soll das heißen? Er ist mein Vater. Wir sind im Wienerwald spazieren gegangen. Frederik hat eine Schlüsselblume gepflückt. Er hat mir an die Hüfte gegriffen und gesagt: ›Wir beide sollten ein Kind machen!‹ Da ist etwas gerissen in mir. Was soll ich noch sagen? Fuck the planet!«

Wir betraten den Fluc-Garten. Wieder grub sie ihr Gesicht tief in meinen Pullover. Wir bestellten Spritzwein mit Aperol.
»Bleib bei mir, Kurt! Bitte! Hier ist heute Nacht ein Fest.«
»Was für ein Fest?«
»Ein queeres Fest für Orientalisten. Schau, überall sind rosarote Lampions! Meine Facebook-Gruppe hat Werbung dafür gemacht. Es kommen die schönsten Schwulen, Lesben und Transen von Istanbul bis Mekka. Du musst niemanden finden. Nur mit mir trinken, tanzen und mich beschützen. Was würde ich dafür geben, homosexuell zu sein. Was würde ich dafür geben, dass mein Vater ein Busfahrer aus Simmering ist. Ich weiß, dass Frederik nicht aus dem Fenster springt. Er ist zu unverschämt, um so etwas zu tun. Frederik ist in der Welt zu Hause. Aber ich ... ich verliere immer mehr an Boden.«
Mir blieb nichts anderes übrig, als bei ihr zu bleiben.

Ein paar Tage zuvor bog ich in die Kettenbrückengasse ein, als mein Nachbar aus der Apotheke trat. Er hielt einen kleinen Plastikbeutel in Händen und schien bestens gelaunt.

Die Sonne lachte, Herr Drechsler lachte, die Tauben gurrten. Sein Äußeres war sehr elegant. Wir plauderten, und er erkundigte sich nach Frederik. Frederik und Drechsler verstanden sich vorzüglich. Sein Plastikbeutel war prall gefüllt und undurchsichtig. Ich weiß nicht, warum, aber ich hatte sogleich eine fixe Idee bezüglich des Inhalts: ›Drechsler, der hüstelnde Silberrücken, hat sich Viagra besorgt.‹ Auf dem Weg vom Naschmarkt in die Margaretenstraße konnte ich an nichts anderes mehr denken. Er würde der Nächste sein, den Regina verspeiste. Tatsächlich verlor Drechsler keine Zeit. Noch am selben Abend sah ich vor Reginas Wohnungstür Pralinen deponiert. Ich ging an ihrer Tür vorbei, weil der Lift nicht funktionierte. Jeder konnte die Pralinen gebracht haben. Vielleicht sogar Frederik, als Dankeschön für den »netten« Abend. Doch mir war sofort klar, dass sie von meinem Nachbarn stammten. Diese Vermutung wurde bestätigt, denn etwas später hörte ich Schritte im Stiegenhaus. Ich schlich zur Tür und spähte hinaus. Das Licht war angegangen, doch zu sehen war niemand. Vor Drechslers Türabstreifer allerdings lagen, im Spion gut zu erkennen, die Pralinen.

In der Nacht rissen mich wilde Träume aus dem Schlaf. Dabei wackelte der Bettkasten meines Nachbarn. Am nächsten Tag begegnete ich Frau Kord im Supermarkt. Wir schoben unsere Einkaufswägen gleichzeitig in die Feinkostabteilung. Sie hob den Kopf und lächelte: »Wie ich mich freue, Sie zu sehen!«

In ihrer Rede lag Überschwang, was seltsam war. Mir blieb rätselhaft, wieso sie sich so freute. Noch während ich darüber nachdachte, fuhr sie fort: »Es ist immer dasselbe mit euch, nicht? Der Frühling macht euch zu schaffen. Wissen Sie aber, was mich noch glücklicher macht als der Frühling? Dass Sie ein so verständnisvoller Lehrer sind! Das gibt Hoffnung. Einen guten Lehrer vergisst man nicht, ein Leben lang.«

Sie tätschelte meinen Arm und reihte sich in die Schlange an der Fleischtheke ein. Ich versuchte den gesamten Nachmittag zu verstehen, was sie gemeint haben könnte. Am plausibelsten schien mir, dass sie mich mit Frederik verwechselte. Hatte Frederik Regina tatsächlich zum Stöhnen gebracht, wie er behauptete, war es gut möglich, dass Frau Kord davon Notiz genommen hatte. Warum sie so nachdrücklich auf meinen Lehrberuf abstellte, konnte ich mir aber nicht erklären.

Beide Begegnungen, das heißt, die Begegnung mit Herrn Drechsler sowie die Begegnung mit Frau Kord, hatten summa summarum einen bitteren Nachgeschmack. Sie verwiesen mich auf jenen Phänomenbereich, der mit dem Wort »Sex« großflächig umrissen wird. Wie stand es um meinen Sex? Bei der Frage wäre ich am liebsten in die Wand hineinverschwunden, wie die Romanfigur aus der Ungargasse. Was war aus mir geworden, seit ich in der Mansarde lebte? Ein Häufchen Freundlichkeit, ein verständnisvoller Masturbator, ein verklemmtes Helferlein! Im öffentlichen Gerede existierte seit einiger Zeit ein Schimpfwort, dessen Sinn ich instinktiv auf mich bezog: Gutmensch. Was immer ein Gutmensch sein mochte, ich war zweifellos sein Repräsentant. Der Gedanke an meine liebenswürdige Impotenz ließ mich zerfließen. Damen Mitte vierzig tätschelten mir in der Fleischabteilung die Hand. Ich lag am Sofa und fühlte mich, als wäre ich kein Mann. Ich begann Frederik zu vermissen. Vielleicht sollte ich an dieser Stelle erzählen, was in Reginas Wohnung wirklich passierte. Wenngleich das eine schmerzhafte Geschichte ist, die eigentlich nicht erzählt werden sollte.

Regina streckte das linke Bein zwischen meinen Rücken und die Sofalehne. Das rechte Bein legte sie über meinen Schritt, wodurch es direkt auf meine Geschlechtsteile drückte. Wie bereits erwähnt, lachten wir die ganze Zeit, wegen des Hanfes, den wir rauchten. In allen Gliedern pulsierte Glück. Regina versenkte die Reste des Joints im Aschenbecher. Dabei musste sie die Beine neu positionieren. Der Druck auf meinen Schritt verschwand, und ich spürte es überall kribbeln, als wären mir die Oberschenkel eingeschlafen oder als würden vierzehntausend Ameisen über meine Hüften laufen. Doch mir war überhaupt nichts eingeschlafen, im Gegenteil. Mit dem wohligen Kribbeln wuchs eine unerklärliche Erektion, und zwar bis in den Himmel. Ich war stolz wie die Kinder, die prahlend in die Blumen pinkeln. Für ein Weilchen dachte ich, sofern man das denken nennen kann, der Bann wäre gebrochen. Ich dachte, ich wäre geheilt.

Regina sank aufs Sofa zurück. Ich hatte Lust, mit meinem Penis ihren Körper zu streifen, wie um ihr meinen Penis zu zeigen. Wir küssten uns auf den Mund. Sie zog mich an sich. Sie legte sich hin, und ich legte mich über sie. Ich konnte mich an ihr reiben und mir einbilden, ich wäre Jean-Paul Belmondo oder ein Gorilla oder ein Stier. Die Fantasien halfen mir, auf der Höhe der Erektion zu bleiben. Noch schöpfte sie keinen Verdacht. Sie griff nach meinem Schwanz, was ein schönes Gefühl war. Ich ging meiner Verrücktheit vollends auf den Leim. Mit zwei Fingern öffnete ich ihren Hosenknopf. Sie blies sich die schwarzen Locken aus dem Gesicht. Der Schweiß stachelte uns an. Sie schälte sich aus den Jeans, und ich wollte keine Sekunde mehr warten. Ich wollte nichts mehr sehen, hören, riechen oder schmecken. Ich wollte ihr meine ganze Kraft demonstrieren. Das Gefühl war großartig. Ich grub meinen Kopf in ihr dichtes Haar und penetrierte sie. Die Erfüllung lag vielleicht drei, vier Sekunden entfernt. Aber sie stemmte ihre Arme gegen meinen Oberkörper und richtete sich auf. Sie zog sich die restlichen Kleider vom Körper. Sie lag splitternackt am Rücken und atmete schwer. Sie fasste mich um den Hals und küsste mich. Sie nahm meine Hand, sie führte sie an ihr Geschlecht. Ihr Begehren wurde hörbar. Ihr Geschlecht fühlbar. Ihre Augen glänzten, und das war das Ende. Mein Blut schoss aus den Lenden direkt in die Wangen. Die Nacktheit wurde zur Last. Regina blickte mir fragend ins Gesicht. Sie zog sich eine Decke über den Leib.

»Was ist denn los?«

Ich schämte mich so, dass sich alles krümmte.

»Ich kann es nicht«, sagte ich, »ich bin doch schwul.«

Ohne mich anzusehen, hielt sie mir die löchrigen Boxershorts entgegen. Ein geschlagenes Tier, verzog ich mich in den sechsten Stock.

Der Spritzwein verdrängte die Erinnerungen. Die rosaroten Lampions verbreiteten warmes Licht, und mehr und mehr Gäste trafen ein. Yasmina schien alle zu kennen. Im Handumdrehen hatte sie sich auf ein neues Gleis gestellt. Niemand außer mir konnte ahnen, dass sie eben noch geweint hatte. Rund um den Tisch gruppierte sich eine fabelhafte Gemeinschaft. Nariman trug ein pinkes Kopftuch, kombiniert mit hohen Absätzen und rosaroten Fingernägeln. Ihr Gesicht war stark geschminkt, ihre Wimpern glichen Spinnenbeinen. Sahar trug ein barockes Kleid aus orangem Taft. Es betonte den Busen und stach im spröden Ambiente des Pratersterns hervor. Rechts neben Yasmina nahm Mehmet Platz, ein Kollege aus dem Krankenhaus. Er trug einen feinen Schnurrbart und gelbe Hosenträger. Abgesehen von den Hosenträgern wirkte sein Äußeres fast bieder. Jürgen setzte sich zu Mehmet. Sie küssten sich auf den Mund, woraus ich schloss, dass sie ein Paar waren. Immer mehr Menschen schwebten durch das Gartentor. Immer neue Leute traten auf uns zu. Das immer gleiche Begrüßungsgeplänkel wiederholte sich. Die allermeisten hatten sich herausgeputzt wie für ein Faschingsfest. Ich wich nicht von Yasminas Seite. Der Alkohol stabilisierte uns. Yasmina griff immer wieder nach meinem Arm oder stütze sich beim Sprechen gegen meine Schulter. Sie markierte für alle, dass ich ihr bevorzugter Begleiter war. Um Mitternacht wurden die Bässe lauter. Es hatte abgekühlt, und wir gingen nach drinnen.

Der Eingang führte über Stufen unter die Straße. Das Fluc war eine aufgelassene Unterführung, eine schmucklose Röhre aus Beton. Wo das Licht nicht flackerte, blieb es düster. Yasmina schob mich durch Rauch und Gedränge.

»Du machst dich gut, mein Schatz! Alle lieben dich!«

Wir tranken Tequila.

»Danke, dass du heute bei mir bist.«

Die meisten Menschen drängten sich rund um die Bars. Die Tanzfläche war noch nicht voll. Yasminas Clique positionierte sich. Drei überbordende Transvestiten, in Federkleid und Strasssteinen, stolzierten über die leere Piste. Die Wiedersehensfreude war groß. Alles küsste und umarmte sich. Yasmina stellte mich zum hundertsten Mal vor. Sie hießen Rudolfo, Yunis und Metham. Nariman wollte nicht länger warten. Sie schnappte sich Sahar, und sie begannen zu tanzen. Ein junger Mann, den ich für einen Äthiopier hielt, trillerte. Er breitete die Arme aus, und sein nackter Oberkörper bog sich majestätisch nach hinten. Wie auf Kommando sprangen zwei weitere Äthiopier oder Somalier oder Nubier auf die Tanzfläche.

Das eintönige Geklopfe setzte aus, *All the single ladies* schallte es aus den Lautsprechern, und Jubel brach los.

Auch Mehmet war kein ausgelassener Tänzer. Wir blieben am Rand und unterhielten uns, das heißt, wir steckten die Köpfe zusammen und schrien uns gegenseitig ins Ohr. Er arbeitete auf der HNO-Station und hatte gemeinsam mit Yasmina und Frederik studiert. Dem Gespräch war zu entnehmen, dass er Yasmina und Frederik schätzte. In Bezug auf die Beziehungskrise der beiden schien er im Bilde. Er betonte, dass er sie nicht verstünde und bedauerte. Das war mir sympathisch, und ich begann Mehmet aus dem Augenwinkel zu mustern. Ich fragte ihn, ob Jürgen sein Freund wäre. Mehmet machte eine undeutliche Geste.

»Jürgen ist ein Schwabo, die sind schwer zu verstehen. Wo wir ein Herz haben, haben sie einen Taschenrechner.«

Das Klischee brachte uns zum Lachen, und ich sah, dass Yasmina zufrieden nickte.

Menschen drängten sich vom Eingang bis in die hintersten Katakomben. Vor der Damentoilette hatte sich eine Schlange gebildet. Überall wurde Cannabis geraucht. In einer Nische gingen sich zwei Frauen an die Wäsche, in einer anderen zwei Männer. Auf der Herrentoilette handelte man mit Pulvern und Pillen. Hinter einer versperrten Tür wurde gevögelt. Endlich wurde ein Pissoir-Platz frei. Neben mir warf ein wunderschöner, blonder Bursche den Kopf ins Genick. Wir schüttelten ab, und er trat auf mich zu. Ich wollte mir erst noch den Urin von den Fingern waschen, da rief ein Spielverderber von hinten: »Achtung! Escort aus Bratislava! Besser, du behältst deine Geldbörse im Auge.«

Ich besorgte uns Bier. Ich erlaubte mir einen selbstbewussteren Blick und fühlte mich den Menschen nahe. Yasmina wurde von einer grellgrünen Frau umschlungen. Ich winkte mit der Flasche. Sie lehnte ab, und ich reichte das Bier an Mehmet weiter. Pomp und Hymnus erfüllten die Unterführung. Rihanna sang *We found love in a hopeless place*. Die Scheinwerfer setzten Gesichter in Szene, und ein feierlicher Geist schwebte über der Menge.

Ich spürte Mehmets Hand auf meinem Gesäß. Ich tat, als würde ich ihm etwas ins Ohr flüstern. Dabei küsste ich seine Ohrmuschel. Mehmet tat, als würde er mir ebenfalls etwas ins Ohr flüstern und küsste mich zurück. Yasmina küsste die grüne Frau. Jürgen trat in unsere Mitte. Gott sei Dank flüsterten Mehmet und ich uns in diesem Moment nichts ins Ohr. Auch unsere Hände waren nicht an verfänglichen Stellen. Jürgen nahm Mehmet zur Seite und schrie ihm etwas zu. Auf Mehmets Stirn erschienen Falten. Wegen der donnernden Musik konnte ich nichts verstehen. Jürgen verschwand, Mehmet folgte ihm. Yasmina zischte: »Dieser Jürgen ist ein Schwachkopf. Mehmet kommt sicher zurück. Vergeig es nicht!«

Mehmet kam zurück. Er legte seinen Arm um meine Hüften, und unsere Zungenspitzen berührten einander. Wir tasteten uns ab. Yasmina lachte. Alles war wie früher, wie vor zehn Jahren, als wir noch Studenten waren und das Leben weniger sorgenvoll. Rudolfo, Yunis und Metham tänzelten um uns herum. Sie fächerten uns zu, und ihre flauschigen Federkleider bildeten ein schützendes Wäldchen.

Mehmets Nähe war die beste Droge. Die Wärme seines Körpers war ein Bett. Seine Brust eine Schaukel und seine Zunge eine feuchte Vorahnung. Ich hielt die Augen geschlossen, weshalb mir das meiste entging. Eine bekannte Stimme schob sich in mein Bewusstsein. Wie lange Ferhat schon bei uns stand, hätte ich nicht zu sagen gewusst. Er tauchte sein

Gesicht zwischen Yunis' und Methams' Federn und verschickte nach allen Seiten Kusshände. Er hatte einen Schwips.

»Mein lieber Herr Lehrer«, rief er lachend und wackelte tadelnd mit dem Zeigefinger.

Seine Anwesenheit war ein Schock. Yasmina winkte ihn amüsiert zu sich. Sie sprachen Arabisch. Mehmet schlang seine Hand etwas fester um meine Hüften. Er rief Ferhat zu sich oder, besser gesagt, zu uns. Ein bisschen wirkte es wie ein Befehl. Ferhat senkte das Haupt, wie vor großen Brüdern oder Stammesführern. Jetzt war die Verhandlungssprache Türkisch, und ich verstand wieder nichts. Mehmet war größer als Ferhat und hielt ihn mit der freien Hand am Genick. Ferhat zeigte sich demütig. Aber zwei-, dreimal fand er Zeit, mir zuzuwinken. Yunis und Metham riefen nach ihm, er wechselte ins Deutsche: »Mein lieber Herr Lehrer, meine Freunde warten. Wir sehen uns am Montag! Sie sind der beste Lehrer auf der Welt!«

Er küsste Yasmina auf die rechte Wange, verneigte sich scherzhaft vor Mehmet und schüttelte mir dienstbeflissen die Hände.

Die grüne Frau wand sich dringlicher und dringlicher um Yasminas Körper. Yasmina entfernte die hungrigen Arme immer ungehaltener. Die grüne Frau war versessen darauf, Yasmina zu küssen. Yasmina verlor die Contenance. Sie stieß sie zur Seite: »Was soll das? Fick dich! Es reicht!«

Wir brachen auf. Mehmet begleitete uns. Yasmina zitterte am ganzen Leib, auch weil es kalt geworden war. Wir hasteten zum Taxistand, sie stieg sofort ins Auto. Mehmet trat von einem Bein aufs andere: »Ich wohne gleich hier um die Ecke.«

Das blieb insgesamt eine unklare Ansage. Ich wollte Yasmina nicht allein lassen. Mehmet küsste mich auf den Mund: »Ich werde Yasmina um deine Nummer bitten …«

Ich nickte und stieg ins Taxi.

Yasmina speicherte Mehmets Nummer in mein Adressbuch. Wir schmiegten uns auf der Rückbank aneinander und blickten aus demselben Fenster.

»Dreimal darfst du raten, wer x-mal versucht hat, mich anzurufen …«

»Die grüne Frau?«

»Geh bitte. Frederik. In Sevilla ist offenbar nichts los …«

»Und wer ist die grüne Frau?«

»Sie steht auf mich. Ich behandle sie schlecht. Ich lasse sie heran, dann stoße ich sie weg. Manchmal wünsche ich mir so sehr, ich könnte lesbisch sein. Ich bin ein Scheusal. Was ist mit dem jungen Schönling?«

»Du meinst Ferhat? Er ist mein Schüler.«

»Das finde ich toll, dass deine Schüler auf unsere Partys kommen. So ein Zufall!«

»Ja, ganz toll. Ein unglaublicher Zufall …«

»Sagen alle Schüler ›Mein lieber Lehrer‹ zu dir? Er scheint dich zu bewundern. Er hat mir gesagt, du bist der beste Lehrer seines Lebens.«

»Leider kommt er nur alle heiligen Zeiten in den Unterricht. Wir behandeln ihn ganz normal, als wäre er aus Ottakring oder Simmering oder Favoriten. Das gefällt den Leuten.«

Yasmina lächelte.

»Das ist nicht alles, glaube ich. Wieso bist du so nervös geworden? Du hast wie blöd zu zappeln begonnen. Hast du dich in ihn verliebt? Weil er so schön ist?«

»Hab ich mich in ihn verliebt? Was weiß denn ich. Ist er überhaupt schwul? Er gefällt mir, das streite ich nicht ab. Manchmal träume ich von ihm. Aber vor allem, weil ich mir Sorgen mache. Er kommt direkt aus dem Krieg. Ich kann Verliebtheit und Zuneigung nicht auseinanderhalten. Weil ich ein Gutmensch bin. Das ist das Grundproblem.«

Als wollte sie das Folgende vor der Taxifahrerin geheim halten, begann Yasmina zu flüstern: »Wem sagst du das! Du bist ein Gutmensch, aber ich bin ein schlechter Mensch, und ich weiß noch weniger über die Liebe als du. Ich will keine Ärztin mehr sein. Ich habe den falschen Beruf gewählt.«

Das war eine völlig neue Information.

»Was? Das auch noch? Seit wann denkst du, dass du nicht mehr Ärztin sein möchtest?«

»Seit ich so viel mit Frederik zusammenarbeite. Es ist wahr. Frederik ist ein guter Arzt. Er behandelt die Menschen mit Wohlwollen und Selbstverständlichkeit. Aber mir? Mir graust vor ihnen. Ich möchte mich wegdrehen, wenn sie betrunken, arm und stinkend auf die Station kommen. Ich möchte das nicht empfinden und edler sein. Doch es gelingt mir nicht. Mir ekelt vor den Leuten. Ich fühle keine Zuneigung.«

»Weiß Frederik davon? Habt ihr darüber gesprochen?«

Das Taxi hatte die Staatsoper passiert. Ich hätte längst aussteigen können, aber es war schön, neben Yasmina zu sitzen. Die leere Ringstraße zog am Fenster vorbei. Die Heizung wärmte, und die Müdigkeit entspannte mich.

»Er weiß es. Natürlich. Er weiß es, weil er es sieht. Auch das bringt mich gegen ihn auf. Es passt zu dem Bild, das er von mir hat. Ich schäme mich, dass ich diesem Bild entspreche.«

»Wieso redet ihr nicht darüber? Ihr könntet doch auch über die Bilder sprechen, die ihr voneinander habt?«

»Das sehe ich nicht so. Bei jeder Besprechung ziehe ich den Kürzeren. Wenn wir wirklich reden, bin immer ich die Dumme. Und weißt du, wieso? Weil Frederik perfekt ist.«

»Was soll das heißen? Niemand ist perfekt.«

»Doch! Frederik ist perfekt. Er kommt aus Simmering. Seine Mutter ist Volksschullehrerin. Sein Vater Busfahrer. Er ist klug und attraktiv. Im Bett ist er eine Kanone. Er ist Arzt für alle Kassen, und sein Herz ist aus Gold. Ich dagegen bin reich, exotisch und problematisch.«

Je länger wir im Taxi saßen, desto zufriedener wurde ich. Es war ein herrliches Gefühl, geküsst worden zu sein. Natürlich schämte ich mich, dass Ferhat mich gesehen hatte. Doch stärker als die Scham war die Freude. Ich schob meinen Arm unter Yasminas Nacken. Ich griff nach ihrer Hand. Ich wollte all meine Dankbarkeit, meine Hochachtung und meine Liebe direkt in ihren Körper fließen lassen.

»Was soll das heißen, du bist problematisch? Du bist nicht problematisch, sondern großartig! Frederik ist verzweifelt. Er denkt, dass du in einen anderen Mann verliebt bist. Er wollte, dass ich dich beschatte wie ein Detektiv. So weit ist es mit ihm gekommen. Er versteht nicht, was los ist. Er versteht *dich* nicht. Ihr müsst miteinander reden.«

Wir bogen in die Porzellangasse ein. Yasmina schloss müde die Augen. Ihr Teint war blass und makellos. Der Wagen hielt vor dem Zinshaus ihres Vaters. Sie küsste mich, und wir umarmten uns.

»Sag dem Idioten, dass es keinen anderen Mann gibt! Das Letzte, was ich brauche, ist noch ein Mann. Er kommt heute zurück, nicht wahr? Sag ihm, dass ich ihn vermisse.«

Ferhat erschien weder am Montag noch am Dienstag, noch überhaupt jemals wieder in der Schule. Jeden Tag hoffte ich, ihn zu sehen. Jeder Tag eine Enttäuschung. Im Gegensatz dazu ließ die erste SMS von Mehmet nicht lange auf sich warten. Noch Sonntagabend schickte er ein paar wohlklingende Sätze. Ich war geschmeichelt. Mit der Antwort ließ ich mir Zeit. Frederik kam aus Sevilla zurück, bezog aber zunächst in Simmering Quartier. Er wollte seiner Mutter einen Gefallen tun. Sie kochte seine Lieblingsspeisen. Drei Tage später kam er entnervt zurück zu mir. Leider schob er ununterbrochen Nachtdienste. Ich war stolz auf die Samstagnacht und wollte ihm jedes Detail erzählen. Doch wir verpassten uns am laufenden Band. Ein schlimmer Zwischenfall überdeckte alles. Mittwochmittag kamen aus dem Badezimmer meines Nachbarn ungewöhnliche Geräusche. Zuerst hörte man das Wasser rauschen. Dann schien etwas zu bersten oder zu brechen. Seine Flüche klangen sonderbar. Sie beunruhigten mich, und ich läutete an seiner Tür. Es öffnete nicht Drechsler, sondern Regina.

5

Einen Monat lang war es mir gelungen, Regina zu meiden. Wir waren uns weder im Haus noch auf der Straße, im Supermarkt oder sonst irgendwo begegnet. Ich weiß nicht, ob Regina es auch darauf anlegte, mich nicht zu treffen. Jetzt stand sie in der Tür und wartete, dass ich das Gespräch begann. Mir fiel nichts ein. Ich hatte damit gerechnet, dass Drechsler und sie sich früher oder später in die Arme fallen würden. Ihr Groll gegen ihn schien mir immer schon vorgeschoben. Doch jetzt kam ihre Anwesenheit trotz allem überraschend. Sie stand mit einer Selbstverständlichkeit in Drechslers Tür, als wäre sie längst bei ihm eingezogen. Sie trug nicht einmal Schuhe. Hoffentlich trägt sie Unterwäsche, dachte ich unweigerlich. Siebzehn hässliche Einlassungen stiegen in mir hoch. Ich wollte meine Einschätzung der Lage auf eine möglichst sarkastische Formel bringen. Regina las meine wild gewordenen Gedanken und setzte mich trocken ins Bild: »Drechsler ist im Krankenhaus. Samstagabend hat er Blut gehustet. Weil du nicht da warst, ist er zu Frau Kord. Die war aber auch nicht da. Also hat er bei mir geläutet. Er ist im AKH. Mehr weiß ich auch nicht. Ich gieße seine Pflanzen. Seine depperte Wasserkanne ist eben zerbrochen.«

Wir gingen in meine Wohnung und setzten uns in die Küche. Ich bat sie darum, alles noch einmal detailliert zu wiederholen.

»Er hat vor Angst gezittert. Es war unheimlich. An seinen Händen war Blut. Auch am Hemdkragen war Blut. Er war verwirrt. ›Wir müssen die Rettung rufen‹, hat er gesagt. Im nächsten Moment bat er mich, auf die Pflanzen aufzupassen. Ich habe mich überhaupt nicht ausgekannt. Ehrlich gesagt dachte ich, dass er jemanden umgebracht hat. ›Was ist denn los?‹, rief ich. Er zitterte. Beim Schlucken hatte er Probleme. Er zog das Handy aus der Hosentasche und rief die Rettung an: ›Ich spucke seit einer Stunde Blut.‹ Er bemühte sich, ruhig zu bleiben. Die Sanitäter waren innerhalb von zehn, fünfzehn Minuten da. Er hat mich gebeten, dass ich dir und Frau Kord Bescheid gebe. Aber gestern und vorgestern ging es am Institut drunter und drüber. Heute nach dem Gießen wollte ich endlich zu dir kommen, das musst du mir glauben.«

Regina erhob sich. »In seinem Badezimmer ist eine kleine Überschwemmung. Ich muss noch einmal hinüber. Wenn du etwas brauchst, ich bin gleich nebenan.«

Wegen der dünnen Wände konnte ich mitverfolgen, in welchem Raum sie sich gerade befand. Zuerst hantierte sie im Badezimmer herum. Dann wechselte sie in den Wohn- und Essbereich. Ich wusste, wo Drechsler seine Stechpalmen und Zimmerlilien stehen hatte. Sie schloss ab und kam erneut herüber. Sie setzte sich zu mir aufs Sofa. Ich spürte ihre Schultern, ihren Rumpf und ihre Schenkel. Sie fragte, ob ich in die Schule müsste. Ich nickte. Natürlich wollte ich wissen, was Drechsler zugestoßen war. Sie wich meinen Blicken aus.

»Es ist unseriös, irgendetwas zu vermuten. Normalerweise spuckt man kein Blut, so viel ist sicher. Was es genau ist, müssen die Ärzte sagen.«

Mir graute vor dem, was unter der Haut, in der Dunkelheit vor sich ging. Im Grunde genommen konnte das Herz jederzeit stehenbleiben. Dann blähten sich die Lungen nicht mehr auf, und das Gesicht lief blau an. Oder umgekehrt verklebten sich zuerst die Lungen und ließen so das Herz erlahmen. Ich fiel Regina in die Arme. Keinesfalls wollte ich mit einer hypochondrischen Panikattacke auf Drechslers Unglück reagieren. Etwas Dümmeres hätte ich mir kaum vorstellen können. Dennoch verspürte ich den starken Wunsch, mich der Verzweiflung hinzugeben. Außerdem wünschte ich mir, dass Regina bei mir wohnen würde. Die Peinlichkeit jener Nacht war neutralisiert. Ich wollte, dass sie mit mir zu Mittag aß und sich im Badezimmer die Zähne putzte. Sie sollte direkt vom Bisamberg in die Mansarde kommen und einen Strauß Gerbera mitbringen oder meinetwegen ein gerupftes Huhn. Ich würde ihre Schuhe putzen, ihre Wäsche waschen und für sie kochen. Nach einer Weile des Umarmens und Nichtstuns trennten wir uns, und jeder fuhr zur Arbeit.

Abends schrieb ich Drechsler eine SMS. Er antwortete, dass es ihm gut ginge. Er würde bald entlassen. Ich schrieb Frederik, dass er Genaueres in Erfahrung bringen solle. Aber am nächsten Tag fiel Frederik wie ein Zombi durch die Tür.

»Mir sind in der Nacht drei Patienten verstorben. Ich kann nicht mehr. Es tut mir leid.«

Für einen Besuch auf der onkologischen Abteilung war ihm keine Zeit geblieben. Er zog sich aus und schlief sofort ein.

Freitagmittag lud ich mich bei meinen Eltern ein, denn ich wollte unbedingt aus der Wohnung hinaus. Bei meinen Eltern gab es Rindfleisch mit Semmelkren. Anfangs weigerte ich mich, einen Bissen davon zu nehmen. Die ganze Welt weiß, dass Rindfleisch mit Semmelkren ein Begräbnisessen ist. Ich erzählte ihnen, dass mein bester Schüler wie vom Erdboden verschwunden, dass Frederik wegen Yasmina verzweifelt und zu allem Überfluss mein Nachbar ins Spital gebracht worden sei. Meine Mutter schlug die Hände über dem Kopf zusammen: »Aber wie kann denn das sein? Es ist Frühling! Dein Vater und ich waren gestern beim Heurigen in Oberlaa. Die Trautson Claudia von der Dreierstiege hat sogar gejodelt. Wir sind bis zehn Uhr draußen gesessen. Mein Schatz, du darfst dir nicht alles zu Herzen nehmen. Vor lauter Rücksichtnahme auf die anderen vergisst du dich selbst!«

Nach dem Essen wollten sie ins Burgenland, um meine Großmutter und meine Tante zu besuchen. Ich hätte gerne gewusst, was Erika über Drechsler wusste. Wie sie über ihn dachte. Wie er als junger Mann gewesen war. Meine Eltern freuten sich, dass ich sie begleiten wollte. Als ich ein Kind war, fuhren wir mindestens einmal pro Woche ins Burgenland. Die allerschönsten Sommer hatten dort begonnen, wo Simmering zwischen Hochspannungsleitungen und Sonnenblumen endete.

Das weiße Haus in Oslip stand am Dorfrand. Meine Eltern gingen mit meiner Großmutter spazieren. Tante Erika hatte keine Lust. Sie machte Kaffee und bat mich, im Hof zu decken. Mit Schürze und Tablett trat sie unter den Apfelbaum. Es schien unvorstellbar, dass sie jemals eine U-Bahn genommen oder in der Laimgrubengasse neben einer Schwulenbar gewohnt hatte. Sie war ebenso neugierig wie ich. Zunächst wickelten wir die alltäglichen Dinge ab. Ob der Herd noch funktionierte, ob Herr Jankovic noch Hausmeister wäre, ob das Kirschholzsofa noch in Schuss sei. Dann ließ ich die Katze aus dem Sack. Ich erzählte ihr, dass Herr Drechsler mit Lungenblutungen ins AKH gebracht worden war. Sie war sichtlich schockiert und die Erste, die das K-Wort aussprach. Ich schilderte ihr, was Regina mir erzählt hatte. Regina sagte ihr nichts. Ich erklärte ihr, dass Regina die Nachmieterin von Frau Seiler ist. Tante Erika schlug auf den Tisch: »Die Wohnung ist schon vermietet? Wie war das so schnell möglich? Das hat mir Shirin gar nicht erzählt!«

Erikas Ähnlichkeit mit meiner Mutter war unverkennbar. Sie strich das Tischtuch wieder glatt. Doch im Gegensatz zu meiner Mutter färbte sie ihre Locken nicht mehr. Ihre Stimme war rau und schön: »Du musst wissen, dass Margit und ich enge Freundinnen waren. Denn Margit war auch aus dem Burgenland, aus dem Südburgenland zwar, aber bitte. Ihr Mann war nie da. Sie ist wegen ihm von Jennersdorf nach Wien gezogen. Sie hat niemanden gekannt in Wien, konnte aber nicht jedes Wochenende nach Jennersdorf fahren, weil Jennersdorf ist zu weit weg. Außerdem wollte sie das nicht. Sie wollte in Wien leben und Kinder haben. Aber ihr Mann war, wie gesagt, nie zu Hause. Einen Fernfahrer zum Mann haben, das ist wie einen Matrosen oder einen Soldaten. Margit hat anfangs in einer Küche gearbeitet, in einer Schule im zwölften Bezirk, genau wie ich. Wir hatten keinen Lehrabschluss, kein Studium und kein Vitamin B. Das ist ein schweres Los. Ich kann dir nicht sagen, was mit diesem Erich Seiler los war. Man kann in die Menschen nicht hineinschauen. Heute habe ich dazu meine Gedanken. Wenn er da war, war er wunderbar, lustig und leutselig. Er war aus Favoriten, ein echter Wiener. Mit ihm konntest du richtig lachen. Aber dann war er für Monate weg. Hin und wieder ein Anruf oder eine Postkarte, sonst nichts. Margit hat darunter sehr gelitten.

Der Unfall war eine Tragödie. Margit hatte sechs Geschwister. Von der Familie ist niemand zum Begräbnis gekommen. Neben der Trauer hatte sie finanzielle Sorgen, und zwar gravierende Sorgen. In der Küche haben wir einen Dreck verdient. Ihr Genossenschaftsbeitrag war noch nicht abbezahlt. Dazu kamen jeden Monat Miete, Essen, Strom, Kleidung, Telefon et cetera. Sie hat eine Witwenrente beantragt. Von den Beamtenschädeln musste sie sich tausend Frechheiten gefallen lassen. Margit war attraktiv. Die Rente hat für zwei Wurstsemmeln gereicht. Erich Seiler hatte kaum Dienstjahre. Er hat zehnmal den Beruf gewechselt. Mit 23 war er tot. Margit stand vor dem Nichts. Aber ich habe ihr gesagt, dass sie das durchstehen muss. Mindestens hundertmal wollte sie nach Jennersdorf zurück. Ich habe sie gefragt: ›Was machst du in Jennersdorf? Was wirst du dort arbeiten? Wie willst du dort eigenständig leben?‹ Sie ist in Wien geblieben. Wir haben ihr geholfen. Das heißt, ich habe ihr geholfen, der Hausmeister hat ihr geholfen, und, das muss man sagen, vor allem der Drechsler hat ihr geholfen. Die Drechslers wohnten nebenan. Im Schatten dieser Hilfe braute sich aber ein neues Unglück zusammen.

Am allermeisten fürchtete sie sich davor, die Wohnung zu verlieren. Sie hatte täglich Angst, am Gehsteig schlafen zu müssen. Jeden zweiten Tag sagte sie: ›Ich schaffe es nicht mehr, ich will nicht am Gehsteig schlafen, ich geh nach Jennersdorf.‹ Aber was hätten ihre Eltern gesagt, wenn sie plötzlich als Frau Seiler in Jennersdorf aufgekreuzt wäre? Wer hatte sich denn in den Kopf gesetzt, einen Fernfahrer aus Wien zu heiraten? Sie wechselte in eine Putzerei, wo sie ein bisschen besser verdiente. Samstags kellnerte sie im Espresso auf der Gumpendorfer Straße. Ich habe sie dort oft besucht. Im Espresso saßen ausschließlich Besoffene, die ihr durch die Bluse auf den Busen gestarrt haben. Sie polierte ihren Ehering, dass er wie ein Stern leuchtete. Aber im Espresso haben die Herrschaften sieben Krügerl getrunken. Dann haben sie nur noch gesehen, was sie sehen wollten. Die Drechslers bekamen ein Kind. Der Drechsler hat einen Sohn in deinem Alter. Margit bekam Probleme. Der Inhaber der Putzerei war ein ausgefressener Volltrottel. Er hatte einen Mercedes. Aber sein Hintern war so fett, dass er kaum zwischen Autotür und Handbremse gepasst hat. Er hatte sich in den Kopf gesetzt, Margit zu heiraten.

Aber Margit wollte keinesfalls gleich wieder heiraten und schon gar nicht diesen Fettwanst. Mit der Zeit ist ein Widerstandsgeist in uns gewachsen. Wir haben begonnen, uns zu wehren. Das Erste ist, dass man sich zusammentut. Ich habe ihr gesagt: ›Du landest nicht auf der Straße! Im Notfall ziehst du zu mir! Bei mir ist locker Platz für zwei!‹ Er hat sie prompt aus der Putzerei geschmissen. Sie stand ohne Familie, ohne Mann, ohne Ersparnisse und ohne Beruf da. Aber ich hab ihr den Rücken gestärkt. Und der Drechsler. Zunächst ganz harmlos. Er hat sich um Kleinigkeiten gesorgt. Ich habe ihr gut zugeredet. ›Wenn dir dieser Geck helfen will – nimm es an! Du kannst es brauchen!‹ Er ist ins Espresso gegangen und hat die besoffene Mannschaft im Zaum gehalten. Er hat sie mit dem Auto zu Bewerbungsgesprächen oder aufs Arbeitsamt gebracht. Er hat ihr vom Markt Erdäpfel oder Faschiertes mitgenommen. Er war im Wohnbaustadtamt angestellt. Soweit ich weiß, ist er dort noch immer. Da hatte er natürlich sehr gute Kontakte zur Genossenschaft. Und ich sage immer: Ohne Kontakte ist der stärkste Mensch ein Würstel, egal, ob in Wien, im Burgenland oder am Mond. Wer sagt, ›Ich bin, wo ich bin, wegen meiner Leistung‹, den soll man sofort mit einem nassen Fetzen erschlagen.

Er hat ihr den Job in der Konditorei vermittelt. Vis-à-vis vom Finanzministerium. Die Beamtenschädel haben gerne Mehlspeisen gegessen. Margit hat ihnen gefallen, logischerweise. Sie haben ordentlich Trinkgeld liegenlassen. So hat sich

Margits finanzielle Lage verbessert. Die Beziehung zu Drechslers Frau hat sich allerdings verschlechtert. Sie hatten ein kleines Kind. Der Drechsler hat sich aber lieber um die Margit gekümmert als um das Kind. Zumindest hat ihm seine Frau das vorgeworfen. Die Frau Drechsler ist insgesamt unleidlich geworden. Sie hat Margit geschnitten, wo es nur ging. Dabei hat sich die Margit immer korrekt verhalten. Sie hat trotz aller Nachbarschaft darauf geachtet, die nötige Distanz zu wahren. Schließlich hat sie in der Konditorei jemanden kennengelernt. Einmal sind wir zu dritt ausgegangen. Er war in unserem Alter und hieß Franz. Wenn du mich fragst: ein totaler Versager! Sein Vater war irgendwer im Ministerium. Margit hat sich in ihn verliebt, oder zumindest hat sie sich Hoffnungen gemacht. Natürlich wollte sie nicht, dass der Drechsler davon erfährt. Sie wollte nicht undankbar oder rücksichtslos oder egoistisch erscheinen. Dabei muss man immer wieder sagen: Der Drechsler hatte Frau und Kind. Er war ein verheirateter Mann!

Aber da ist noch etwas anderes. Wer einem die Haut rettet, den kann man nicht ohne Weiteres lieben. Ohne den Drechsler hätte es Margit vielleicht nicht geschafft. Seine Kontakte, die Anstellung, das hat Margit vor der Katastrophe bewahrt. Er wollte keine Gegenleistungen. Der Drechsler ist ein guter Mensch, da bin ich mir sicher. Aber irgendetwas wollte er schon. Er war in Margit verliebt. Zumindest wollte er wahrscheinlich, dass sie ihn liebt. Die Margit hat das gespürt und sich von ihm distanziert. Wenngleich das hart war, denn es hat ausgesehen, als hätte sie ihn nur ausgenutzt. Der Drechsler hat daraus aber die falschen Konsequenzen gezogen. Er hat sich immer weiter von seiner Frau entfernt. Er dachte, dass ihn das Margit näherbringt. Aber es war genau umgekehrt. Margit hat sich schuldig gefühlt. Schließlich wollte sie keinen

Kontakt mehr zu ihm. Was schwer ist, wenn man nebeneinander wohnt. Frau Drechsler hat Margit für alles verantwortlich gemacht. Sie hat sie nicht mehr gegrüßt. Im Haus hat sie schlecht über Margit gesprochen. Margit hat das als eine unerträgliche Ungerechtigkeit empfunden. Andererseits hing sie am Haus und auch an der Konditorei. Die Konditorei und das Haus, das waren die einzigen Orte, die ihr Sicherheit gaben.

Die Drechslers haben sich scheiden lassen. Er ist zu mir in den sechsten Stock gezogen. Wo sie hingezogen ist, weiß ich nicht. Er dachte noch einige Jahre, dass alles gut wird. Aber Margit konnte ihn nicht lieben. Am Anfang wegen diesem Franz. Dieser Franz war natürlich ein Fratz. Jemand wie der heiratet keine Kellnerin. Er treibt sie zuschanden, das vielleicht, aber heiraten tut er sie nicht. Als Franz endlich Geschichte war, ging es mit Drechsler trotzdem nicht. Margit hatte das Gefühl, seine Ehe zerstört zu haben. Sie hatte das Gefühl, ihm ihr Leben zu verdanken. Das ist keine gute Basis. Den Drechsler hat das alles sehr mitgenommen. Für ein paar Jahre hat er sehr schlecht gelebt. Er hat getrunken wie ein Russe. Man sah ihn jeden Tag im Espresso auf der Gumpendorfer Straße. Wir alle haben es mitbekommen, das ganze Haus. Margit hat sich schuldiger und schuldiger gefühlt, wenn das überhaupt noch möglich war. Mit der Zeit hat das permanente Schuldgefühl aber bewirkt, dass ihr Drechsler auf die Nerven ging.

Wir haben ihn im Espresso sitzen sehen, mit seiner Trunkenheit und Traurigkeit und Trostlosigkeit. Er ging auch uns extrem auf die Nerven. Sein glasiger Blick war ein Vorwurf. Seine Fahne war ein Vorwurf. Seine schlechte Kleidung war ein Vorwurf. Am Ende hat sein Sohn ihn davor bewahrt, ganz abzustürzen. Er hat begonnen, sich liebevoll um den Kleinen zu kümmern. Zum Glück hat seine Frau ihm in dieser Sache keine Steine in den Weg gelegt. Als Beamter hatte er sehr viel Zeit. Er hat ihn jeden Tag von der Schule abgeholt, und sie sind in den Park gegangen oder ins Museum oder ins Kino, und sie haben etliche Wochenenden gemeinsam in der Laimgrubengasse verbracht. Frau Drechsler ist wieder arbeiten gegangen. Sie war sicher froh, dass ihr Exmann sich so um den Jungen sorgte. So hat Drechsler wieder Oberwasser bekommen. Trotzdem, zwischen ihm und Margit lag alles in Scherben. Irgendwann hat er aufgehört, sich um sie zu bemühen. Margit und ich sind noch näher zusammengerückt, und Shirin ist neben ihr eingezogen, mit ihrer eigenen Geschichte. Die Spannungen haben sich ein wenig gelöst. Wir waren noch keine dreißig Jahre alt. Aber wir hatten genug von den Männern.«

Erika schüttete den kalt gewordenen Kaffee verächtlich in die Wiese. Von der Straße her hörten wir die Spaziergänger. Für einen Augenblick ließ sie ihrer Leidenschaft freien Lauf. Sie fasste sich und wischte sich mit dem Handrücken die Tränen weg. Meine Eltern näherten sich langsam. Großmutter kam als Letzte an den Tisch. Sie bemerkte nichts und setzte sich polternd unter den Apfelbaum. Die Vertraulichkeiten waren zu Ende. Kaum dass sie Platz genommen hatte, kommandierte sie Erika um eine Decke ins Haus. Später kamen Onkel Bertram und Onkel Karl vorbei. Sie wohnten in der Nachbarschaft, und wir aßen gemeinsam zu Abend. Bei der Rückfahrt saß ich, wie immer, am Rücksitz und träumte in die Landschaft hinaus.

»Habt ihr immer gewusst, was mit Tante Erika ist?«
Meine Mutter zuckte mit den Achseln.
»Wir haben nie darüber gesprochen.«
Mein Vater saß am Steuer und brummte undeutlich vor sich hin.

»Habt ihr immer gewusst, dass ich schwul bin? Habt ihr es gewusst, als ich noch ein Kind war?«

Meine Mutter drehte sich zu mir um.

»Was sind das für Fragen? Mit der Oma hast du fast gar nichts geredet. Immer nur mit der Erika. Habt ihr euch gegen uns verschworen?«

Mein Vater räusperte sich: »Ich habe das nicht gewusst, und ich hätte es nie geglaubt. Du warst ein ganz normales Kind, mit der Betonung auf ›normal‹.«

Meine Mutter erwiderte: »Das stimmt nicht. Ich erinnere mich an einen Tag im Frühling. Du warst noch klein, vielleicht noch im Kindergarten. Frederik und du, ihr habt den ganzen Tag im Hof gespielt. Von Zeit zu Zeit habe ich euch vom Fenster aus beobachtet. Als du heraufkamst, warst du voller Dreck. Ich habe dich in die Badewanne gestellt. Dein Vater hat mit seinem Bruder telefoniert, wegen dessen Hochzeit. Ich musste dir die Erde aus den Ohren waschen. ›Und wen wirst du einmal heiraten?‹, hab ich dich gefragt. Du hast geantwortet: ›Mama, ich heirate den Frederik.‹ In dem Moment hatte ich ein komisches Gefühl.«

Die restliche Fahrt verbrachte ich damit, mir galante Szenarien mit Ferhat auszudenken. Ich schenkte ihm ein Fahrrad. Wir fuhren hinter dem Böhmischen Prater aus der Stadt hinaus. Wo die Hügel sich zum See hin öffneten, lehnten wir die Räder gegen eine Hütte. Die Weinstöcke waren hellgrün, ein alter Feigenbaum streckte sich der Sonne entgegen. Wir tranken aus den Wasserflaschen. Das Wasser rann über unsere vertrockneten Mundwinkel den Hals hinab. Wir küssten uns. Ich sah uns in Oslip im Garten grillen. Meine Großmutter brachte gespritzten Traubensaft in Halblitergläsern. Wir brieten Mais und Hühnerkeulen. Abends fuhren wir durch den Kukuruz zum Schilf. Ferhat lachte, weil er alles vergessen konnte und glücklich war. Wir duschten im Dunkeln hinter dem Geräteschuppen. Unter dem Dach roch es nach Holz und staubigen Matratzen. Die Großmutter schaffte es längst nicht mehr über die steilen Stufen nach oben. So lagen wir zusammen wie Mann und Frau, und über den Himmel zogen Meteoritenschauer.

Die Mansarde war blitzblank und aufgeräumt. Frederik hatte sogar die Fenster geputzt. Er schob die Zeitung zur Seite, um meinen Gruß zu erwidern. Es war unverkennbar. Irgendetwas stimmte nicht. Ich stellte die Eier in den Kühlschrank. Frederik legte die Zeitung zur Seite und kam auf mich zu. Seine Augen waren rot unterlaufen, sein Teint ungewöhnlich blass. In Oslip hatte ich alles Wienerische, bis auf Ferhat, vergessen. Das war schon in meiner Kindheit immer so gewesen. Anrufe oder Nachrichten waren keine eingegangen. Für einen Augenblick fürchtete ich, dass es mit Drechsler zu tun hatte. Wir legten uns aufs Bett, denn am Sofa konnte nur eine Person gemütlich sitzen.

»Sie sagt: ›Du kannst nichts dafür. Du bist, wie du bist, und ich bin, wie ich bin. Ich weiß nicht genau, was du in mir siehst, warum du mich liebst, wie du immer wieder betonst. Ehrlich gesagt, kann ich das gar nicht verstehen. Denn ich bin überhaupt nicht so wie du. Leider. Das ist mir in den letzten Monaten bewusstgeworden. Wir passen nicht zusammen. Auch wenn es wehtut, es ist die Wahrheit: Ich liebe dich nicht mehr.‹ Das hat sie gesagt. ›Vielleicht ist es weniger schmerzhaft, wenn ich es so ausdrücke: Ich will auf keinen Fall eine Familie, nicht mit dir, nicht jetzt, mit niemandem. Wir haben verschiedene Vorstellungen von der Zukunft. So kann man nicht zusammenbleiben.‹ Ich habe ihr erklärt, dass ich ihr helfen, dass ich sie unterstützen möchte. Dass ich 24 Stunden am Tag für sie da sein möchte. Dass ich mit ihr nach Beirut fahre, dass wir in Sizilien oder meinetwegen in der Sahara Urlaub machen, dass ich in ihre Gruppe eintrete, dass ich mir ein Smartphone kaufe. Sie hat gesagt: ›Ich will nicht, dass du dich für mich änderst. Du verstehst mich nicht. Nein, es ist vielmehr so, du *kannst* mich nicht verstehen. Es ist nicht deine Schuld. So ist das Leben.‹ Das hat sie gesagt. Als wäre ich zu blöd, ihr hochkomplexes Wesen zu verstehen. Ich könnte sie umbringen. Was ist in den letzten fünf Monaten passiert? Wenn ich ein Trottel bin, wieso hat sie es sieben Jahre neben mir ausgehalten? Das ist nicht alles. Sie hat sich in der Krankenhausverwaltung einen neuen Job organisiert. In San Francisco! Vor über einem Jahr. Es ist alles unter Dach und Fach. Sie ist in zwei Wochen weg. Hast du davon gewusst? Sag mir die Wahrheit! Hast du davon gewusst?«

Ich zeigte Frederik alle Nachrichten, die Yasmina und ich uns geschrieben hatten. Ich erzählte ihm vom Anfang bis zum Ende, was in der Pratersternnacht vorgefallen war. Von der Schmuserei mit Mehmet, von der grünen Frau, von Ferhats Erscheinen und seinem Verschwinden. Ich gab ihm das Gespräch aus dem Taxi wieder, und dass Yasmina gesagt hatte, sie vermisse ihn. Wir lagen nebeneinander und starrten an die Decke. Was war mit ihr passiert? Ich konnte mit einem Mal verstehen, wieso Frederik sie beschatten wollte. Es war unheimlich, dass sie in zwei Wochen nach Amerika ging, ohne je darüber gesprochen zu haben. Wir hatten sieben oder eigentlich acht Jahre gemeinsam verbracht. Wir waren füreinander da gewesen, hatten uns aneinandergelehnt und miteinander gelacht. Eben noch war sie im Taxi neben mir gesessen. Es stellte sich heraus, dass sie über Monate ein Geheimnis mit sich herumgetragen hatte. Frederik schlief schlecht, wenn er überhaupt schlief. Ich lag neben ihm und bewachte ihn. Mir schien nicht mehr gänzlich abwegig, dass er aus dem Fenster sprang. Tags darauf kam er nicht aus dem Bett. Er klagte über Kopfschmerzen, und am Abend fieberte er.

Er fieberte und weinte, tobte und hungerte. Doch die abgezehrten Gesichtszüge des Liebeskummers standen ihm, ehrlich gesagt, vorzüglich. Sein Bart spross wild über Backen, Kinn und Hals, verschwitzt wälzte er sich im Leintuch. Manchmal schlief er, und ich vertiefte mich in seine Reglosigkeit. Seine Finger zuckten oder seine Augenwinkel, wie bei einem jungen, träumenden Hund. Eine Wand weiter schluckte und spuckte Herr Drechsler. Sich hinzulegen, wie es ihm die Ärzte nach der Entlassung geboten hatten, war ihm unmöglich. Nicht eine Minute hielt er still. Er putzte, kochte und telefonierte. Er empfing Besuche von irgendwelchen Sauna-Kumpanen oder Kantinen-Kollegen aus längst vergangenen Zeiten. Sein dürrer Körper geisterte rastlos durch die Wohnung. Jeden Tag gab es spezielle Momente für Mick Jagger, in einer Lautstärke, die ich ihm nie zugetraut hätte. Die Titel sprachen eine deutliche Sprache: *Honky Tonk Woman, I Can't Get No Satisfaction* und *You Can't Always Get What You Want.* Er war gleichzeitig krank und verliebt, und wenn ihn die Unrast übermannte, kam er zu uns herüber, um zu reden.

Frederik war für zwei Wochen krankgeschrieben. Alle Pfleger und Pflegerinnen, die Turnusärzte, selbst die Reinigungskräfte und Schalterbediensteten wussten Bescheid. Die Oberärztin, die, wie sich herausstellte, bereits vergangenen Oktober ein warmherziges Empfehlungsschreiben für Yasmina nach San

Francisco geschickt hatte, sandte ihm Beileidswünsche via SMS. Während der Nächte beutelte ihn das Verlangen, mit Yasmina Kontakt aufzunehmen. Je mehr Tage verstrichen, desto intensiver wurden die Anfälle. Wir gingen hundertmal das gleiche Thema durch: Irgendwann ist genug geredet, auch wenn nichts verstanden ist. Wer auf dem Standpunkt steht, dass man ihn nicht verstehen könne, mit dem hat das Reden keinen Sinn. Frederik bekam Wutanfälle. Dann nickte er ein. Wenn er nicht schlief und ich nicht zu Hause war, hörte er Radio. Da es in der Mansarde keinen Fernseher gab, bat er mich um Zeitungen. Zunächst heimische Zeitungen, dann deutsche, englische und französische. Im Internet wollte er nichts lesen, weil ihn die Kommentare unter den Artikeln aus der Haut fahren ließen. Neben dem Bett stapelte sich bedrucktes Papier wie bei prätentiösen Studenten oder Journalisten.

Als die vierzehn Tage beinahe um waren, spitzte sich seine Raserei auf einen ersten Höhepunkt zu. Ein langes Gespräch mit Herrn Drechsler, bei dem ich nicht dabei war, hatte das Fass zum Überlaufen gebracht. Er sandte hundert Kurznachrichten an Yasmina. Sie antwortete nicht, also versuchte er sie hundertmal anzurufen. Sie hob nicht ab. Er sprang aus dem Bett und fuhr in die Porzellangasse. Von den Kollegen wusste er, dass sie nicht im Dienst war. In der Porzellangasse traf er sie nicht an, also fuhr er in die Cottagegasse. Er läutete. Weil niemand öffnete, kletterte er über die Gartenmauer. Die Wachebeamten der kanadischen Botschaft wurden auf ihn aufmerksam. Er hämmerte ans Wohnzimmerfenster. Yasminas Mutter öffnete. Unter allen Mitgliedern von Yasminas großer Familie war ihre Mutter ihm am liebsten. Seit dem Vorfall mit der Cousine aus Mezher trug sie Schwarz und rauchte ohne Unterlass. Sie beteuerte glaubwürdig, dass Yasmina nicht da wäre. Sie wisse nicht, wo sie sei. Zwei Polizeibeamte traten vor das Gartentor. Yasminas Mutter rief ihnen zu, dass alles in Ordnung wäre. Sie nahm, für alle sichtbar, Frederiks Kopf zwischen ihre Hände und küsste ihn auf die Stirn. Frederik setzte sich erledigt neben ein Blumenbeet. Yasminas Mutter schloss das Fenster. Die Polizisten befahlen ihm, den Garten und die Gasse unverzüglich zu verlassen.

Am nächsten Morgen, Frederik hatte sich von seinen Strapazen kaum erholt, stand Monika Neundlinger vor der Wohnungstür. Wahrscheinlich hatte das Haustor offen gestanden, so war sie mühelos in den sechsten Stock vorgedrungen. Sie hatte unsere Schritte und Stimmen gehört. Es war unmöglich, Abwesenheit oder Schlaf zu fingieren.

»Was ist denn los? Ich war gestern im Spital, weil ich dich seit Tagen nicht erreichen kann. Mir wurde gesagt, du bist krank. Ich bin in Panik, da hat mir der Pfleger gesagt, es ist nichts Schlimmes. Freddy, was soll das? Du gehst nicht mehr arbeiten, obwohl du gesund bist? Dein Leben geht den Bach hinunter! Es ist alles wegen Yasmina, hab ich recht? Sie hat dich verlassen. Aber weißt du was? Ich habe sie nie gemocht. Freddy, wieso suchst du dir nicht endlich eine normale Frau? Zuerst eine Schwarze, dann eine Islamin – muss das sein? Versteh mich nicht falsch, aber ich bin deine Mutter. Ich will, dass es dir gut geht. Es gibt doch auch viele hübsche Wiener Mädchen, oder etwa nicht? Muss es denn immer etwas Exotisches sein? Am Ende bekommst du die Rechnung. Diese Leute haben eine andere Kultur. Das musst du doch einsehen. Das sagt einem der Hausverstand. Wie soll jemals Harmonie entstehen, wenn deine Partnerin nur mit sich selbst beschäftigt ist? Wie will man Kinder haben, wenn man sich selbst wie ein Kind aufführt? Und bitte, Freddy, wieso schläfst du jetzt mit dem Kurti in einem Bett? Das muss doch nicht sein. In unserer Wohnung ist Platz genug. Dein Zimmer steht leer. Ich koche für dich, ich wasche deine Wäsche, wir sind für dich da. Lass dich nicht so hängen. Das ganze Haus geht übermorgen zum Maiaufmarsch. Die Hausverwaltung hat uns einen Pool am Dach genehmigt. Wir werden der erste Gemeindebau in Simmering mit Pool am Dach. Ist das nicht toll?«

Am Ersten Mai fand sich in Frederiks E-Mail-Eingang endlich eine Nachricht von Yasmina. Unter den Betreff hatte sie ein Foto eingefügt. Man sah die typische Wolkendecke, wie sie die Gucklöcher der Flugzeuge darbieten. Darunter stand: »Ich fliege weg, weil ich es hier nicht mehr aushalte. Du bist ein guter Mensch, daran habe ich nie gezweifelt. Bitte respektiere meine Entscheidung. Bitte spring nicht aus dem Fenster! Du hast die beste Frau der Welt verdient.«

Die Nachricht bildete für Frederik einen neuen Ankerpunkt. Wir verbrachten sehr viel Zeit damit, über dem Gehalt dieser fünf Sätze zu brüten. Er tendierte dazu, aus ihnen Liebe herauszudeuten. Ich hielt ihn an, das Ende hineinzulesen. Dadurch lud ich seinen Zorn auf mich.

»Das sagst du nur, weil du von Liebe nichts verstehst.«

»Freddy, dir ist die Wahrheit noch nicht zumutbar. Das ist verständlich, denn dein Schmerz ist frisch. Aber du bist ein Arsch, wenn du mich deswegen beleidigst. Es verletzt mich.«

»Es tut mir leid, ich bin ein Wrack. Du bist alles, was ich noch habe. Aber ich glaube tatsächlich, dass du über die Liebe schlecht Bescheid weißt. Dir fehlen einfach die Erfahrungswerte. Ich glaube, du bist im Grunde noch immer nicht geoutet. Ja! Das glaube ich.«

»Was möchtest du damit sagen? Natürlich bin ich geoutet. Vor dir, vor meiner Familie, vor unseren Freunden.«

»Vor dir selbst aber nicht. Wieso schläfst du mit Regina? Wieso schämst du dich dafür, dass dieser Ferhat dich beim Schmusen gesehen hat? Hier gibt's nichts zu schämen. Du bist schwul, und schmusen ist schön.«

»Ich schäme mich nicht vor Ferhat.«

»Doch, du schämst dich. Du fürchtest, dass er nicht mehr in den Kurs kommt. Weil er keinen schwulen Lehrer haben möchte.«

»Es war dumm von mir, das zu sagen. Ferhat kommt nicht mehr in den Kurs, weil er irgendein Problem hat. Sein Leben ist anstrengender als das unsrige. Vielleicht hat ihn die Wiener Fascho-Polizei wegen einer Lappalie eingesperrt. Vielleicht macht er Nachtschichten, weil er Geld in den Irak schicken will. Vielleicht muss er einem Verwandten die Wohnung ausmalen oder das Dach decken oder eine Garage bauen, oder er wurde Hals über Kopf mit seiner Cousine verheiratet. Sein Leben ist voller Mühsal. Er hat keine Zeit, sich über Sexualitäten und anderen Luxus den Kopf zu zerbrechen.«

»Warum schläfst du dann nicht mit ihm? Wieso schläfst du überhaupt mit niemandem? Wieso hast du keinen Sex? Wir sind 31 Jahre alt. Wir funktionieren bestens. Selbst jetzt, in der Stunde der größten Katastrophe, möchte ich mit einer Frau schlafen. Wenn ich es mir recht überlege, ist es überhaupt das Einzige, was ich jetzt tun möchte. Ich kenne dich. In deinem Kopf spuken lauter nackte Hintern herum. Aber du wirst immer verklemmter. Du bist ein Spießer geworden.«

»Du nervst. Was willst du von mir? Ich schlafe seit über einem Monat neben dir, du Stinker! Zum Dank wirfst du mir psychologische Scheiße an den Kopf? Du badest in deiner

Trennungstrauer. Aber hast du dich jemals gefragt, wie es ist, *immer* allein zu sein? Ein ganzes Leben? Weil man zur Einsamkeit verurteilt ist?«

Meine Stimme zitterte, meine Beine wackelten, und mir blieb die Luft weg. Wir rotzten uns gegenseitig die Hemden voll.

»Kurti, es tut mir leid! Ich hasse meine Situation so sehr. Du bist der Einzige, gegen den ich treten kann.«

Ich konnte Frederik nicht böse sein, es ging einfach nicht.

»Freddy, ich denke die ganze Zeit an Ferhat. Ich male mir aus, wie es wäre, mit ihm nach Oslip zu fahren oder mit ihm spazieren zu gehen. Ich träume jede Nacht davon, dass wir gemeinsam duschen. Ist das Liebe? Es ist doch völlig aus der Luft gegriffen. Ich kenne Ferhat überhaupt nicht. Vielleicht macht er sich nichts aus Männern? Darüber hinaus liebe ich dich. Ist das etwa keine Liebe? Gilt das nicht? Warum nicht? Mit dir könnte ich ein Leben lang zusammen sein. Ich liebe dich sogar, wenn du Scheiße redest, wie eben.«

»Ich liebe dich auch. Wir können gerne zusammenleben. Meiner Mutter wird das aber nicht gefallen. Du hast ja gehört, was sie sich in ihrem Spatzenhirn zusammendenkt. Sie hat Angst, dass deine Schwulheit ansteckend ist. Sie ist ein Trampel. Aber wie machen wir es mit Sex und Zärtlichkeit? Wir können nicht miteinander schlafen. Ich kann dich nicht küssen. Das geht einfach nicht. Mir ekelt vor Männern, ich kann nichts dagegen machen.«

»Das macht doch nichts. Mir ekelt auch vor dir. Mit dir könnte ich unmöglich schlafen.«

»Wie bitte? Ich dachte immer, du findest mich hübsch?«

»Natürlich finde ich dich hübsch. Aber ich möchte dir nicht an den Hintern fassen. Du bist wie mein Bruder. Ich kenne deinen Schwanz seit dem Kindergarten, das ist abtörnend.«

Draußen knatterte die Österreich-Flagge. Der Hausmeister hatte sie schon am Vortag gehisst. Wir waren zwar kein Gemeindebau, aber auch die Genossenschaft fühlte sich den sozialdemokratischen Werten des vergangenen Jahrhunderts aufs Tiefste verbunden.

6

Natürlich wollte Herr Drechsler über Bronchialkarzinome sprechen, aber er wählte dafür die Nachmittage, wenn ich nicht zu Hause war. Frederik ging wieder arbeiten. Im Spital ließ er seine Beziehungen spielen, verschaffte Drechsler Vorteile und brachte ihn auf den neuesten Kenntnisstand von Forschung und Behandlungstechniken. Mehr noch schien Drechsler zu schätzen, dass Frederik bisweilen so tat, als verursachte nicht der Krebs, sondern Yasmina das größte Leid auf Erden. Mich hatte sein Liebeskrankenstand etwas abgestumpft, doch Drechsler wurde nicht müde, Frederik mit offenen Ohren beizustehen. Was natürlich damit zu tun hatte, dass er trotz Bronchialkarzinoms bis über beide Ohren in Regina verliebt war. Hatte Frederik Post-Nachtdienst-Redebedürftigkeit, war Herr Drechsler verlässlich zur Stelle, und sie badeten im Liebeskummer. Hatte ich die Ehre, ihren empfindsamen Diskursen beizuwohnen, wurde es mir schnell zu viel. Ich packte meine Sachen und fuhr früher als nötig in die Schule.

Wir erfuhren, dass Drechsler eine entscheidende Rolle bei der Neuvergabe von Margits Wohnung gespielt hatte. Margit hatte keine Angehörigen, die in der Laimgrubengasse wohnen wollten. Drechsler saß im Beirat der Genossenschaftsverwaltung und konnte beeinflussen, welche Neuzugänge erfolgreich waren. 87 Bewerber und Bewerberinnen hatten sich bis zum Stichtag um die sechzig Quadratmeter bemüht. Obwohl Regina keine Kinder hatte, keinen klassischen Job im Niedriglohnsektor und mit niemandem im Haus verwandt war, bekam sie den Zuschlag. Drechsler verstieg sich nicht in Anzüglichkeiten. Aber seine Augen funkelten in allen Farben, wenn er von ihr erzählte.

Ich bog in die Barnabitengasse, als mich eine Anwandlung in die Kirche hineintrieb. Wir waren mein Lebtag nie in die Messe gegangen, aber meine Mutter betrieb einen Kerzenkult, den ich kopierte. Wer wirklich um etwas bittet, so sagte meine Mutter, der wird erhört. Ich wollte darum bitten, dass Ferhat wieder in die Schule kam. Oder dass er sich zumindest bei mir meldete. Ich wollte meinen Träumen mit der Dusche und der gemeinsamen Nacht in Oslip abschwören, wenn er nur wieder auftauchte. Ich hatte mehrmals versucht, ihm zu schreiben oder ihn anzurufen. Aber mit seiner Telefonnummer stimmte etwas nicht. Er hob nicht ab und schrieb nicht zurück. Die Kollegin vom Brückenkurs Mathematik kannte die Adresse seiner Bäckerei-Filiale in Favoriten. Ich radelte dreimal den Wienerberg hinauf, um eine Nussschnecke zu kaufen. Doch Ferhat war nie da. Grundsätzlich frappierte mich, dass die Stadt Menschen einfach verschluckte. Obwohl wir höchstwahrscheinlich innerhalb derselben Ortstafeln wohnten, lag es im Bereich des Möglichen, dass wir uns nie wieder begegneten. Der Gedanke war schwer auszuhalten. Um gegen das Schicksal anzukämpfen, ging ich in die Mariahilfer Kirche hinein. Ich hielt inne, denn das Bild des Judas Thaddäus war besetzt. Der Betende, der mir zuvorgekommen war, hatte beide Hände vors Gesicht gelegt. Sein Räuspern war so charakteristisch, dass kein Zweifel bestand, um wen es sich handelte.

»Drechsler ist todtraurig. Er weint oben in der Kirche vor dem heiligen Judas.«

»Wieso weißt du das? Wer ist der heilige Judas?«

»Judas Thaddäus ist der Schutzheilige für aussichtslose Fälle. Ich wollte eine Kerze anzünden, da habe ich ihn beim Beten ertappt.«

»Warum denkst du, dass du ein aussichtsloser Fall bist?«

»Ich wollte darum bitten, dass Ferhat wieder auftaucht.«

»Wo ist diese Kirche? Ich möchte darum bitten, dass Yasmina aus San Francisco zurückkommt und mich heiratet.«

Frederik und ich sprachen kaum über Herrn Drechslers Krankheit. Ich hasste das medizinische Vokabular und mied es, wo es ging. Der Anstand und die dünnen Wände verbaten außerdem, dass wir hinter seinem Rücken redeten.

»Seine Lage ist nicht günstig. Die Chemotherapie wird ihn beuteln. Die Heilungschancen sind schwer abzuschätzen. Im schlimmsten Fall geht er durch die Hölle, und nichts wird besser. Er muss seine Liebesgedanken aufrechterhalten. Das kann ihm helfen. Wir müssen ihn dabei unterstützen.«

»Was sollen wir tun? Wir können Regina zu nichts zwingen.«

Frederik ließ den Kopf hängen. »Das weiß ich auch. Morgen gehe *ich* zum heiligen Judas. Vielleicht fällt mir etwas ein …«

Mitte Mai legten meine Gruppen die schriftlichen Matura-Prüfungen ab. Ich ging vormittags immer in den Gastgarten des Rüdigerhofs, um die 36 Arbeiten in Ruhe zu korrigieren. Einmal beobachtete ich, wie Frau Kord und Regina in den Garten traten. Sie trugen leichte Kleider und offenes Schuhwerk. Sie sahen mich nicht, weil mein Stammplatz hinter einem Fliederstrauch versteckt lag. Frau Kord hatte graue Strähnen an den Schläfen. Regina war offensichtlich um einige Jahre jünger. Davon abgesehen wirkten sie aber wie Schwestern oder Cousinen oder beste Freundinnen. Sie steckten vertraut die Köpfe zusammen. Frau Kord flüsterte Regina etwas ins Ohr. Sie führten beide die Handflächen vor den Mund, um das Lachen dahinter zu verstecken. Mit dem Kellner pflegten sie einen amüsierten Umgang. Ich duckte mich, so gut ich konnte. An der Pforte küssten sie sich links und rechts und gingen getrennte Wege.

Am Samstag hatte Frederik Nachtdienst. Das frühsommerliche Wetter lud dazu ein, den Abend draußen zu verbringen. Regina und ich spazierten über die Gumpendorfer Straße zum Heldenplatz. Zwischen den Reiterstandbildern saßen junge Menschen mit Bier und Zigaretten. Regina hatte Lust zu reden, und ohne viele Umwege erreichten wir jenes Gebiet, das sie beschäftigte.

»Es geht mich nichts an, und ich habe kein Recht, dir irgendetwas zu erklären. Aber wir haben einen besonderen Abend miteinander verbracht und noch nicht darüber gesprochen. Du musst wissen, und ein bisschen weißt du es ja bereits, dass ich mich seit vielen Jahren, im Grunde genommen seit meiner Kindheit, mit Sex beschäftige. Daran ist nichts ungewöhnlich. Viele Menschen haben ein Thema, das sie fasziniert. Die einen begeistern sich für moderne Kunst, die anderen für Eisenbahnen oder Astronomie. Ich interessiere mich für Sex. Manchmal begegne ich Menschen, die das unpassend oder lächerlich finden, noch dazu, weil ich eine Frau bin. Das finde wiederum ich lächerlich. Wir haben wenig Spielraum in Bezug auf unsere Interessen und Leidenschaften. Sie treffen uns wie das Schicksal. Jeder echte Wissenschaftler und jede echte Wissenschaftlerin wird dir das bestätigen.

Ich weiß, dass Drechsler viel bei euch ist. Frederik geht mit ihm spazieren. Ich revidiere, was ich unlängst über Drechsler zu dir gesagt habe. Er ist ein guter Mensch. Aber er hat auch seine Defizite. Es gibt Dinge, die er überhaupt nicht versteht. Ich weiß nicht, was er euch erzählt hat. Es ist mir auch egal. Ich möchte dir jedenfalls meine Sicht der Dinge darstellen.

Wegen meiner Mutter hatte ich eine dunklere Haut als die anderen Kinder. Ich hatte dunklere Haare und eine starke Statur. Mitte der neunziger Jahre sind die jugoslawischen Kinder nach Langenzersdorf gekommen. Ich wurde mit ihnen in einen Topf geworfen. Am Spielplatz haben sie mich wie die bosnischen Mädchen verspottet. Die germanischen Barbarenkinder mit ihren verblödeten FPÖ-Eltern haben mich hundertmal ›Tschuschin‹ genannt. Ich konnte tausendmal beteuern, dass meine Mutter Griechin war, noch dazu Kommunistin. Die Barbaren wollten davon nichts hören. Verstehst du? Dein Körper ist nicht irgendein Ding, das du ausblenden kannst oder ideologisch übermalen. Der Körper hat eine Materialität, eine Faktizität, die sinnlich wahrnehmbar ist, und sie ist entscheidend dafür, wie dich andere behandeln. Du wirst durch den Körper und entlang des Körpers beurteilt. Das habe ich früher als andere Kinder verstanden, und es war sehr schmerzhaft.

Mein größtes Glück war die Klugheit und Liebe meiner Eltern. Meine Mutter hat mir eingebläut, dass ich keine Sekunde glauben darf, was mir die anderen Kinder nachrufen. Wenn ich verzweifelt war, hat mein Vater mich in den Arm genommen. Er hat mich gedrückt und mein Gesicht geküsst. Er hat meine Schwester und mich an der Hand genommen, und wir sind in den Wald oder in die Weinberge. Wir haben die

Bussarde beobachtet, die Eidechsen, die Rehe und die Mäuse. Mein Vater hat jedes Lebewesen geliebt. Er wäre gerne Biologe geworden, hätte er die Möglichkeit gehabt. Am Gymnasium hat sich mein Leben verändert. Ich kann den genauen Tag nennen und werde mich immer daran erinnern. Es war in der dritten Klasse im Mai nach dem Turnunterricht. Meine Freundin Tamara und ich sind aus der Umkleide in die Klasse zurück. Wir hatten Fußball gespielt und uns völlig verausgabt. Wir haben geduscht. Unter uns Mädchen wuchs der Zusammenhalt, und die Scham ist langsam kleiner geworden. Alles an uns war frisch, geschmeidig und aufregend. Ich spürte die Sportlichkeit meines Körpers. Ich spürte, dass ich meine Muskeln lieben, dass ich in ihnen wohnen konnte. Wir gingen in den zweiten Stock hinauf. Oben lehnten drei Burschen am Geländer und beobachteten uns. Der mittlere hieß Jakob. Er war zwei Jahre älter als wir. Seinem Vater gehörten drei Tankstellen in Floridsdorf, und er spielte bei der Columbia in der U17. Seine Augen waren dunkle Vögel. Sie flogen auf mich zu. Ich fühlte es am ganzen Leib, und es war herrlich.

Wir spüren die Nähe des anderen bis unter die Haut. Darin liegt die Komplexität der Sexualität. Jakobs Blick hat in mir Empfindungen ausgelöst, die wir biochemisch beschreiben können. Diese Empfindungen haben mir Selbstvertrauen gegeben. Sie haben verändert, wie ich durch die Hauptstraße von Langenzersdorf gegangen bin. Sie haben mich stolzer und unabhängiger gemacht. Sexuelles Empfinden ist ein Prozess, der bei der fühlbaren Nähe des anderen seinen Ausgang nimmt, in die Zellstruktur unseres Körpers eindringt und über unser psychologisches Verhalten wieder austritt. Werden wir begehrt, tragen wir den Kopf aufrechter, haben einen schöneren Mund und geschicktere Beine, wie es bei Brecht heißt. In der Folge werden wir von den Mitmenschen instinktiv mit mehr Respekt wahrgenommen. Viele Menschen, meistens Männer, reden ununterbrochen über die Liebe und über Beziehungen, zum Beispiel Drechsler oder dein Freund Frederik. Ich tue das nicht. Meine Leidenschaft gilt der Materialität des Begehrens. Dass man auch die Arbeit lieben kann, das ist zum Beispiel Drechsler völlig fremd. Er wittert darin ein Defizit oder eine Pathologie. Doch das ist nicht meine Schuld, oder etwa nicht?«

Wir setzten uns wieder in Bewegung. Mir war schleierhaft, worauf sie hinauswollte. Doch ihr Tonfall war weit weniger arrogant als beim ersten Treffen. Im Gegenteil, ich spürte, dass sie mir etwas sagen wollte. Ich fragte sie, was mich am meisten beschäftigte: »Willst du keine Kinder? Möchtest du keine Familie? Ist die Familie nicht der Grund, warum wir so viel über Liebe sprechen?«

Regina umfasste fast zärtlich meine Hüften. Unsere Körper schwangen im Gleichklang. Zum ersten Mal sah ich so etwas wie Traurigkeit oder Melancholie auf ihrem stolzen Gesicht.

»In der Natur gibt es tausend Varianten von Familie. In Anbetracht dieser Fülle wird der Begriff beinahe sinnlos. Schlangenkinder schlüpfen ohne familiäre Bindung. Sie brauchen niemanden, um ihr Leben zu beginnen. Menschliche Junge sind nach der Geburt vollkommen hilflos. Sie müssen über viele Jahre versorgt werden, oder sie gehen zugrunde. Dazwischen gibt es tausend Abstufungen. Bedürftigkeit und familiäres System stehen in Korrelation. Ja, ich möchte Kinder! Aber ich möchte keinen Mann an meiner Seite. An meiner Seite, das ist mir zu nah. Außerdem möchte ich meine Arbeit nicht einen Tag lang aufgeben müssen. Ich wünschte, wir hätten ein familiäres System ohne Liebesschulden. Ich will, so wie du, für meine Kinder verantwortlich sein. Aber ohne Mutterkitsch und Treueschwüre. Ich denke viel darüber nach. Wir Frauen tragen die ganze Last der Zeugung. Wir sollten die sein, die familiäre Strategien aushecken. Leider ist das nicht der Fall. Liebesdiskurse sind Männermonologe, therapeutisches Gewäsch oder moralischer Stumpfsinn. Unser Ruf ist schnell verspielt. Wir sind karrieregeil, pervers oder verrückt. Du kannst mir glauben, ich verstehe deine Sehnsucht. Aber letztlich hängt alles davon ab, ob wir selbstbewusst genug sind. Haben wir Mut und Vertrauen, uns gegen irgendwelche Meinungen aufzulehnen? Das ist das Wichtigste.«

»Und was ist mit Drechsler?«

»Was hat er euch erzählt? Was weißt du? Das mit dem Karzinom tut mir wirklich leid. Er ist ein attraktiver Mann. Aber ich bin ihm nichts schuldig!«

»Wieso schuldig?«

»Von Anfang an habe ich gesagt, dass das eine mit dem anderen nichts zu tun hat. Die Wohnung ist das eine. Das andere, ob wir miteinander ins Bett gehen. Er hat genickt. Ich hätte in den zweiten Bezirk ziehen können. Die Wohnung wäre näher beim Labor gewesen, fast zum selben Preis. Er kann nicht so tun, als wäre ich ihm zu irgendetwas verpflichtet.«

»Ihr habt miteinander geschlafen?«

Regina hob den Kopf. Ich befürchtete Spott und Hohn. Sie hielt sich zurück.

»Ich habe ihm gesagt, dass wir das unabhängig von der Wohnung verbuchen. Aber was ist passiert? Drei Tage nach dem Einzug sperrt er auf eigene Faust meine Wohnung auf. Das war nicht Teil der Abmachung.«

»Er ist verliebt in dich.«

»Ist das ein Argument? Muss ich darauf reagieren? Ich bin

nicht verliebt, es tut mir leid. Das Karzinom ändert nichts daran. Er sollte sich hüten, mich deswegen schlechtzumachen!«

Wir gingen die Rahlstiege hinab und setzten uns im Top Kino an einen freien Tisch. Regina sprach nicht weiter. Das Thema Drechsler war ihr unangenehm. Wir bestellten zwei Aperol Spritz.

»Erzähl mir endlich von deinem Leben! Mittlerweile ist dein kleines Geheimnis ja gelüftet.«

Ich errötete und erzählte ihr, was mir in den Sinn kam. Später gingen wir singend nach Hause. Sie verabschiedete sich mit einem Kuss direkt auf meinen Mund. Sie war ein unbeugsames Wesen von einem anderen Stern, und ich bewunderte sie.

Frederik behielt die Praxis bei, internationale Zeitungen zu lesen. Er hatte mich damit angesteckt, und wir gefielen uns darin. Wir sahen es als Akt des Widerstands gegen das nervtötende Smartphone. Gemütlich am Kirschholzsofa sitzend hielten wir die *Washington Post*, den *Guardian* und *Le Monde* wie Mostranzen oder Schildwappen in die Luft. Frederik hatte den Libanon im Fokus. Mein Hauptinteresse galt dem Irak.

Die irakische Stadt Mossul war von IS-Truppen umstellt und drohte zu fallen. Hunderttausende Menschen flüchteten in die kurdischen Gebiete des Iraks, vor allem ins neunzig Kilometer entfernte Erbil, was mich selbstredend besonders beschäftigte. In Erbil wurden die Ressourcen knapp. Die Vereinten Nationen warnten vor einer humanitären Katastrophe. Hinzu kam die Angst vor einer islamistischen Okkupation. Der türkische Präsident Recep Tayyip Erdoğan spielte ein undurchsichtiges Spiel. Mehrere Reporter berichteten davon, dass Erdoğan den sunnitischen Fundamentalisten über die syrisch-türkische Grenze half. Den Kurden warf er indes Prügel zwischen die Beine. Ich wurde wütend, Frederik blieb skeptisch: »Ein unparteiischer Beobachter der Lage bist du nicht. Dein Herz schlägt eindeutig für die kurdische Mannschaft.«

Für ihn gestaltete sich die Situation ungleich schwieriger. »Zu wem ich helfe, kann ich dir nicht sagen. In Beirut blickst du einfach nicht durch. Man könnte sich auf die Seite der Maroniten, Aleviten, Schiiten, Sunniten, Drusen, Orthodoxen, Protestanten, Katholiken, Armenier, Juden, Palästinenser, Ägypter, Iraner, Amerikaner, Russen, der Anarchisten, der Gläubigen, der Agnostiker, der Reichen, der Armen, der Männer oder der Frauen schlagen – wenn ich niemanden vergessen habe. Am besten wäre es wohl, mit einer Planierwalze über die Stadt zu fahren und von vorne zu beginnen.«

Seit der Nacht am Praterstern hatte Mehmet zweimal geschrieben und einmal sogar angerufen. Ich reagierte nicht. Als seine dritte SMS eintraf, schlug mein am Sofa angelesener Dünkel bereits voll durch. Vor Frederik sprach ich laut aus, was sich in mir zusammengebraut hatte: »Wie kann sich dieser Türke einbilden, mir dreimal zu schreiben? Obwohl ich ihm nie antworte?«

Frederik schüttelte den Kopf: »Wie kannst du so reden? Weißt du, wie viele Millionen Türken es gibt? Mehmet ist schwul und liebenswürdig. Er ist Arzt. Er hat mit Yasmina studiert. Du solltest in ihn verliebt sein und nicht in irgendeinen windigen Burschen. Du solltest mit Mehmet vögeln, statt ihn für etwas verantwortlich zu machen, für das er nichts kann.«

Ich nahm alles zurück. Trotzdem spürte ich, dass ich Mehmet nicht mochte. Ich musste an die Hand denken, die er Ferhat ins Genick gelegt hatte. In dieser Geste liegt die Wurzel allen Übels, dachte ich und war nicht mehr davon abzubringen.

Am Wochenende vor Drechslers erstem Chemo-Termin trafen wir uns zu dritt im Alten Beisl. Es war das erste Mal, dass ich mit ihm ausging. Wir speisten deftig und tranken entsprechend. Drechsler bot uns das Du an. Seit wir wussten, dass er mehrmals die Woche vor dem heiligen Judas weinte, waren wir gewarnt.

»Ich möchte euch sagen, dass ich mich in der Laimgrubengasse seit langem nicht mehr so wohlgefühlt habe. Euretwegen.«

Wir gaben das Kompliment zurück, und die Duzerei kam holprig in Gang.

»Es ist typisch für mein Leben, dass diese Krankheit jetzt daherkommt. Zum ersten Mal seit Jahren habe ich das Gefühl, die Dinge bewegen sich in die richtige Richtung.«

Wir erwarteten, dass er in Tränen ausbrach.

»Dank dir«, Drechsler wandte sich an Frederik, »bin ich bestens vorbereitet. Ich möchte niemandem zur Last zu fallen. Aber es tut gut, zu wissen, dass ihr in meiner Nähe seid.«

Frederik nickte beschwichtigend.

»Was die Frauen angeht, kapituliere ich. Ich mache wahrscheinlich von Natur aus alles falsch. Wisst ihr, was dahintersteckt? Warum sie plötzlich wieder auf Distanz geht? Was hab ich diesmal falsch gemacht?«

Frederik und ich rückten zusammen. Was immer wir wussten, wir wussten immer nur die Hälfte. Ich versuchte ihn bei der Stange zu halten: »Erzähl uns du, was zwischen euch passiert ist! Wie hat es angefangen?«

»Als sie gegangen war, war klar: Sie bekommt die Wohnung. Frau Klemperer hatte für den Nachmittag noch acht Interessenten. Aber sie hatte keine Lust mehr, das wusste ich. Es nervt nämlich, dutzenden Menschen umsonst Hoffnungen zu machen. Ich erledigte die ausstehenden Termine. Kaum war die letzte Person weg, rief ich Regina an. Sie freute sich. Ich sagte ihr, dass sie am nächsten Tag ins Büro der Genossenschaft in Ottakring kommen soll, um den Vertrag zu unterzeichnen. Am Abend stand sie vor meiner Tür. Sie hat einen gelben Wintermantel getragen, der sie vorzüglich kleidete. ›Gehen wir etwas trinken?‹, hat sie gefragt. Für mich war das ein Wunder. Ich war seit zehn Jahren mit keiner Frau mehr etwas trinken. Schon gar nicht mit so einer Frau. Ich hatte mich damit abgefunden, meine Zeit war verspielt. Ihr seid so jung. Ihr könnt euch das nicht vorstellen. Der Körper wird alt, aber das Herz bleibt stur. Man hört nicht auf zu träumen. Ich habe versucht, es abzustellen. Ich habe mir gesagt, dass ich kein Anrecht mehr darauf habe, den Frauen zu gefallen. Aber die Sehnsucht ist nicht auszurotten.

In meinem Leben ist fast alles verkehrt gelaufen. Ich habe kein Talent zum Glücklichsein. Ich wollte kein teures Auto, keine Dachterrasse, keine Reise auf die Seychellen. Ich wollte verliebt sein, mit einer Frau zusammenleben und Kinder haben. Ja, das ist die Wahrheit. Es gibt kein größeres Glück unter diesem Himmel. Ich habe nicht studiert, ich war auf keiner Universität. Ihr seid tausendmal raffinierter als ich. Manche denken, dass ein Kunstwerk schön ist oder das Matterhorn oder 6000 Euro netto pro Monat. Aber mit dem Matterhorn kannst du mich jagen. Eine Frau ist schön. *All you need is love*, haben wir in meiner Jugend gesungen. Für gebildete Menschen von heute ist das vermutlich peinlich. Ich hab schon verstanden: Wissenschaftlich betrachtet ist alles superkompliziert. Aber draußen schneit es. Es ist kalt. Du bist mutterseelenallein. Du hast eine Wohnung, einen Job, ein erwachsenes Kind. Dein Pensionsanspruch ist in trockenen Tüchern. Was bringt es dir, wenn dich niemand braucht und niemand will? Soll ich mir etwa einen Hund zulegen, mit Krallen an den Pfoten, der mich anbellt, anstatt mit mir zu sprechen? Das ist die Hölle. Da läutet es. Eine Frau steht vor der Tür, und sie ist wunderschön.

Wir sind in die Sophie, auf der Wienzeile, und haben uns an den hintersten Tisch gesetzt, wo es am wärmsten war. Sie hat sich Spritzwein bestellt. Ich habe dasselbe gemacht, obwohl ich eigentlich nicht mehr trinke. Sie hat sich hundertmal bedankt. Sie war wirklich erleichtert. Sie ist nicht mehr darauf zu sprechen gekommen, aber in Amerika muss etwas Schlimmes passiert sein. Ich habe gesagt, nichts zu danken. Wohnungen sind da, um vergeben zu werden. Jeder Mensch muss irgendwo wohnen, sonst kann das Leben nicht anfangen. Sie hat laut aufgelacht. Sie ist über die Immobilienverwalter hergezogen, über die Spekulanten, die Politik und die ›feige Vererbungskultur der Privilegierten‹. In meinem Herz ist die Sonne aufgegangen. Ich habe meinen Pulsschlag gespürt. Das Gefühl war wie früher. Ich bin hier in Favoriten aufgewachsen, in der Troststraße, in einem Gemeindebau, in dem ungefähr zehntausend Kinder wohnten. Wir haben noch einen Spritzwein getrunken und noch einen. Sie hat mir alles von ihrem Labor und ihren Mäusen erzählt, ich habe nichts verstanden. Für mich war unglaublich, dass sie mit mir an einem Tisch saß und ununterbrochen über Sex redete. Wir sind die Laimgrubengasse wieder hinaufgegangen. Ich dachte, sie muss zum 57A. Als wir vor dem Haustor standen, hat sie gefragt:

›Darf ich mir die Wohnung noch einmal ansehen?‹ Ich habe den Reserveschlüssel geholt, und wir sind in die Wohnung.

Ich bin nicht abergläubisch. Ich bin überhaupt nicht gläubig. Aber als wir in Margits Wohnung hinein sind, habe ich einen Stich bekommen. Regina hat sich alles angesehen. Die Wohnung wird natürlich ausgeräumt und saniert, habe ich gesagt. Im Wohnzimmer stand dasselbe Sofa wie damals, die Küchenzeile war dieselbe. Margit ist tot, dachte ich, jetzt zieht diese Frau ein, das Leben ist nicht zu verstehen. Reginas Verhalten ist am allerwenigsten zu verstehen. Nach vier Minuten war sie fertig. ›Gehen wir‹, hat sie gesagt. Mein Herz schlug bis zum Hals. Ich wusste nicht, was ›gehen wir‹ bedeutet. Nicht im Traum hätte ich gewagt, zu denken, ›gehen wir‹ bedeutet, wir gehen zu mir. Sie hat mich angesehen. Ich war fassungslos. Was sieht sie?, hab ich mich gefragt. Meine Haut ist ein alter Fetzen. Meine Beine sind dürre Stecken. Ich könnte ihr Vater sein. Nichts ist so hässlich wie ein alter Körper. Sie wird sich ekeln, hab ich mir gedacht, dann wird sie es bereuen. Ich kann nicht beschreiben, wie es war, mit ihr in den sechsten Stock hinaufzugehen. Ich habe eine Platte von Aretha Franklin aufgelegt. Aretha Franklin ist die Beste. Danach war ich glücklich, verständlicherweise.

Ich habe mir vorgenommen, alles zu nehmen wie ein Geschenk. Ich habe mich in den Arm gezwickt und Gott gedankt. Obwohl ich überhaupt nicht an Gott glaube. Dir wird genommen, dir wird gegeben. Im Leben fährt am besten, wer nichts will. Glücklich, wer einfach nur schaut und nimmt. Solche Plattitüden habe ich mir eingeredet. Aber ich hatte ihre Telefonnummer. Bis zum Einzug dauerte es noch einen Monat. Es war so schön, aufzuwachen und einen schönen Gedanken zu haben und eine Hoffnung und eine Vorstellung von einem konkreten Glück. In der U-Bahn habe ich, wie die jungen Leute, das Handy aus der Tasche genommen. Ich starrte von der Kettenbrückengasse bis nach Erdberg auf das Display. Ich habe vier Tage lang durchgehalten. Dann rief ich sie an. Sie hob nicht ab. Es war schrecklich. Tag für Tag habe ich auf eine Nachricht gewartet, auf einen Rückruf, vom Aufstehen bis zum Schlafengehen. Nichts. Nach einer Woche, ich war unten bei Frau Kord und hatte das Handy oben liegenlassen, hatte ich plötzlich einen Anruf in Abwesenheit. Wir sind wieder in die Sophie und dann ins Bett. Es war noch besser als beim ersten Mal. Sie wollte keinesfalls über Nacht bleiben. Danach wieder wochenlang Sendepause.

Die Warterei war das Purgatorium. Wie wird das erst werden, wenn wir im selben Haus wohnen? Die schrecklichsten Gedanken haben mich gefoltert. Bis zum Einzug hab ich sie nicht wiedergesehen. Am Telefon war sie nicht zu erreichen. Ich schrieb ihr mindestens zehn SMS. Dann passierte der Zwischenfall mit dem Schlüssel. Bis heute kann ich nicht begreifen, was das gewesen ist. Wollte sie mich brüskieren? Wollte sie mich vor euch bloßstellen? Bin ich wirklich zu weit gegangen? Ich habe mich entschuldigt. Ein paar Tage später hat sie sich entschuldigt. Sie blieb bis zum Frühstück. Mein Herz ist übergelaufen vor Glück. Ich bin in den Prater gefahren. Ich wollte die Bäume umarmen, wie ein Verrückter. Doch dann habe ich mir in der Küche einen Obstsalat gemacht. Ich schlucke und schlucke noch einmal. Etwas verstopft sich. Ich habe ein seltsames Gefühl in der Gurgel. Im Brustkorb beginnt es wehzutun. Ich kann nicht mehr richtig ausatmen, und es sticht. Ich habe das Gefühl zu ersticken. *Sie* hat die Rettung gerufen. Alles war ruiniert. Im Spital hat sie mich jeden zweiten Tag besucht. Sie hat mir Blumen gebracht und selbstgebackene

Kekse. In der Butter war Cannabis aus ihrem Labor. Die Kekse haben mehr geholfen als alle Tabletten. Dann kam die Diagnose, und jetzt ...«

Drechsler wandte sich ab. Er zog ein großes Taschentuch aus der Hose, und für eine Weile hörten wir ihn schluchzen. Wir hatten mit seiner Verzweiflung gerechnet. Sie traf uns dennoch. Er drehte sich wieder um und führte den Satz zu Ende: »Jetzt ist Funkstille, als ob sie mich vergessen hätte, als ob ich bereits gestorben wäre. Das ist die Härte. Sie verbringt tausend Stunden in der Arbeit, das weiß ich. Sie hat zwei neue Mitarbeiter und steht enorm unter Druck. Die Universität erwartet Ergebnisse. Mir ist bewusst, dass man sie zu nichts verpflichten kann. Aber der Gedanke, dass sie nichts mehr von mir wissen will, weil ich jetzt Krebs habe, der Gedanke bringt mich um.«

Er bestand darauf, die Rechnung zu übernehmen. Wir forderten ihn auf, mit dem Taxi nach Hause zu fahren. Er sank kraftlos auf die Rückbank. Er lächelte und hob die Hand zum Abschied. Sein Blick war leer und traurig. Wir standen ohne den Anflug einer Idee am Reumannplatz herum. Frederik fasste sich als Erster: »Wir können unmöglich nach Hause. Besaufen wir uns!«

Wir ließen uns ins Café Leopold bringen, was eine schlechte Idee war.

Frederik war in gefährlicher Stimmung. Auf halber Strecke begann er Regina zu beschimpfen. Er nannte sie, in etwa, karrieregeil, pervers und verrückt. Ich fuhr ihm übers Maul und erinnerte ihn daran, dass Regina sich ernsthaft um Drechsler sorgte. Sie hatte die Rettung gerufen, seine Pflanzen gegossen und ihn jeden zweiten Tag im Spital besucht. Aber aus Mitleid Verliebtheit vorzutäuschen lag ihr fern.

»Trotzdem. Die Frauen heute sind nicht mehr normal. Sie denken nur noch an sich. Wo soll das hinführen? Wir müssen uns zusammentun, oder wir gehen unter! Unsere Zivilisation ist am Ende, wenn Beziehungen zur kompliziertesten Sache der Welt werden.«

»Bravo, du redest wie deine Mutter.«

»Weißt du, was dein Problem ist? Du hilfst immer zu den Frauen. Bist du am Ende selbst eine? Auf wessen Seite stehst du? Wie kannst du Regina verteidigen, wenn du siehst, wie dreckig es Drechsler geht.«

»Arschloch! Du bist betrunken. Dir kommt alles durcheinander. Regina ist ehrlich. Sie macht Drechsler nichts vor. Im Gegensatz zu anderen trägt sie nicht monatelang ein Geheimnis mit sich herum.«

»Geht das gegen Yasmina? Deine beste Freundin für sieben Jahre? Die Frau, die ich heiraten wollte und immer noch will?«

Ich hätte ihn am liebsten erschlagen.

»Ich beschimpfe sie nicht. Ich sage nur, dass Regina nicht so ist wie Yasmina. Und du bist nicht Drechsler. Wo ist deine Unterscheidungskraft? Du benutzt sie nur, wenn sie dich nicht betrifft. Ich weiß doch selbst nicht, warum alles so ist, wie es ist. Ich verstehe nichts, ich helfe zu niemandem. Ich bin nur Zuschauer, das ist mein verficktes Leben! Alle erzählen mir alles, jeder schüttet mir sein Herz aus. Weil ich ein so lieber Schwuler bin. Aber wer begehrt mich? Wer wirft wegen mir ein Glas gegen die Wand? In mir drinnen ist alles Krampf, Scham und Eifersucht. Ich werde daran zu Grunde gehen. Was würde ich dafür geben, so zu sein wie du! Ich möchte auch draufloslieben und leiden. Ja, ich möchte, dass mich jemand nimmt, mit Leidenschaft und ohne Gummi. Aber nein, ich stehe immer nur daneben…«

Frederik bat um Verzeihung und drückte mich fest an sich. Ich schämte mich vor dem Taxifahrer, vor Gott und der Welt. Wir hätten nach Haus fahren sollen.

Das Café Leopold war gut gefüllt. Beim Versuch, zwei weitere Bier an den Tisch zu tragen, stieß Frederik mehr oder weniger unabsichtlich gegen einen jungen Herrn in Anzug und türkisen Strümpfen. Die Strümpfe wirkten so albern, dass man unweigerlich Lust bekam, ihm links und rechts eine runterzuhauen. Der Herr beschwerte sich und nannte Frederik ein Trampel. Frederik leerte ihm beide Biere über Rumpf und Strümpfe. Die Gläser warf er ihm vor die Füße. Der Herr drehte auf. Die Türsteher waren sogleich zur Stelle, und Frederik entschuldigte sich, er wäre gestoßen worden. Die Gläser seien ihm aus der Hand gefallen. Eine Riege Gleichgesinnter scharte sich um den Begossenen, und wir verzogen uns. Draußen ließ Freddy seinem Hass freien Lauf. Ein geparkter Porsche Cayenne, wie ihn Yasminas Vater fuhr, kam ihm gerade recht. Er sprang auf die Motorhaube und urinierte auf die Windschutzscheibe. Dabei fluchte er, dass man es bis auf die Mariahilfer Straße hören konnte: »Fick dich, du perverser Wichser!«

Passanten wurden auf uns aufmerksam. Über uns öffnete sich ein Fenster, und eine Dame mittleren Alters brüllte: »Ich bring dich um! Steig sofort von meinem Auto!«

Sie rief die Polizei. Wir rannten durch den Hof der Technischen Universität zur Girardigasse und von der Girardigasse über den Grünwaldpark nach Hause. Frederik ging ins Bad und versperrte die Tür.

Ich fürchtete, er würde sich mit dem Rasiermesser die Pulsadern aufschneiden oder sich mit dem Elektrorasierer einen Stromschlag verpassen. Ich hörte das Wasser in die Wanne laufen und war hin- und hergerissen zwischen leisem Klopfen und Hämmern. Drechsler sollte keinesfalls etwas mitbekommen. Sein Schlaf war uns heilig, sein Leben war schwer genug. Andererseits war es unverantwortlich, Frederik aus Rücksicht nicht das Leben zu retten. Endlich öffnete er die Tür. Man merkte, dass auch er sich bemühte, leise zu sein. Ich bat ihn, ins Bett zu kommen. Bevor er einschlief, flüsterte er: »Ihr Vater ist an allem schuld. Was soll es für eine Leistung sein, Häuser an sich zu reißen, um sie dann teuer zu verkaufen? Wer weiß, was diese Sau im Krieg gemacht hat. Jetzt pflanzt er seiner Cousine ein Kind in den Leib. Er kriegt Kinder, während wir uns selbst zerfleischen. Leute wie er sind der Abschaum der Gesellschaft. Sie ist nicht vor mir geflüchtet. *Er* ist es, den sie nicht mehr aushält. Ich kotze mich an, wenn ich an ihn denke. Man sollte ihn erschlagen.«

Am nächsten Tag gestand Frederik Drechsler seine Großtat, und Drechsler sah nach dem Porsche. Er konnte keine Schäden erkennen. Unsere Kleidungsstücke packten wir vorsorglich in einen Müllsack, den wir im Waschraum versteckten. Im Falle einer Anzeige einigten wir uns auf vehementes Abstreiten. Die Gumpendorfer Straße zwischen Laimgrubengasse und Getreidemarkt mieden wir fortan. Nach dem Vorfall veränderte Frederiks Trauer ihren Charakter. Seinem alltäglichen Auftreten waren die trübsinnigen Gedanken nicht mehr abzulesen. Er reduzierte den Alkoholkonsum auf ein Mindestmaß, und hatte er frei, fuhr er lange Radtouren auf der Donauinsel oder im Wienerwald. Er sprach immer öfter davon, sich eine Wohnung zu suchen. Die Suche kam indes nur schleppend in Gang, zum Glück. Darüber hinaus meldete er sich für alle Fortbildungen an, die ihm das Krankenhaus anbot. Herzmuskelerkrankungen waren seit Dissertationszeiten sein Spezialgebiet. Auf Kardiologenkongressen in Utrecht, Paris, Edinburgh distanzierte er sich von Wien und den schmerzhaften Erinnerungen.

Die ersten Resultate von Drechslers Chemotherapie waren erbärmlich, die Nebenwirkungen furchtbar. Der Brechreiz hielt an, er konnte sich kaum auf den Beinen halten. Er wurde regelmäßig auf die Station bestellt, um die Medikamente zu modifizieren. Sein Kiefer infizierte sich. Der gesamte Rachenraum begann zu verkrusten. Der Rachen heilte wieder, dafür ließ ihn der Magen im Stich. Er bekam permanenten Durchfall, und langsam fielen ihm die Haare aus. Anfangs weinte er ununterbrochen. Bald waren Körper und Seele ausgetrocknet.

Zum Monatsende hatten Ferhats Fehlstunden ein unentschuldbares Ausmaß erreicht. Die Direktorin bat mich, das Arbeitsmarktservice zu kontaktieren. Selbst für die nachsichtigste Schule war der Bogen nun überspannt, und wir meldeten ihn ab. Die Sachbearbeiterin des AMS reagierte höflich. Man würde versuchen, mit Herrn Fersan und der Bäckerei Kontakt aufzunehmen. Darüber hinaus könne sie keine weitere Auskunft geben. Wir glichen die Adresse ab: Engerthstraße 77. Der Abmeldebescheid wäre, bitteschön, direkt von der Schulleitung an den Betroffenen zu schicken. Endlich hatte ich einen guten Grund, ihn anzurufen. Aber Ferhat war telefonisch nicht erreichbar. Sollte ich in die Engerthstraße fahren und ihm unter vier Augen die Entscheidung der Schulleitung verdeutlichen? Ein paar Tage lang überlegte ich, mit meiner Chefin darüber zu sprechen. Am Ende kam es mir ungeheuerlich vor. Sie würde die Peinlichkeit sofort wittern. Verkorkste Schriftsteller oder Kunsthistoriker oder Altphilologen mit Seidenhalsbändern geilten sich an orientalischen Schülern auf. Mit professioneller Sozialarbeit hatte das aber nichts zu tun. Ich verachtete mich selbst und hielt ein paar Tage lang still.

Dann war meine Beherrschung aufgebraucht. Die Engerthstraße ist, bekanntlich, sehr lang. Lieber Ferhat, sprach die Stimme in meinem Kopf. Sie war süß und etwas schmierig: »Ist das dein Haus? Hoppla, irgendwie bin ich hierher gestolpert. Was wollte ich sagen? Ach ja, wir haben dich von der Schule geschmissen. Aber wieso kommst du denn nicht mehr? Willst du dich nicht länger integrieren? Ist es, weil ich mit einem verfluchten Türken geschmust habe? Mein lieber Ferhat, das hatte wirklich nichts zu bedeuten. Ich kenne Mehmet überhaupt nicht. Er ist ein Freund der schönen Yasmina, die du ausspionieren solltest, du erinnerst dich? Ich war betrunken. Du brauchst dir keine Sorgen zu machen. Unlängst habe ich sogar mit einer Frau geschlafen. Ich schwöre, es war wunderschön. Komm, wir wollen uns umarmen!«

Scham, Begehren und Niedertracht wechselten in rascher Folge. Ich musste mehrmals anhalten, um nicht vom Rad zu stürzen. Vor der Hausnummer 77 fuchtelte ich an der Fahrradkette herum. Noch bestand die Möglichkeit, es bleiben zu lassen. Ich betrachtete meine dreckigen Finger und fühlte, dass die Erregung meine Boxershorts verklebte. Ein Impuls, stärker als jede Scham, stieß mich zur Gegensprechanlage.

»Ja bitte?«
»Hallo, ist Ferhat da?«
»Wer?«
»Ferhat, Ferhat Fersan!«
»Da sind Sie falsch. Der wohnt hier nicht.«

Zunächst war die Erleichterung groß. Am Heimweg aber begann ich die Folgen meines Ausflugs zu begreifen: Alle Wege zu Ferhat waren abgebrochen. Er war, zumindest für mich, verschwunden.

Ich überzeugte mich davon, dass er in seine Heimat zurückgegangen war. Mossul konnte jede Minute fallen. Die Amerikaner weigerten sich, Bodentruppen zu schicken. Die Europäer und Europäerinnen kümmerten sich um die Fußballweltmeisterschaft, um ihren Instagram-Account und um Gleichberechtigung für Golden Retriever. Die Islamisten hatten freie Bahn. Sie pflanzten Fahnen auf und schrien »Gott ist groß«. Männern, jünger als ich, wurden die Köpfe abgehackt. In den Dörfern rund um Erbil wurden jesidische Frauen geschändet, getötet und in der Sonne liegen gelassen. Wer konnte daran zweifeln? Ferhat gelang es nicht länger, Nussschnecken zu verkaufen. Die Deutsch-Matura ging ihm am Arsch vorbei, und auf einen Porsche Cayenne zu pissen war keine angemessene Form des Widerstands. Ich geißelte mich, wie es sich für Gutmenschen gehörte. Frederik war in der Arbeit oder in Utrecht oder in Edinburgh. Regina blieb bis spät in der Nacht bei ihren Mäusen, und Drechsler starrte vom Krebs gezeichnet an die Decke. Am Samstag, den 7. Juni 2014, gegen 21 Uhr, hatte ich zum ersten Mal in meinem Leben Kastrationsgedanken. Ich dachte daran, wie es wäre, sich mit einem scharfen Küchenmesser die Hoden abzuschneiden.

7

Warum ich die Schwulenbar in der Laimgrubengasse nie betreten hatte, wüsste ich nicht zu sagen. Vielleicht stimmte Frederiks Diagnose, dass ich im Grunde nicht geoutet war. Aber was bedeutete geoutet? Was verlangte dieser seltsame Anglizismus von einem normalen, dezenten Menschen? Ich machte mir nichts aus Schwulenbars, ich machte mir generell nichts aus Bars. Kaum hatte ich das Lokal betreten, spürte ich, wie acht Augenpaare mich musterten. Ich wankte und widerstand dem Fluchtinstinkt. Die Angst vor einer verrückten Selbstkastration saß noch bedrohlich in mir. Die Lokalität war nicht allzu groß. Das Nachtleben befand sich im absoluten Anfangsstadium. Der Kellner grüßte freundlich. Ich fand einen Eckplatz im Schatten der Popcornmaschine, der Übersicht bot und mich verschwinden ließ. Ich atmete tief durch. Die wenigen Gäste waren schnell versorgt, und der Kellner langweilte sich. Er servierte mir eine Schüssel Popcorn, die ich im Handumdrehen auffraß. Er füllte sie ein zweites Mal, und ich fasste tiefes Vertrauen zu ihm.

Fünf der sieben Gäste rauchten. Es störte mich, aber ich versuchte es zu akzeptieren. Sie danach zu fragen war keine Option. Es war unfreundlich, die alltäglichen Handlungen fremder Menschen der Fragwürdigkeit preiszugeben. Man fragte nicht, »Wieso bist du Linkshänder?« oder »Warum trägst du die Haare kurz?« Zu meiner Überraschung rauchte der Kellner. Nach meinem Dafürhalten sah er überhaupt nicht wie ein Raucher aus. Sein Körper war muskulös. Er hatte einen schönen Teint und ein attraktives Gesicht. Er hätte Tänzer sein können oder Leichtgewichtboxer oder vielleicht ein Schwimmer. Die stinkende Zigarette zwischen seinen Fingern verunstaltete ihn. Um Kontakt mit ihm aufzunehmen, brauchte ich nur den Finger zu heben.

»Wieso rauchst du?«

Er hob amüsiert die Augenbrauen und entschuldigte sich. Dringendere Anliegen trieben ihn ans andere Ende des Tresens. Nach ein paar Handgriffen an der Bierzapfanlage stellte er sich wieder zu mir: »Ich rauche, seit ich ein Teenager bin. Es ist eine Gewohnheit, oder etwa nicht?«

Ich nickte. Der Begriff Gewohnheit war perfekt gewählt. Ich bestellte ein zweites Bier.

Krebsartige Geschwüre konnten jeden Menschen treffen. Vom medizinischen Standpunkt aus war kein Mensch davor gefeit. Als medizinisch gesichert galt allerdings, dass Rauchen die Wahrscheinlichkeit eines Lungenkarzinoms deutlich erhöhte. Wenige Wochen zuvor hatte die Europäische Kommission eine Verordnung erlassen, und 65 Prozent einer Tabakverpackung mussten mit Warnhinweisen bedruckt werden. »Rauchen kann tödlich sein« oder »Rauchen führt zu Unfruchtbarkeit« oder »Rauchen macht impotent« stand seither in fetten Buchstaben auf den Zigarettenschachteln. Die Zigarettenschachtel des Kellners stammte aus einem Land, dessen Sprache ich nicht verstand. Sie zeigte zusätzlich zum Warnhinweis die beklemmende Abbildung eines Zungenkarzinoms.

Gegen die Gewohnheit hatte das medizinische Wissen aber keine Macht. Insofern war entscheidend, *was* einem zur Gewohnheit wurde. Das Wort spiegelte diese Ernsthaftigkeit nicht wider. Von einer schlechten Gewohnheit zu sprechen hatte beinahe etwas Gemütliches. Dabei entschieden Gewohnheiten über Leben und Tod. Drechsler musste einen harten Kampf ausfechten. Sein Zustand war weder gewöhnlich noch gemütlich. Am Vormittag hatte ich für ihn eingekauft. Seit Tagen nahm er nichts als Bananen und Kamillentee zu sich. Während ich seinen Kühlschrank befüllte, fragte er: »Wie sehe ich aus?« Ich sagte ihm die Wahrheit. Alles andere hätte keinen Sinn gehabt. Er sah schrecklich aus. Als wäre er nicht mehr er selbst.

Alle Theorien über die Welt litten daran, dass sie nicht zutrafen. Der Kellner schob sich eine neue Zigarette in den Mund. Sie würde sein Risiko, an Lungenkrebs zu sterben, deutlich erhöhen. Es machte ihm offenbar nichts aus. »Noch ein Bier?«, rief er mir aufmunternd zu. Ich nickte. Innerhalb von dreißig Minuten hatte ich zwei Bier getrunken. Der einzige Theoretiker, den man guten Gewissens achten konnte, war Sigmund Freud. So wie Frederik war Freud Arzt. Am Ende seines Lebens konnte er auf fünfzig Berufsjahre zurückblicken. Freud behauptete, dass die Liebe im Leben der Menschen eine entscheidende Rolle spielte. Er behauptete aber auch, dass die Menschen darauf angelegt waren, sich selbst zu zerstören. In der Schwulenbar, hinter der Popcornmaschine versteckt, erschien mir diese Theorie vernünftig. Dank des Biers und des liebenswürdigen Kellners spürte ich meine Geschlechtsorgane. Mich überkam ein stabilisierendes Gefühl. Vielleicht würde ich mir einen Leberschaden einhandeln, aber ich würde mich sicher nicht kastrieren. Nicht heute Nacht und auch sonst nicht. Vielleicht musste man sich bisweilen partiell Schaden zufügen, um sich insgesamt zu retten? Die Musik wurde besser, und Leute verschiedenster Couleurs schneiten in die Bar.

Eine größere Gruppe sammelte sich im Eingangsbereich. Man kannte sich, es gab Zurufe und große Gesten. Aus der Tiefe des Lokals traten Männer hinzu, die mir zu keinem Zeitpunkt aufgefallen waren. Zwischen den Lederjacken, Bärten, T-Shirts und Umarmungen blitzte Ferhats Gesicht hervor. Ich duckte mich hinter die Spirituosen und schnappte nach Luft. Der Barbereich hatte kein Fenster. Die Zigaretten zogen weiße Schlieren, und die Lichter an der Decke waren nicht dazu angetan, den Raum auszuleuchten. Zusätzlich vernebelten der Alkohol, die Theorie und das Begehren von innen meinen Blick. Ich hatte mich getäuscht, die Einbildungskraft verzerrte die Wirklichkeit. Aber ich hatte mich nicht getäuscht.

Ferhat löste sich aus der Gruppe. Er stellte sich an den Tresen, aufrecht und stark. Der Kellner freute sich, ihn zu sehen. Ferhat bestellte drei Bier und drei Wodka-Red-Bull. Seine Stimme war ausgezeichnet zu verstehen. Um zu bezahlen, zog er einen großen Geldschein aus der Hosentasche. Er ging zu seiner Gruppe zurück, ohne sich weiter umzusehen. Alle hatten Platz genommen. Alle hatten dunkles Haar und mehr oder weniger bärtige Gesichter. Lachte der Mann, zu dem Ferhat sich gesetzt hatte, dann lachten alle. Er hieß Sezgin und wurde in einem fort gesucht und gerufen. Sezgins Gesten hatten die größte Bestimmtheit. Er redete ununterbrochen. Er war der Anführer.

Immer neue Leute nahmen rund um den Tresen Platz. Ich wurde von einem starken Rücken, von einem dicken Bauch, dann von eng umschlungenen Burschen verdeckt. Drüben am Tisch wurde die meiste Zeit Türkisch gesprochen. Die Stimmung war ausgelassen, man fühlte sich frei und wie zu Hause. Ich klammerte mich ans Holz des Tresens und überlegte, sang-

und klanglos auf die Gasse zu schleichen. Was hatte ich hier zu suchen? Wie dumm war es, hinter der Popcornmaschine zu kauern? Wie lange wollte ich geduckt und gedrungen das Mauerblümchen geben? Doch der Reiz von Ferhats Anwesenheit war übermächtig. Er saß vielleicht sieben Meter entfernt. Sein Verhältnis zu Sezgin offenbarte Zuneigung. Alle paar Sekunden klopfte ihm Sezgin auf den Rücken. Man saß dicht gedrängt. Ich sah, wie Sezgin unter dem Tisch Ferhats Schenkel berührte. Sezgin war ekelhaft. Aus der Brusttasche seines weißen Hemds baumelte ein Mercedesstern. Für eine Weile setzte er sogar seine Sonnenbrille auf. Bei dem Gedanken, was Sezgin mit Ferhat sonst noch machte, wurde mir schlecht.

Ein zweiter Kellner kam in den Dienst. Der Barbereich hatte sich bis in die hintersten Ecken gefüllt. Mit Ausnahme einiger weniger Frauen waren, wie nicht anders zu erwarten, ausschließlich Männer im Lokal. Ich hatte das dritte Bier ausgetrunken und musste auf die Toilette. Bezahlen und nach Hause gehen war am klügsten. Doch meine Augen kamen nicht von Ferhat los. Immer wieder versperrte mir irgendein Volltrottel die Sicht. Ich musste mit der größten Vorsicht den Hals strecken, den Kopf bewegen oder sogar den Oberkörper. Die Umstehenden rochen Lunte. Ein alter Sack mit Seidenhalsband sprach mich an: »Hallo Süßer, dich hab ich hier noch nie gesehen. Bist du von der Polizei?« Man hätte ihn auf der Stelle erdrosseln sollen. Durch die Menge öffnete sich eine neue Sichtachse, ich glotzte hinüber. Ferhats Mienenspiel veränderte sich überhaupt nicht. Ob er mich bemerkte, blieb unklar. Er wandte das Haupt in Sezgins Richtung, lachte und plapperte vor sich hin. Sein Profil übertraf alle kunsthistorischen Vorstellungen. Ferhat war schöner als die Marmorstatuen im Museum oder die Protagonisten immoralistischer Kolonialmärchen. Langsam drehte er den Kopf in meine Richtung. Sein Brustumfang hatte zugenommen. Statt in die Abendschule ging er offenbar ins Fitnessstudio. Es bestand kein Zweifel. Er sah mir ins Gesicht.

Ich kam mir ertappt und dumm vor. In meinem Bauch schwappten eineinhalb Liter Bier, und der Harndrang nahm ein unangenehmes Ausmaß an. Ich bezahlte, leider beim neuen Kollegen, denn der rauchende Schönling räumte die Tische ab. Der Weg zur Tür war mit Männern gespickt. Auch auf der Gasse standen parfümierte Männertrauben. Die kühle Luft war angenehm, die Rationalität kehrte zurück. Ich wollte sofort wieder hinein. Wer hatte mit 31 Jahren Angst, aufs Klo zu gehen? Wie unmännlich konnte man sein? Aber wie sich mit Sezgin ins Benehmen setzen? Sehr viel Spielraum bestand nicht. Um Ferhat aus dem Männerkreis herauszulösen, musste man Sezgins Sonnenbrille zertreten und ihm den protzigen Autoschlüssel in den Arsch stecken. Die Art, wie Sezgin Ferhat auf die Schenkel griff, war der wahre Untergang des Abendlandes. Noch deutlicher fühlte ich, wie warmer Urin jeden Moment meine Unterhose fluten würde, als mir Ferhat von hinten an die Schulter fasste.

»Warten Sie!«

Er lehnte sich gegen die Hauswand und zündete sich eine Zigarette an.

»Wie geht es Ihnen? Alles klar?«

Seine Stimme war leise, aber bestimmt. Meine Worte waren hastig und ungehalten: »Bist du oft hier?«

»Nein, ich bin nicht oft hier. Und Sie?« Er lächelte, nicht ohne einen Hauch von Frechheit.

»Wieso kennst du dann den Kellner? Ihr habt euch geküsst! Bei mir ist es das erste Mal. Aber du weißt ja, dass ich da, im nächsten Haus, wohne. Ich wollte ein Bier trinken, das ist alles.«

Ferhats Stimme wirkte belegt: »Sie denken schlecht von mir. Mein lieber Herr Lehrer, das tut mir leid. Aber Sie können das nicht verstehen.«

»Wer ist dieser Sezgin? Ich habe dich beobachtet. Seid ihr zusammen?«

Meine Eifersucht war megapeinlich.

»Es ist nicht so, wie Sie denken. Ich vermisse Sie sehr, ich schwöre!«

Ich griff ihm an die Schulter. »Was ist denn los? Kann ich irgendetwas für dich tun? Kann ich dich morgen anrufen? Wie ist deine Telefonnummer? Ich habe hundertmal versucht, dich zu erreichen, auch wegen der Schule …«

Ferhat strich sich über den Hinterkopf. Er musste oder wollte zurück in die Bar.

»Ich kann jetzt nicht sprechen. In zwölf Tagen ist alles vorbei. Dann rufe ich Sie an, versprochen!«

Drei Tage später fiel Mossul. In Erbil, wohin zu diesem Zeitpunkt bereits eine halbe Million Menschen geflohen waren, wurden laut *Guardian* Wasser und Nahrungsmittel knapp. Tausende Kinder drohten zu verhungern, und die Vereinten Nationen sandten Hilferufe in die Welt. Nach ihrem Einmarsch hatten die Gotteskrieger Flugblätter verteilt. Das städtische Leben in Mossul sollte ganz normal weiterlaufen. Wer die sunnitischen Gesetze befolgte, hatte nichts zu befürchten. Für Frauen war es allerdings am besten, im Haus zu bleiben. Andernfalls brauchte man sich nicht zu wundern, wenn einer die Arme abgehackt wurden. Der türkische Konsul in Mossul dachte trotz der Invasion nicht daran, zu fliehen. Interessanterweise hatte er überhaupt keine Angst. Prompt wurde er als Geisel genommen. Doch sowohl die Islamisten als auch Erdoğan beteuerten, dass ihm kein Haar gekrümmt werden würde. Nicht wenige Kommentatoren sahen darin ein untrügliches Zeichen dafür, dass Erdoğan mit den Terroristen unter einer Decke steckte. Ein paar abgehackte Köpfe hin oder her, Hauptsache, die Kurden eroberten sich im Windschatten des Syrienkrieges kein eigenes Land.

Frederik akzeptierte diese Lesart nicht. »Du bist nicht objektiv, weil du dich in einen Kurden verliebt hast. Erdoğan ist kein Heiliger, aber er ist doch nur eine Nummer in dem ganzen Chaos. Du vergisst, dass im Grunde genommen der Iran an allem schuld ist. Der Iran hilft dem syrischen Diktator, an der Macht zu bleiben. Erdoğan tut wenigstens etwas dagegen.«

»Und das nennst du objektiv? Du denkst doch immer nur an Beirut und Yasmina! Deshalb schiebst du alles auf den Iran und die Hisbollah. Du möchtest, dass die syrischen Flüchtlinge aufhören, nach Beirut zu kommen, damit Yasmina nicht mehr böse ist auf dich. Aber was das für die Kurden bedeutet, ist dir komplett egal. Deine Unvoreingenommenheit ist ein Witz!«

Frederik begann zu lachen. »Unser Gespräch ist ein Witz. Es ist absurd. Wir wissen doch alles nur aus der Zeitung. Fest steht, dass du dich nicht auf eine Seite schlagen kannst, auch nicht auf die Seite der Kurden. Sie haben kein Land, das ist ein Problem. Aber weißt du, wieso? Weil sie untereinander bis aufs Blut zerstritten sind. Yasmina hatte immer recht. Die Welt ist ein einziger Balkan geworden.«

Wie üblich mündete auch dieses Gespräch bei Yasmina. Manchmal war sie an allem schuld, dann wieder hatte sie in allem recht.

»Hauptsache, wir landen bei Yasmina.«

»Was willst du? Sieben Jahre sind eine lange Zeit. Bis vor ein paar Wochen dachte ich, wir heiraten und bekommen Kinder. Mein Leben ist zerstört. Dass ich versuche zu verstehen, warum sie weggegangen ist, ist doch das Mindeste. Übrigens treffe ich Mehmet regelmäßig im Spital. Letzte Woche haben wir beim Automaten einen Kaffee getrunken. Immer fragt er nach dir. Ich lüge ihn an und sage, dass dein Handy kaputt ist. Er ist ein schöner Mann. Wäre ich schwul, würde ich mit ihm vögeln. Vielleicht vögle ich ihn tatsächlich? Vielleicht probiere ich das jetzt? Vielleicht kann ich Yasmina damit beeindrucken? Sie liebt das queere Getue. Seine Familie stammt aus Istanbul. Sie hat mit Erdoğan nichts am Hut.«

»Du willst es nicht verstehen. Mehmet gefällt mir nicht. Er ist nicht mein Typ. Was soll ich machen? Ich kann mich nicht zwingen, ihn attraktiv zu finden. Attraktivität ist etwas Biologisches, sie kommt aus den Hormonen oder den Genen oder dem Blutzucker. Frag Regina! Mit Politik hat sie nichts zu tun.«

Frederik äffte mich nach: »Frag Regina … Frag Regina …«
Ich schlug ihm die Zeitung über den Schädel.

Einen Tag später kam die schlimmste Nachricht. Ich besuchte meine Eltern, und mein Vater gab mir in einem in Gratiszeitung eingewickelten Plastikbehälter Gulasch mit nach Hause. Beim Auspacken stach mir der Name sofort ins Auge: *Jetzt ist es fix: Erdoğan kommt nach Wien.* Am 19. Juni, kommenden Donnerstag, würde Erdoğan in Wien eine Wahlkampfrede halten. *Österreichs Türken sind hellauf begeistert*, wusste der Vorspann. Allerdings wäre der Austragungsort noch unbestimmt. Die österreichische Politik lehnte den Besuch nämlich ab. *Niemand will Erdoğan haben. Ernst-Happel-Stadion, Stadthalle und Burgtheater haben schon abgesagt.* Die Wiener Polizei erwartete für den Tag des Auftritts heftige Unruhen. Im Fließtext wurde mehrmals der österreichische Außenminister zitiert: *Osmanischen Nationalismus braucht in Wien jetzt niemand. Mit Türkenbelagerungen muss ein für alle Mal Schluss sein. Sein exzessiver Wahlkampf untergräbt unsere Integrationsanstrengungen. Will Erdoğan in Wien Anhänger aufwiegeln, muss er selbst für seine Sicherheit aufkommen.* Ihm würde *sicher kein* diplomatischer Empfang geboten. Der Polizeischutz würde sich auf den Auftritt beschränken. Darüber hinaus nähme man *sicher kein österreichisches Steuergeld in die Hand, um türkische Propaganda zu unterstützen.* Der österreichische Außenminister war übrigens jener junge Mann, der vormals gemeint hatte, Eigentum wäre die beste Form der Altersvorsorge. Seine antitürkische Hetze brachte mich innerhalb von Sekunden Mehmet näher. Ich schwor mir, ihn endlich zurückzurufen. Ich begann zu rechnen und bekam weiche Knie. Ferhat hatte von zwölf Tagen gesprochen. *In zwölf Tagen wäre alles vorbei.* Das konnte unmöglich Zufall sein.

Frederik zog alles ins Lächerliche: »Achtung, jetzt geht *deine* Fantasie mit dir durch. Du bist es, der zu viele James-Bond-Filme geschaut hat. Erdoğan ist der Präsident der türkischen Republik. Erinnerst du dich, als George W. Bush zu Besuch war? Die gesamte Ringstraße war Sperrzone. Es gab überall Militär. Über dem Stadtpark kreisten Helikopter. Bis in die Marxergasse stand schwer bewaffnete Polizei. Yasmina wurde von einem Polizisten bis auf die Unterhose durchsucht. Sie musste sogar das T-Shirt ausziehen. Hast du das vergessen? Was denkst du? Dass dein kleiner Flüchtling durch die Absperrungen radelt, aufs Dach der Staatsoper klettert und Erdoğan erschießt?«

Mir war selbst nicht klar, was ich befürchtete. Aber Anschläge passierten überall. In Abuja wurden hunderte Menschen durch eine Autobombe getötet. In Oslo legte ein Verrückter mit einer Autobombe das halbe Regierungsviertel in Schutt und Asche. Dann fuhr er an einen See und erschoss 69 Menschen. In Boston jagten islamistische Brüder bei einem Marathon drei Menschen in die Luft. Hunderte wurden schwer verletzt. Menschen, die eine Mutter und einen Vater hatten und vielleicht Tür an Tür mit einem wohnten, setzten Verbrechen ins Werk, während sie, wer wusste das schon, *Paradise City* von Guns n' Roses oder *From a Distance* von Bette Midler hörten.

»Aber alles passt zusammen. Deshalb hat er zu arbeiten aufgehört. Deshalb kommt er nicht mehr in die Schule. Deshalb trainiert er sich im Fitnessstudio Muskeln an. Das ist kein Zufall. Es wird ein Unglück geschehen!«

Frederik machte große Augen. »Kurti, was ist denn bitte los mit dir? Du hast dich vollkommen verrannt. Es gibt hundert plausible Gründe dafür, warum ein junger Mann die Schule hinschmeißt und ins Fitnessstudio geht. Du liest zu viel Zeitung. Du hast dich in einem Klischee verheddert. Glaubst du wirklich, dass alle Kurden Terroristen sind?«

Zwischen den Infusionen besserte sich Drechslers Zustand. Er konnte sich mehrere Stunden am Tag konzentrieren und ein paar Schritte gehen. Ich hole ihn ab. Er trug eine hässliche Kappe. Wir fuhren im Lift nach unten, und seine Ausdünstungen waren grauenvoll. Im Grünwaldpark setzten wir uns in die Sonne. Seine Atmung war kurz und unregelmäßig. Ihm entwich ein stinkender Wind, den ich mit einer Frage zu überdecken versuchte: »Weißt du eigentlich, dass ich schwul bin?«

Er schmunzelte. »Ich habe mir so etwas gedacht.«

»Woran hast du es gemerkt?«

»Regina würde sagen: an deinem Verhalten. Nimmt ein hübscher Bursche in zwei Jahren keine Frau mit nach Hause, fragt man sich, woran das liegt. Außerdem hab ich, familiär bedingt, ein Auge dafür.«

Er wippte mit den Beinen. Ich bemühte mich, nicht ununterbrochen seine blutunterlaufenen Fingernägel zu fixieren: »Denkst du, man kann auch einen Terroristen lieben?«

Drechsler blickte ungerührt in die Sonne.

»Natürlich. Irgendwo liebt immer irgendjemand irgendjemanden. Das weiß schon der Schlager. Irgendwo gibt es eine wunderschöne Frau, die von hundert Männern vergöttert wird. Gleichzeitig gibt es einen Mann, der ihrer überdrüssig ist und davon träumt, sie loszuwerden. Tausende Menschen hassen den Terroristen und möchten ihn töten. Aber sein Geliebter oder seine Geliebte nicht. Erst recht nicht seine Mutter. Sie schämt und grämt sich. Doch lieben tut sie ihn trotzdem. Liebe will nicht beurteilt werden. Sie ist nicht moralisch.«

»Hat Regina sich gemeldet?«

»Sie hat sich nicht gemeldet. Warum auch? Was soll sie mit einem furzenden Trottel? Wenn die Schmerzen weniger werden, das wird die wahre Seligkeit sein. Gehen wir zurück?«

Wir gingen die vierzehn Schritte zum Haus zurück. In diesem Moment trat Regina aus dem Haustor. Eigentlich hätte sie bei der Arbeit sein sollen. Drechsler senkte den Kopf und klappte die Schultern zusammen. Sie grüßte leise und lief die Gasse hinunter. Im Lift drückte er fest die Augen zusammen. Alles an ihm zitterte, ich brachte ihn ans Bett. Er sank auf die Matratze und weinte.

Am Abend klopfte ich bei Regina, um nicht allein sein zu müssen. Ich kam wirklich in eigener Sache. Sie riss die Tür auf. Ihre Augen waren rot. Sie verzog den Mund zu einer spöttischen Fratze.

»Was willst du?«

»Nichts, ich wollte kurz vorbeischauen …«

»Wie lieb von dir. Bringst du mir nicht zufällig einen Haufen Vorwürfe? Es tut mir furchtbar leid, dass ich zu Mittag so kurz angebunden war. Das kannst du ihm gerne ausrichten.«

Sie versperrte mir mit dem Arm den Einlass.

»Ich wollte fragen, ob wir noch ein Bier trinken, ganz einfach. Mein Tag war mühsam.«

»Herrjemine, das tut mir aber leid. Jetzt möchtest du mit mir ein Bier trinken? Und dann? Kommen dann wieder ein paar Selbstversuche? Probierst du dich dann wieder ein bisschen aus an mir? *Strive!* Das ist Griechisch und heißt: Verpiss dich!«

Ich war fassungslos. Ich konnte nicht einmal stammeln. Sie warf die Tür zu.

Oben legte ich mich aufs Sofa. Frau Kord hatte es von Beginn an prophezeit. Regina war hochgradig geistesgestört. Ich wollte sie gedanklich in den Dreck ziehen, aber es klopfte. Sie hüpfte von einem Bein aufs andere. Sie hatte sich umgezogen. In Jogginghosen hatte ich sie noch nie gesehen. Ich ließ sie herein, und sie setzte sich auf die Bettkante. Gleich darauf heulte sie. Sie versuchte das Hochziehen der Sekrete so leise wie möglich zu halten. Ich fragte sie, ob sie eine Tasse Tee oder ein Glas Wasser wollte. Sie schüttelte den Kopf. »Darf ich bei dir schlafen?«

Sie grub sich unter die Decke, trotz der schwülen Luft.

Während des Zähneputzens kontrollierte ich durch den Türspalt das Bett. Aus ihren Augen flossen ohne Unterlass Tränen. Ich legte mich zu ihr. Sie wandte mir das Gesicht zu, rückte dicht an mich heran und rollte sich zusammen. Später, tief in der Nacht, lagen wir wach. Sie verlor kein Wort über das, was mit ihr los war. Aber aus Gründen, die ich nicht kannte, war ihr danach, von Amerika zu erzählen.

»Ich war auf einem guten Weg. Unser Gruppenleiter, Professor Marcel Simeone, hatte ein perfektes Team zusammengestellt. Zwei Endokrinologen, zwei Psychologen und zwei Biologen. Wir waren uns nahe, weil unsere Dissertationsprojekte allesamt im Bereich der Hormone und Peptide angesiedelt waren. Ich war die einzige Frau und die einzige Europäerin. Wir verstanden uns gut und lebten rund um den veterinärmedizinischen Campus. Wir arbeiteten von früh bis spät und gingen danach oft gemeinsam auf ein Bier. Ich hatte überhaupt kein Problem damit, die einzige Frau zu sein. Im Labor zählt, was du draufhast, sonst nichts. Die Bedingungen waren ein Traum. Wir hatten Platz für die Mäuse, exzellente Lichtverhältnisse und erstklassige Geräte. Außerdem hatten wir Arbeitsverträge mit Gehältern, wie sie in Wien überhaupt nicht existieren. Wir wussten, bis auf Han und Javi, perfectly, wie man mit Mäusen umging. Es wäre nicht nötig gewesen, einen Pfleger ins Team zu nehmen. Doch aus undurchsichtigen Gründen engagierte der Chef Roddick, Robert Roddick. Er hieß Schwanz und war ein Schwanz.

Roddick kam vom veterinärmedizinischen Institut, quasi eine Leihgabe. Nagetiere waren angeblich sein Spezialgebiet. Er war dafür zuständig, die Käfige zu säubern, die Züchtungen zu beaufsichtigen und die Mäuse bei bester Gesundheit zu halten. Zudem sollte er die Eingriffe begleiten oder zumindest dabei sein. Er stand im Ruf, ein Meisterchirurg zu sein. Irgendwann aber sickerte durch, dass er über Vermittlung des Dekans zu uns gekommen war. Was es damit auf sich hatte, konnten wir nie herausfinden. Wir wohnten, wie gesagt, alle in Reichweite. An einem Freitag im September betrat ich gegen 23 Uhr das Institutsgebäude. Ich hatte die externe Festplatte auf dem Schreibtisch vergessen. Am Gelände war kaum jemand unterwegs. Ich ging immer beim Hintereingang hinein, weil das für mich praktischer war. Ich sehe, dass im Sezierraum Licht brennt. Am Tisch sitzt Roddick. Im U-Frame hat er ein weißes Weibchen von zirka acht Zentimetern eingespannt. Ihr Unterleib ist offen. Ich klopfe gegen die Scheibe, öffne die Tür. Er lächelt mich an. Er sei mit einer Ovarektomie nicht fertig geworden. Bei den Weibchen entnehmen wir die Eierstöcke, damit sie im Versuchsverlauf nicht schwanger werden. Ich sehe deutlich, wie ihr Herz rast. Die Schnauze zuckt. Mir wird schlecht: Hast du sie nicht anästhesiert? Er grinst mir vertrottelt ins Gesicht. Halbherzig greift er zum Ketamin. Ich sehe ihm zu, wie er es aufzieht und injiziert. Ich bin vollkommen sprachlos.

Noch beim Frühstück rufe ich Marcel an. Ich schildere ihm den Vorfall. Marcel sichert mir zu, sich darum zu kümmern. Er bittet mich um Diskretion. Gegen Mittag sehe ich Roddick aus Marcels Büro kommen. Eine halbe Stunde später bin ich beim Chef. Marcel bietet mir Kaffee an. Wir sitzen auf seinem Sofa, nicht am Besprechungstisch. Roddick hätte die Maus ordnungsgemäß ovarektomiert. Er hätte sie sehr wohl anästhesiert. Ich hätte mir alles eingebildet und ihn grundlos beschimpft. Denunziationen wären versteckte Gewalttaten. Er fühle sich von mir gemobbt und werde dies beim Integrity and Diversity Council vorbringen. Es stünde Aussage gegen

Aussage. Marcel gab mir offen zu verstehen, dass er ein Auge auf Roddick werfen würde. Er glaubte mir, nicht ihm. Ich behielt die Geschichte für mich, um dem Mobbing-Vorwurf nicht weiter Vorschub zu leisten. Ich beschloss, Roddick mit allen Mitteln zu meiden. Vor allen Dingen beschützte ich von nun an meine Mäuse. Ich besorgte die gesamte Pflege selbst und verbat ihm, sich ihnen auch nur zu nähern. Warum er mich so hasste, wusste ich nicht. Ich denke, es störte ihn, dass er mir untergeben war. Er war ein Psychopath. Wer fähig ist, eine Maus bei vollem Bewusstsein aufzuschlitzen, gehört auf die Psychiatrie.

Raul, meinen Mitbewohner, kannte ich noch aus Wien. Wir hatten zwei Semester auf der Währinger Straße zusammengearbeitet. Sein Spezialgebiet war die Leukämie. Er forschte an einer pharmakologischen Abteilung und verdiente dreimal so viel wie ich. Für mich war es wunderbar, in Philadelphia einen Bekannten von früher zu haben. Obwohl Raul eigentlich aus Madrid stammte. Kurz vor Weihnachten gingen wir auf ein queeres Anthropologen-Fest in der Lombard Street. Raul hatte sich in einen Anthropologen verknallt. Es war ein lustiges Fest, bis Roddick auftauchte. Er sah mich nicht, weil er besoffen war. Außerdem saßen Raul, sein Lover und ich etwas abseits hinter einem riesigen Rhododendron. Ich beobachtete, wie Roddick zu *I Am What I Am* von Gloria Gaynor tanzte, exaltiert Kusshände verteilte und auch sonst jedem Stereotyp entsprach. Ich konnte seine Anwesenheit nicht ertragen und verzog mich. In der Zwischenzeit lief am Institut, abgesehen von Roddick, alles wie am Schnürchen. Wir forschten in erster Linie am Kisspeptin. Wir hatten die Versuchsweibchen mit offenen Zugängen zum Gehirn ausgestattet. Dabei wird durch die Schädeldecke der Maus ein Loch gebohrt, über dem

Loch eine Kanüle implantiert und am Schädelknochen fixiert. Natürlich unter vollständiger Anästhesie, unter Beigabe postoperativer Schmerzmittel und unter skrupulösester Vermeidung jedweder Aufregung. Roddick kam nur noch zweimal die Woche. Marcel hatte zudem dafür gesorgt, dass sein Engagement mit dem Wintersemester endete.

Ende Jänner nahmen Han, Josh, Javi und unser Chef ein paar Tage Urlaub. Es schien notwendig, für die Versorgung der Mäuse jemanden zu engagieren. Theo, Claas und ich konnten nicht alles allein machen. Auf die Schnelle fand sich niemand Geeigneter, so griff man auf Roddick zurück. Ich wusste, dass Roddicks Tage gezählt waren, und akzeptierte die Entscheidung. Ich versuchte bei allen Tieren, so gut es ging, nach dem Rechten zu sehen. Allerdings hatten wir mittlerweile über fünfzig Käfige. Einmal sollte Roddick Wasser nachfüllen, Streu wechseln und die Fässer mit den gefrorenen Kadavern dem Entsorgungsdienst übergeben. Ich hatte ein mulmiges Gefühl. Ich konnte nicht anders. Ich musste ihm auf die Finger sehen. Den Raum mit den Käfigen betraten wir durch eine Schleuse und in Schutzkleidung. Roddick war ganz versunken. Er saß am Seziertisch hinten bei den Gefrierschränken. Sein Opfer war im U-Frame festgezurrt. Ihr Zähneknirschen drang bis zur Tür. Knirschende Mäuse befinden sich im Zustand maximaler Panik. Roddick trieb ihr, ohne Betäubung, eine dünne Plastikkanüle durch den Vaginaltrakt in die Cervix. Als er mich bemerkte, zog er ruhig die Kanüle heraus. Er brach ihr das Genick. ›Ein Tumor, die Arme‹, er drehte sich um und entsorgte sie im Gefrierkasten.

Sie hatte tatsächlich einen Tumor. Sie stammte aus einem der Käfige von Javi. Ich hatte ihr Metacam gegen die Schmerzen gegeben. Sie war schön und zutraulich. Ich hatte es nicht übers Herz gebracht, sie in Javis Abwesenheit zu töten. Natürlich gehört das Töten der Mäuse mit Genickbruch zur Routine. Kaum eine Labormaus wird älter als vier Monate. Tumore kommen vor. Aber warum hatte ihr die Bestie eine Kanüle in den Vaginaltrakt geschoben? Was für eine Erklärung konnte es dafür geben? Ich schrie ihn an. Am liebsten hätte ich ihn geschlagen. Vielleicht schlug ich ihn tatsächlich, ganz genau kann ich mich nicht mehr erinnern. Jedenfalls nannte ich ihn *Faggot*. Als Marcel aus dem Urlaub zurückkam, bat ich ihn, Roddick ein Betretungsverbot fürs Labor auszusprechen. Aber Roddicks Vertrag war sowieso zu Ende. Ich dachte, die Sache wäre damit erledigt. Doch es kam anders. Roddick brachte beim Dekanat eine Beschwerde gegen mich ein. Ich hätte ihn am Institut schikaniert, ihn verleumdet und meine Autoritätsposition ausgenutzt. Ich wäre nicht in der Lage, an einem Labor mit lebendigen Tieren zu arbeiten. Tumorkranke Mäuse mit Schmerzmitteln zu füttern sei einer raschen Tötung keineswegs vorzuziehen. Überdies wäre ich homophob. Marcel setzte sich für mich ein. Aber nach Ablauf des Sommersemesters wurde mein Vertrag nicht verlängert.

Marcel entschuldigte sich bei mir. Er bedauerte, was geschehen war. Er versicherte mir, zu hundert Prozent auf meiner Seite zu stehen. Doch er müsse darauf achten, dass im Labor Ruhe einkehre. Schlechte Presse, noch dazu von der Integrity-and-Diversity-Fraktion, könne er nicht gebrauchen. Ich wüsste selbst, wie schwierig es war, den Leuten zu erklären, warum wir Mäusen den Kopf aufbohrten. Noch dazu im Rahmen der Grundlagenforschung. Er schrieb mir ein enthusiastisches Empfehlungsschreiben. Er versprach mir, mich an mindestens zwei Publikationen zu beteiligen. Aber am Schluss riet er mir, eventuell in die nichtinvasive Verhaltensforschung zu wechseln. Schimpansen zu beobachten, so wie Jane Goodall, das wäre auch ganz wunderbar. Wegen einer schreienden Maus eine Top-Stelle an einer Elite-Universität zu riskieren, das schien ihm nicht vollends verständlich. Ich war am Boden zerstört und ging nach Europa zurück.«

Regina weinte bis zum Morgengrauen, dann schlief sie endlich ein. Am Nachmittag schrieb sie mir, sie wäre im Krankenstand und bliebe gern in meiner Wohnung. Ich hatte kein Problem damit, denn Frederik war in Padua. Nach der Arbeit überzog ich das Bett. Sie sollte in frischen, duftenden Laken schlafen. Kurz schaute ich bei Drechsler nach dem Rechten. Er fragte nach Reginas Befinden, was mir verdächtig vorkam. Hatte er durch die Wand ihre Anwesenheit erschnuppert? War er zu ihr hinüber? Ich sagte: »Es geht ihr schon besser.«
Und fügte hinzu: »Sie schläft jetzt in meinem Bett.«
Das brachte Drechsler zum Lachen, ganz so, als hätte ich einen Witz erzählt. Ich verzieh es ihm, nahm seinen Müllsack und wünschte ihm einen guten Abend. Wir sahen Reginas Lieblingsfilm, *Una giornata particolare*, mit Sophia Loren und Marcello Mastroianni. Nach zehn Minuten dämmerte sie weg. Sie hatte kein Wort darüber verloren, woher ihre Traurigkeit rührte. Aber es war mir egal. Hauptsache, sie lag neben mir. Montagfrüh war die Krankheit vorbei. Sie ging zur Arbeit, ich ging zur Arbeit, alles war wie immer.

8

Der 19. Juni begann kühl. Frederik und ich frühstückten gemeinsam. Ich war zu nervös, um im Bett zu bleiben. Das Frühjournal berichtete von der Angelobung des neuen spanischen Königs, der kurdischen Eroberung der Ölfelder von Kirkuk und vom anstehenden Fußballspiel Uruguay gegen England. Die restliche Zeit nahm Erdoğans Besuch ein. Er würde von Köln kommen, gegen Mittag in Wien landen, um 14.30 Uhr in der Kagraner Sporthalle eine Rede halten und am nächsten Tag wieder abreisen. Frederik machte sich über mich lustig, dann fuhr er ins Spital. Ich hörte das Morgenjournal, das Journal um acht, und anschließend konsumierte ich alle Nachrichten, die übers Internet verfügbar waren. Ab elf Uhr drängten die Fakten durchs Fenster. Über der Innenstadt kreiste ein Helikopter.

Die Abende zuvor verbrachte ich in der Schwulenbar. Ferhat ließ sich nicht blicken. Emil, der sympathische Kellner, gab zumindest vor, keine Ahnung zu haben. Er wüsste schon, wen ich meinte. Aber Einzelheiten könne er keine nennen. Über das Privatleben der Kundschaften wäre er nur in Ausnahmefällen informiert. Er steckte sich eine Zigarette an und grinste. Mir schien das weder unehrlich noch glaubhaft. Sie hatten sich umarmt und geküsst. Ferhat war eine Ausnahmeschönheit. Andererseits stimmte es wahrscheinlich, dass Emil über die politischen Ansichten seiner Gäste, geschweige denn über ihre Anschlagspläne, nicht im Bilde war, selbst wenn er hie und da mit ihnen schlief. Hatte er mit Ferhat geschlafen? Er schüttelte energisch den Kopf. »Mit dem, von dem ich glaube, dass du ihn suchst, habe ich nicht geschlafen. Mit Dunkelhaarigen, Schlanken, Bärtigen, um die eins achtzig vielleicht schon. Aber mit einem Ferhat sicher nicht. Generell steh ich eher auf Blondies, weißt du?«

Mir kam in den Sinn, dass Ferhat in der Schwulenbar womöglich unter falschem Namen ein und aus ging. Dann wieder schien mir alles hirnrissig. Die Sitzungen neben der Popcornmaschine führten zu nichts. Sie vertieften lediglich meine Abneigung gegen das Rauchen.

Zu Mittag setzte ich mich aufs Fahrrad. Am Burgring war, bis auf die Hubschrauber, nichts Außergewöhnliches zu bemerken. Der Himmel lag grau über der Stadt. Im Burggarten lagen Studenten und Studentinnen im Gras. Ein junger Mann balancierte über eine Leine. Neben ihm saß ein Mädchen und las die *Phänomenologie des Geistes*. Hinter der Staatsoper wurden Requisiten angeliefert, eine riesige Faust aus Pappmaché und ein, denke ich, überdimensionierter Phallus. Die Sonne stach durch die Wolkendecke. Zwei Frauen in blauen Kitteln stützten sich auf ihre Putzwägelchen. Rund ums Sacher und weiter am Ring fuhren unablässig riesige Autos. Sie hielten vor den Luxushotels, und ein jedes hätte selbstverständlich Bomben liefern können.

Beim Grand Hotel wurden Vorkehrungen getroffen. Der Grünstreifen vor dem Hotel war mit Absperrgittern begrenzt, und die Zufahrt wurde von Polizisten überwacht. Vor den Palisaden standen zwei junge Frauen. Eine Limousine passierte die Patrouille. Die beiden Frauen beobachteten das Kommen und Gehen.

»Was passiert hier?«, gab ich mich unbeteiligt. Ich stellte das Fahrrad in den Grünstreifen, um den Radverkehr nicht zu blockieren.

Die näher bei mir stand, setzte mich ins Bild: »Gleich kommt der türkische Diktator. Er wird die Nacht in Wien verbringen. Ist das zu fassen?«

»Ihr meint Erdoğan?«

»Wen sollen wir sonst meinen? Der Hotelbesitzer ist ein Saudi, da fühlen sich Diktatoren wohl!«

Ich hatte nicht gewusst, dass das Grand Hotel einem Saudi gehörte.

»Um fünf gibt's hier eine Demo!« Die andere überreichte mir einen Flyer. »Die Solidaritätskundgebung für Erdoğans Opfer beginnt in dreißig Minuten am Praterstern.«

Ich nahm den Flyer, bedankte mich und stieg aufs Rad. Irgendwie war ich erleichtert. Den unheilvollen Visionen der letzten Tage schien die Realität gutzutun.

Eine große Demo konnte das nicht werden. Der Grünstreifen vor dem Hotel bot keinen Platz. Außer man sperrte die Ringstraße. Doch wollte man Erdoğans Besuch herunterspielen, sperrte man sicher nicht die Hauptverkehrsader der Stadt, auch nicht für seine Kritikerinnen und Kritiker. Man eskortierte den ungeliebten Gast ins Hotel und schwieg seine Anwesenheit so gut wie möglich tot. Das schien mir die richtige Vorgehensweise, und so konnte am wenigsten passieren. Der Bürgermeister von Wien war ein kluger Mann, der Stolz meiner sozialdemokratischen Familie. Andererseits bedurfte es bekanntlich einer einzigen verrückten Seele, wie der des

Herrn Breivik zum Beispiel, um das halbe Grand Hotel samt Bediensteten, Bewohnerinnen und Passanten in die Luft zu sprengen. Doch, soweit ich wusste, konnte Ferhat gar nicht Auto fahren. Wann hätte er es gelernt? In Erbil? Mit siebzehn? Hinzu kam, dass österreichische Behörden kaum eine Sache so effizient vorantrieben wie die Aberkennung ausländischer Führerscheine. Allerdings: Wer im Begriff stand, eine Autobombe zu zünden, kümmerte sich vermutlich nicht um Führerscheine. Wenige hundert Meter weiter verflogen meine Horrorfantasien. Im Stadtpark blühten Hortensien und Hibiskus. Eine chinesische Reisegruppe entzückte sich am Denkmal für den Walzerkönig Johann Strauss. Vor der Universität für angewandte Kunst gab es ein Happening oder sogar eine Performance. Am Donaukanal führte eine Frau ihren Dackel über die Aspernbrücke. Die Innere Stadt lag wie eine Kröte unter dem drückenden Himmel. Nichts deutete darauf hin, dass jemals irgendetwas geschehen würde.

Beim Praterstern änderte sich die Atmosphäre. Man sah mehr und mehr Menschen mit Fahnen, einschlägig bedruckten T-Shirts und Protest-Accessoires. Auf der Wiese hinter der S-Bahn-Trasse bildete sich eine Versammlung. *Rojava*- und *Efrin*-Fahnen flatterten im Wind. Dazu gab es Fahnen mit roten und grünen Sternen, mit kurdischen, arabischen und armenischen Schriftzügen, weiße Fahnen, eine Fahne mit dem Antlitz Che Guevaras und Banner mit Aufdrucken, die ich nicht entziffern konnte. Pappkartons wurden in die Luft gehalten, man trank Bier, trommelte, rauchte und richtete den Blick auf die im Aufbau befindliche Tribüne. Ich schob das Rad durch die Menge, und jeder dunkle Haarschopf ließ mich erschaudern. Hier musste Ferhat sein, das war doch gewiss seine Welt. Ich traf Nariman. Sie trug ein schlampig gewickeltes Kopftuch in den Farben des Regenbogens. Wir unterhielten uns, als Mehmet sich zu uns stellte.

»Sieh einer an! Endlich ein Autochthoner. Danke für deine Unterstützung. Geht es dir gut?«

Wir umarmten uns, und ich freute mich, ihn zu sehen, wenngleich ich mich auch ein bisschen genierte.

»Alles gut. Leider kann ich nicht lange bleiben, ich muss zur Arbeit.«

Sein Poloshirt stand bis zum Brustbein offen. Es war offensichtlich, was ich partout nicht bemerken wollte: Er war fit, elegant und engagiert. Es musste herrlich sein, mit ihm ins Bett zu gehen.

»Versprichst du mir, dass du dich meldest? Auch ich habe meinen Stolz. Mit Freddy rede ich nur über dich.«

Ich versprach ihm das Blaue vom Himmel, und wir küssten uns links und rechts zum Abschied.

Ich zwängte mich durchs Getümmel. Ich streifte dutzende Körper und heftete mich an irgendwelche Stimmen. Ferhat war nirgends zu sehen. Mir blieben noch gut zwei Stunden bis zum Unterrichtsbeginn. Der Protest wurde immer dichter. Es wurden Reden gehalten und Parolen skandiert. Der Aufruhr begann sich aufzuschaukeln, man spürte, dass hier echte Wut im Spiel war. Ich schob mein Rad Richtung Fahrradweg. Wollte Ferhat eine Untat begehen, beging er sie sicher nicht gegen die eigenen Genossen und Genossinnen. Auf der Reichsbrücke Richtung Kagran weitete sich der Blick. Die Breite der Donau ließ alles absurd erscheinen. Seit Tagen folgte ich Ahnungen ohne Sinn. Ich mischte mich unter Menschen, die gegen echtes Unrecht aufbegehrten. Mich trieb bloß Begehren. Unter dir ist die Donauinsel, sprach die innere Stimme, such dir einen dichten Strauch! Hol dir einen runter! Werd endlich ein Mann! Kehr um! Doch meine Finger umklammerten die Lenkstange, und meine Beine traten unablässig vorwärts.

Vor der Sporthalle in Kagran hatten sich tausende Menschen versammelt. Frauen wie aus einer anderen Welt gestikulierten mit strengverpacktem Haar. Die Mäntel, die ihnen vom Hals bis zu den Fersen reichten, ließen sie wie Kegel oder Kästen aussehen. Die Ehemänner trugen Schnurrbart, Sakko, Bügelfaltenhose und Lederschuhe. Die jungen Männer präsentierten erhobenen Hauptes ihre penibel getrimmten Frisuren. Stolz strichen sie sich über den gepflegten Bart. Zwischen den Erwachsenen wehten tausende Fahnen, und zwischen den Fahnen tummelte sich ein Heer von Kindern. Sie versteckten sich im Rocksaum ihrer Mütter oder wickelten sich in die roten Stoffe. Ein kleines Mädchen schwenkte eine Flagge. Wind blies über den Platz und blähte die patriotischen Symbole. Rund um die Menge wachten Polizisten und Polizistinnen. Im Gurt Pistolen, Langfeuerwaffen in den Händen, standen sie auf beiden Seiten des Platzes Spalier. Die Zufahrtsstraßen waren gesperrt. Die Schleusen der Sporthalle öffneten sich, und alles geriet in Bewegung. Es war fast sechzehn Uhr, Erdoğan hatte Verspätung.

Ich hatte mir fest vorgenommen, die Ansammlung zu verachten. Angesichts der vielen Kinder fiel das gar nicht leicht. Ich bemühte mich, die Geringschätzung auf die Erwachsenen zu beschränken. Da trat ein Herr auf mich zu und griff nach meinen Händen.

»Kurti, was machst denn du hier? Wie geht es dir? Bist du gekommen, um Erdoğan zu sehen? Er wird gleich hier sein. Wie geht es deinen Eltern?«

Herr Bastug war vollständig ergraut. Um die Augen hatte sich ein Netz aus kleinen Falten gebildet. Sein Deutsch war wienerischer als früher, so kam es mir zumindest vor. Ehe ich antworten konnte, gruppierte er seine Frau und seine beiden Kinder rund um sich.

»Schau! Das ist Bensu, meine Tochter. Und das ist Mutlu, mein Sohn.«

Bensu war eine attraktive junge Frau. Ich hatte sie zuletzt als Volksschülerin gesehen. Auch Mutlu war gutaussehend und sportlich. Er trug das Trikot der englischen Nationalmannschaft. Herrn Bastugs Frau reichte mir die Hand. Den Eltern entging nicht, dass ich ihre Kinder bewunderte. Bensu mochte um die zwanzig, Mutlu vielleicht vierzehn sein. Herr Bastug breitete die Arme um sie.

»Bensu hat letztes Jahr an der Handelsakademie maturiert, fast lauter Einser. Sie übernimmt das Geschäft in der Gottschalkgasse. Weißt du überhaupt, dass wir in der Gottschalkgasse ein zweites Geschäft haben?«

Er küsste seiner Tochter das Haar. Sie senkte den Kopf und schämte sich. Mutlu lehnte sich lächelnd gegen die Schulter seines Vaters. Frau Bastug richtete ihm den Hemdkragen. Sie waren die glücklichste Familie der Welt. Viel hatte ich folglich nicht zu sagen. Ich nannte meinen Beruf, und Herr Bastug zwinkerte verschmitzt.

»Sehr gut, sehr gut, aber wann wird geheiratet?«

Leider niemals, ich bin verflucht, wollte ich erwidern. Tatsächlich zuckte ich verlegen mit den Achseln. Am liebsten hätte ich mich an seine Schulter gelehnt wie Mutlu und mein Gesicht in seinem Sakko versteckt.

In den Augen meines Vaters war Herr Bastug der fleißigste Bürger Simmerings. Von der Einser- bis zur Sechserstiege schuftete niemand so hart wie Herr Bastug. Mehrmals schlug man ihm die Scheiben des Geschäfts ein. Im Gemeindebau wurde er anfangs nach Strich und Faden gemobbt. Zu seinen größten Widersacherinnen gehörte Frederiks Mutter. Sie zeigte ihn zweimal an. Einmal wegen Sonntagsruhestörung durch angeblich unerlaubte Liefertätigkeiten. Ein zweites Mal wegen Geruchsbelästigung. In den Neunzigern begann Herr Bastug, wie so viele, am Enkplatz Döner zu verkaufen. Er schluckte den Unbill mit eiserner Freundlichkeit. Mein Tischler-Vater achtete ihn. Dass Herr Bastug ununterbrochen arbeitete, machte bei meinem Vater Eindruck. Außerdem verkaufte Herr Bastug Dinge, die mein Vater schätzte. Zum Beispiel war mein Vater der Ansicht, dass Herrn Bastugs Fischerhaken weit und breit die besten waren. Fuhren wir an den Schwechatbach zum Fischen, kauften wir bei Herrn Bastug Haken und Maden.

Offenbar bewunderte Herr Bastug Recep Tayyip Erdoğan. Deswegen konnte man ihn unmöglich verachten. Wie konnte man seinen wunderschönen Kindern Unglück wünschen? Wie konnte man in Kauf nehmen, dass sie Schaden nahmen? Man musste verrückt sein. Vielleicht war Ferhat ein kurdischer Heißsporn. Aber verrückt war er sicher nicht. Mir reichte es, und ich radelte in die Stadt zurück. Auf der Reichsbrücke spuckte ich einen Riesenbatzen in die Donau. Politik war eine Hurerei. Drechsler hatte recht. Urteilen war etwas für Idioten. Begehren war tausendmal besser.

Meine Schülerinnen und Schüler, in ihrer jugendlichen Würde und Schönheit, hatten eine heilsame Wirkung. Sie waren redebedürftig, und ein jeder und eine jede hatte über Erdoğan oder die Fußball-WM wichtige Mitteilungen zu machen. Wir besprachen zum hundertsten Mal den Ablauf der mündlichen

Matura. Zum Schluss sahen wir uns die erste Halbzeit von England gegen Uruguay an. Am Heimweg bekam ich Lust, mit Frederik ein Bier zu trinken. Ich kaufte bei der Kettenbrückengasse einen Sechserträger Ottakringer. Freddy saß in Boxershorts am Küchentisch, und auf dem Sofa streckte Regina ihre Beine aus.

»Da kommt der Hausherr. Er bringt Bier, wie schön.«
Regina war vollständig bekleidet. Es hatte nicht den Anschein, als wären sie in meiner Abwesenheit intim gewesen. Ich ließ mich neben Frederik nieder.
»Wie geht's?«
Er war bestens gelaunt, wenn nicht sogar ein bisschen überdreht. Vielleicht hatten sie doch miteinander geschlafen?
»Mir geht es gut. Die Dame wollte zu dir. Ich habe sie gebeten, auf dich zu warten. Ich war mir sicher, du würdest gleich daherkommen. Immerhin ist alles friedlich geblieben, oder etwa nicht? Im zweiten Bezirk haben sie einen Dackel überfahren. Davon abgesehen ist meines Wissens nichts passiert. Oder bist du besser informiert? Du musst wissen …«, Frederik wandte sich an Regina, »… Kurti hat seit Tagen geglaubt, dass sein kurdischer Liebling Erdoğan in die Luft sprengen will. Im Innersten seines verklemmten Herzens wünscht er sich aber selbstverständlich Explosionen oder Eruptionen ganz anderer Natur.«
Frederik machte unmissverständliche Gesten, und Regina lachte. Dann offenbarte er, woher seine Heiterkeit rührte.
»Ich war bei Drechsler. Der Typ, der im sechsten Stock die dritte Wohnung hält, obwohl er gar nicht darin wohnt – er hat beschlossen, seine Anteile zu verkaufen. Drechsler wird es so drehen, dass ich sie als Erster besichtigen kann.«

Das war eine wunderbare Nachricht, ich drückte Freddy an mich. Wir diskutierten Größe, Lage und Lichteinfall der Wohnung. Er schien zum ersten Mal seit langem zuversichtlich, und diese Zuversicht kam daher, dass er neben mir, *direkt neben mir* ein neues Leben anfangen wollte. Ich setzte mich zu Regina, und wir prosteten uns zu: »Und du? Welche Nachrichten bringst du?«

Sie lehnte sich zurück. »Nichts, ich bringe keine Nachrichten. Ich bin deine Nachbarin. Ich wollte dich einfach sehen. Ist das gestattet?«

Um zwei Uhr morgens klopfte es. Jemand scharrte vor der Tür herum. Frederik richtete sich geräuschlos auf, trat vor den Spion und kehrte ins Bett zurück. Er flüsterte: »Ich weiß nicht, wer das ist. Er hat Dreck im Gesicht. Vielleicht ist es Blut.«

Es klopfte erneut, jetzt etwas fester. Neben Frederik konnte nichts Schlimmes geschehen. Mein ganzes Leben lang war das so gewesen. Im Kindergarten hatte er mich beschützt, in der Schule verteidigt. Sein Dasein wehrte Gefahren ab und milderte jedes Unglück. Ich ging ums Bett herum zum Spion. Freddy gab mir Rückendeckung. Den Umrissen zufolge war es weder Herr Drechsler noch der Hausmeister, noch sonst jemand vom Haus. Die Gestalt wippte nach hinten, und das Licht sprang an. Ferhat hatte einen Motorradhelm in Händen und die Wangen voller Blut.

»Mein lieber Herr Lehrer«, er setzte sich auf den nächstbesten Stuhl.

Frederik übernahm das Kommando: »Zieh dein Hemd aus! Komm ins Bad!«

Ferhat knöpfte das Hemd auf. Er versuchte, aus den Ärmeln

herauszuschlüpfen, aber es gelang ihm nicht. Frederik half ihm. Der Oberkörper war von Blutergüssen und Abschürfungen übersäht. Auf der rechten Schulter klaffte ein tiefer Einschnitt, rundherum hatte sich eine Kruste gebildet. Frederik kratzte vorsichtig Schorf und Dreck ab. Ferhat hielt die Luft an.

»Wir müssen alles reinigen! Zieh dich aus!«

Ferhat zog sich aus und stellte sich in die Badewanne. Frederik prüfte die Wassertemperatur, dann spülte er Wunde für Wunde mit Wasser aus. Ich stand daneben und gaffte.

»Hol meine Tasche und den Verbandskasten! Er liegt im linken Küchenregal, ganz unten!«

Ich hatte nicht gewusst, dass wir einen Verbandskasten besaßen.

»Du musst ins Krankenhaus!«, Frederik prüfte die Bewegungsfähigkeit des rechten Schultergelenks.

Ferhat schüttelte den Kopf: »Kein Spital! Auf keinen Fall!«

Wir gossen Desinfektionsmittel in die Wunde. Aus Ferhats Augen traten Tränen, und Frederik redete ihm zu: »Das geht nicht. Du weinst vor Schmerz. Du hast ein Loch in der Schulter, man sieht fast bis zum Knochen. Wir müssen dich flicken, sonst entzündet sich alles. Am Ende müssen wir dir den Arm amputieren!«

Doch vom Spital wollte Ferhat nichts wissen: »Kein Spital, bitte nicht, oder ich bin tot.«

Wir wickelten alle Mullbinden um das Loch auf der Schulter. Für die restlichen Verletzungen blieb nichts übrig. Frederik wandte sich ratlos an mich, aber ich wusste erst recht nicht, was zu tun war.

»Gut, dann nähe ich dich morgen. Das sollte man nicht so machen, aber bitte. Ich warne dich. Im Nähen bin ich kein Profi. Mein Spezialgebiet ist das Herz, das wird nicht genäht.«

Ferhat beteuerte Dankbarkeit. Frederik raunte mir zu: »Bring ihm frische Sachen. Mir scheint, sein Kreislauf bricht zusammen.«

Er zwang ihn, zwei Schmerztabletten zu nehmen und zwei Gläser Wasser zu trinken. Er half ihm beim Umziehen und führte ihn ins Bett. Er deckte ihn, nicht ohne Zärtlichkeit, zu. Ich warf das zerrissene Hemd und die verdreckte Hose zur Schmutzwäsche. Die nassen Boxershorts befestigte ich über der Badewanne. Frederik packte seine Zahnbürste ein: »Ich habe um fünfzehn Uhr Dienstschluss. Bis dahin, gute Nacht! Ich schlafe bei Regina.«

Mir kamen die seltsamsten Gedanken. Es war mir unangenehm, allein bei Ferhat zu bleiben: »Wäre es nicht besser, wenn *ich* bei Regina schlafe? Falls in der Nacht etwas passiert? Ein Herzstillstand oder ein Kreislaufkollaps oder ein Pneumothorax?«

»Ein Pneumothorax? Wie kommst du denn darauf? Er hat eine lädierte Schulter, sonst nichts. Er steht unter Schock, jetzt schläft er. Wenn die Schmerzen wiederkommen, soll er eine Tablette nehmen.«

»Aber vielleicht hat er ein Gerinnsel im Kopf, das wir noch nicht bemerkt haben? Er ist mit dem Motorrad gekommen. Vielleicht hatte er einen Unfall?«

»Blödsinn. Dann hätte er längst starke Kopfschmerzen. Was ist denn los? Hast du nicht immer davon geträumt, sogar dafür gebetet? Jetzt ist es so weit. Ich muss in drei Stunden aufstehen, ich brauche Ruhe«, Freddy gähnte, »außerdem«, er zeigte mit dem rechten Daumen zum Bett, »mit dem da schlaf ich sicher nicht unter einer Decke. Am Ende ist er ein Mörder? Du wirst schon mit ihm fertigwerden. Gute Nacht!«

Das war Blödsinn, Ferhat war kein Mörder. Es lag auf der Hand, was geschehen war. Die fleißige Fraktion vor der Sporthalle und das zornige Lager rund um den Praterstern waren aneinandergeraten. Die Wut der einen war durch die Begeisterung der anderen zum Überlaufen gebracht worden. An einer frühsommerlichen Straßenecke war es zur Konfrontation gekommen. Aber glücklicherweise gingen in Wien politische Auseinandersetzungen über Abschürfungen und mehr oder weniger tiefe Schnittverletzungen nicht hinaus. Der türkische Herrscher lag längst in seiner saudischen Suite, selbstgerecht und unbeschadet. Die großen Herren nahmen Messerstechereien des Pöbels nicht zur Kenntnis. Ich konnte nicht damit aufhören, Ferhat anzusehen. Immer noch nannte er mich »mein lieber Lehrer«. Dabei war ich längst nicht mehr sein Lehrer, und er wusste genau, wie ich hieß. Unter der dünnen Bettdecke trat sein sehniger Körper hervor. Der heilige Judas erhörte sowohl die Gebete, die man an ihn sandte, als auch jene, die man vor ihm verbarg.

Als ich aufwachte, schlief Ferhat unverändert am Rücken. Die Decke hatte er zum größten Teil von sich gestoßen. Ich kontrollierte die Nachrichten. Alle Wiener Zeitungsportale brachten Reportagen über Erdoğans Besuch. Er war längst in Ankara. Nennenswerte Vorfälle hatte es nicht gegeben. Am Praterstern dürfte es zu Rangeleien gekommen sein. Doch die Polizei war zur Stelle gewesen, nichts war geschehen. Gegen Mittag öffnete Ferhat die Augen und stöhnte. Ich bot an, ihn zu bewirten. Er bat um eine Tasse Tee. Nach zweimaligem Nippen nickte er erneut ein, was mir gelegen kam, denn ich wusste überhaupt nicht, wie ich ihm gegenübertreten sollte. Sah er mich versehrt, fast nackt und lächelnd an, verwandelte ich mich augenblicklich in einen Ochsen oder ein anderes Rindvieh. Mit Frederik zerstob der Verlegenheitsmuff. Er öffnete die Fenster, und Ferhat musste sich in die Küche setzen. Auf dem Tisch wurde steriles Besteck ausgebreitet. Frederik adaptierte die Wundränder und verspritzte ringsum Betäubungsmittel. Um sich Ferhats Bewusstsein zu versichern, bat er ihn, Punkt für Punkt zu erzählen, was passiert war.

»Also, Sezgin, den du damals in der Bar gesehen hast, der mit der Sonnenbrille, Sezgin hat schon im Mai gewusst, dass Jamal Al-Khouri nach Wien kommt. Er hat es von der sogenannten Union der Österreichischen Freunde des Libanon, der UÖFL, gewusst, die ihm oft Aufträge gibt. Sezgins Familie stammt aus Antakya, deshalb spricht er Türkisch und Arabisch, genau wie ich. Deshalb hat er mir immer alles erzählt und mir vertraut. Dann hat er von der sogenannten Europäischen Union der Islamischen Türkendemokraten, der EUIT, erfahren, dass Erdoğan ebenfalls nach Wien kommt, am selben Tag wie Jamal Al-Khouri. Ob das ein Zufall war, kann ich nicht sagen. Es ist alles darauf hinausgelaufen, dass zum Abendessen für Jamal Al-Khouri eventuell auch einer von Erdoğans Leuten kommt, einer von denen, die Erdoğan die Schuhe putzen oder seinen Hintern und ihm dabei antikurdische Scheiße zuflüstern. Eigentlich ist Sezgin Koch. Aber er hat dauernd irgendwelche Dinge organisiert, zum Beispiel hat er Dokumente organisiert, oder er hat für irgendwen eine Wohnung organisiert, oder er hat zum Beispiel einen Taxidienst organisiert, und natürlich hat er die ganze Zeit Hochzeiten organisiert. Die UÖFL hat Sezgin jedenfalls den Auftrag gegeben, dass er für das Abendessen mit Jamal Al-Khouri das Catering organisiert.«

An Ferhats Erzählung fand ich in erster Linie unglaubwürdig, wie er seine Beziehung zu Sezgin präsentierte: »Was soll das heißen, er hat dir vertraut, weil du Türkisch und Arabisch sprichst? Das soll der Grund gewesen sein? Wo hast du Sezgin kennengelernt? Du bist doch sicher kein Mitglied der UÖFL oder der EUIT oder der AUVA oder der ÖÜOU? Warum warst du überhaupt mit Sezgin zusammen?«

Frederik bat mich, die Ränder rund um den Einschnitt fester zusammenzuhalten. Ich wollte meine Mutmaßungen zur Beziehung zwischen Ferhat und Sezgin ergänzen, doch Frederik schaltete sich dazwischen: »Das ist doch komplett egal. Aber wer, bitteschön, ist Jamal Al-Khouri?«

»Ich habe, ehrlich gesagt, auch nicht gewusst, wer Jamal Al-Khouri ist. Also zumindest am Anfang nicht. Sezgin hat schon überhaupt nicht gewusst, wer Jamal Al-Khouri ist. Doch in der Gruppe haben alle den Mund aufgerissen: Jamal Al-Khouri? Jamal Al-Khouri kommt nach Wien? Ich persönlich wollte, dass wir Erdoğan in die Luft sprengen und dass wir uns zum Beispiel unters Küchenpersonal im Grand Hotel mischen und ihm eine Sachertorte mit Dynamit aufs Hotelzimmer bringen. Oder dass wir ihn mit einer Drohne aus der Luft erschießen, oder dass wir uns in die Sporthalle unter die Fans schmuggeln und ihn mit einem Dolch erstechen. Aber in der Gruppe hat sich niemand für Erdoğan interessiert. Alle wollten nur Jamal Al-Khouri, und sie haben herumtelefoniert und auf Facebook geschrieben und im Internet recherchiert und so weiter. Deshalb haben wir gewusst, dass Jamal Al-Khouri nur 1,73 groß ist und dass er neben dem rechten Ohr ein Muttermal hat und dass er eine hohe Stimme hat wie eine Frau. Er ist ein syrischer Libanese oder ein libanesischer Syrer, was weiß denn ich. Seine ganze verfluchte Familie macht mit dem Krieg Geld. Sie kaufen sich Gucci-Taschen davon, dass wir getötet werden. Sie sind es, die Assad und den Geistesgestörten vom Daesh Ammoniumnitrat für die Fassbomben verkaufen. Im Hafen von Beirut ist so viel Nitrat, dass du die ganze Stadt damit in die Luft sprengen kannst. Von Efrin bis Erbil wissen alle, dass der Daesh das Ammoniumnitrat und die Dragunows und die PKs und die Handgranaten von Jamal Al-Khouri bekommt.«

Mein Auftrag war also, dass ich alles über das Abendessen herausfinde. Das war nicht schwer, weil Sezgin so dumm war. In seinem vertrotellten Kopf dachte Sezgin die ganze Zeit, dass Erdoğan höchstpersönlich zu dem Abendessen kommt. Er hat von nichts anderem mehr geredet: ›Im Grand Hotel wird ihm langweilig. Die Saudis können nicht kochen. Außerdem sind sie gefährlich. Vor kurzem haben sie einen zerstückelt und in Salzsäure aufgelöst. Bei den Saudis fühlt sich unser Präsident nicht wohl. Das sind Barbaren, sie essen Kamele und Skorpione. Er will lieber bei seinen levantinischen Freunden sein und Lokmas und Köfte essen. Noch dazu, wenn er so weit von der Heimat entfernt ist. Was denkst denn du? Es kränkt ihn, dass ihn in Wien niemand will. Es geht ihm ans Herz, genauso wie uns. Der Präsident ist ein Mensch, er hat Gefühle. Ich werde ihm Lokmas und Köfte kochen, wie er sie in Ankara noch nie gegessen hat. Damit er in Wien eine schöne Zeit hat, trotz all dem Rassismus und der Islamophobie!‹ Solche Dinge hat Sezgin geredet, den ganzen Tag, von früh bis spät.«

Vier Tage vor dem Abendessen war Sezgin extrem nervös. Er hat ununterbrochen telefoniert, mit den Fleischhauern und den Bäckern und den Gemüsehändlern und natürlich mit seinen Köchen. Er hat in Lautstärke tausend telefoniert, weil leise sprechen kann Sezgin nicht. Ich stand neben ihm, da ist ihm die Adresse herausgerutscht, Wildbrandtgasse 49, achtzehnter Bezirk. Er hat sich nichts dabei gedacht, weil, wie gesagt, er hat mir vertraut. Zwei Stunden später hat es die ganze

Gruppe gewusst. Wir hatten vier Tage Zeit. Wir haben in der Wildbrandtgasse und in der Peter-Jordan-Straße einen Parkplatz besetzt. Wir haben jeden Abend das Auto gewechselt, damit es nicht auffällt. Für den 19. Juni haben wir einen Mercedes besorgt, S-Klasse mit deutscher Nummerntafel, 455 PS, Metallic-Lackierung und innen alles aus schwarzem Leder. In der Wildbrandtgasse gibt es nur Villen. Dort leben nur reiche Leute. Dort gibt es nur Zäune, Hecken und Gartenmauern. Dort ist es still wie im Winter. Man sieht die Donau und die Weinberge und den Wienerwald. Die Villa ist nicht schön. Wenn du mich fragst, ist sie hässlich. Sie gehört einem Libanesen-Wichser. Wir mussten herausfinden, wann Jamal Al-Khouri kommt, in welchem Auto, wann er wegfährt und wo er hinfährt. Das war das Wichtigste, und wir haben es herausgefunden, Gott sei Dank.«

Frederik nähte. Ferhat hielt inne. »So, den Rest erzähle ich lieber nicht.«

Frederik blickte auf. »Wie bitte? Das geht nicht. Du bist in unserer Wohnung, wir helfen dir. Wir müssen wissen, was passiert ist.«

»Entschuldigung, aber es ist besser, wenn ihr nicht wisst, was passiert ist. Besser für euch. Ich will nicht, dass ihr Schwierigkeiten bekommt.«

Frederik rümpfte die Nase: »Hör mal, Bürschchen! Dafür ist es jetzt zu spät. Erzähl sofort weiter von den Libanesen-Wichsern, oder ich rufe die Rettung und die Polizei.«

Ferhat sah mich an, als wäre es an mir, ihn gegen Frederik zu verteidigen. Er beharrte darauf: »Aber es ist besser, wenn ihr nicht wisst, was passiert ist, versteht ihr? Ihr wisst nicht, wie manche Menschen sind. Ihr kommt aus Europa. Ihr seid gute Menschen. Gewisse Dinge versteht ihr einfach nicht.«

Frederik stach ihm die Nadel ins Fleisch. Ferhat schrie auf.

»Aber verarzten können wir dich schon. Wenn wir so kindisch sind, warum bist du dann zu uns gekommen?«

Ferhat hob das Haupt, um sich gegen den feindlichen Ton in Stellung zu bringen: »Das war nicht meine Idee, das müsst ihr mir glauben.«

Frederik schmiss die Nadel auf den Tisch. Er stand auf und ging in der Küche hin und her.

Ich übernahm das Wort: »Wessen Idee war es dann? Wer hat dir aufgetragen, mitten in der Nacht zu uns zu kommen?«

Ferhat schaute eine Weile in die Luft. Frederik zückte das Handy und gab theatralisch zu verstehen, dass er im Begriff war, die Polizei zu rufen.

Ferhat senkte die Augen: »Shirin hat mich zu euch geschickt, Shirin Kord aus dem vierten Stock. Sie hat gesagt, dass ich euch vertrauen kann.«

Er lächelte. Frederik und ich verstanden nichts mehr.

»Aber bitte, ohne euch hätte ich Shirin niemals kennengelernt. Ich sollte doch die Facebook-Seite von dieser Yasmina übersetzen. Du wolltest mir hundert Euro geben. Aber ich habe das Geld nicht genommen, logisch, weil wegen so einer Kleinigkeit nimmt man nicht hundert Euro. Ich habe mich verabschiedet und bin durchs Stiegenhaus hinuntergegangen. Mit dem Lift fahre ich sicher nicht, weil in Erbil ist jeder Lift wie ein Roulette. Ich weiß nicht genau, was Shirin gemacht hat. Sie ist am Gang gestanden, und es hat ausgesehen, als würde sie an der Tür von ihrer Nachbarin lauschen. Ich wollte mich vorbeischwindeln, aber sie hat mich bemerkt. Sie hat sofort gesehen, dass ich Kurde bin. ›Guten Abend‹, hat sie zu mir gesagt, auf Kurdisch. Dann hat sie mich gleich ausgefragt. ›Was machst du hier? Woher kommst du? Wohin gehst du?‹ Ich habe ihr alles erzählt, weil Shirin könnte meine Mutter sein.

Immerhin lebe ich hier wie Abschaum. Ich lebe wie ein einsames Schaf, das die Herde verloren hat. Shirin hatte die Idee, dass ich in die Bar gehe und Sezgin beschatte. Sie hat genau gewusst, dass er sich dort herumtreibt. Also bin ich in die Bar gegangen und habe Sezgin beschattet.«

Die ärztliche Pflicht war stärker als der Ärger. Frederik setzte sein Flickwerk fort. Beide fühlten wir uns überrumpelt. Bis vor wenigen Augenblicken hatte ich Frau Kord für eine liebenswürdige Dame gehalten. Doch so bemerkenswert die Nachrichten auch waren, mich dominierte vor allem die Eifersucht: »Dass die Bar, wo du Sezgin beschatten sollst, eine Schwulenbar ist, das hat dich nicht gestört? Das hast du als ganz normal empfunden? Ist es nicht so, dass Sezgin dir vertraut hat, weil er auf dich steht? Weil Sezgin in dich verliebt ist? Er hat dir auf den Schenkel gegriffen. Ich habe es genau gesehen. Ist das normal?«

Ferhat spitzte den Mund und markierte durchaus ein wenig Herablassung. »Natürlich ist mir aufgefallen, was das für eine Bar ist. Denkst du, ich bin blöd?«

Frederik stach ein letztes Mal in Ferhats Haut und machte einen Knoten. Die Schwulitäten interessierten ihn nicht. Er kam zum Kern der Sache zurück: »Wo ist Jamal Al-Khouri? Ist er tot? Hast du ihn getötet? Hast du deshalb diese Wunde?«

Ferhat war erleichtert, dass das Gespräch auf diesen Pfad zurückfand.

»Jamal Al-Khouri ist in der Hölle. Leider bin ich nicht sein Mörder. Die Wunde, das war später.«

Wir verbanden die Naht mit einer dicken Mullbinde. Frederik nahm eine weitere Spritze. Sie hatte die ganze Zeit am Tisch gelegen. Ferhat bekam Angst.

»Noch eine Spritze? Warum? Die Naht ist fertig. Willst du mich vergiften?«

Frederik bog ihm brüsk den Arm. »Halt still. Die ist gegen Tetanus.«

Ferhat verkrampfte sich. Es fehlte nicht viel, und er wäre abermals in Ohnmacht gefallen.

9

Nach all der Unruhe mussten wir uns sonntags Luft verschaffen. Wir radelten Richtung Purkersdorf, wo Frederik eine Mountainbike-Strecke kannte, die durch den Wienerwald zur Stadtgrenze zurückführte. Der Weg stieg an, und wir plagten uns nach Leibeskräften. Frederik lechzte danach, sich zu verausgaben. Vom Naschmarkt weg legte er ein strammes Tempo vor. Den Buchberg vor Mauerbach erklomm er im Stand. Ich wunderte mich, woher er die Kraft nahm. Wir erreichten die Sophienalpe, und Wien lag uns zu Füßen. Es war angenehm, ausnahmsweise über den Dingen zu stehen.

»Sagt er die Wahrheit?«

»Ich glaube schon. Frau Kord hat gestern angerufen. Am Dienstag sind wir bei ihr eingeladen, dann wissen wir mehr. Sie sagt, Ferhat kann im Juli bei Drechsler bleiben, du kannst wieder heraufziehen. Es sei denn, Reginas Bett ist dir inzwischen lieber.«

»Mir ist alles egal. Ich habe mich daran gewöhnt, dass ich herumgereicht werde. Ich bleibe bei Regina, wenn du das möchtest. Sie hat mir einen Schlüssel gegeben.«

»Habt ihr miteinander geschlafen?«

»Wo denkst du hin. Sie arbeitet immer. Sie brütet irgendetwas Großes aus. Ich habe sie kaum gesehen. Und du? Bist du vorangekommen?«

»Inwiefern?«

»Jetzt spiel nicht das Unschuldslamm! Habt ihr endlich Sex gehabt, du und der liebliche Terrorist?«

Wir setzten uns in die Wiese.

»Ach was. Er schläft die meiste Zeit. Wir haben uns drei Filme angeschaut. Er kennt tausend Möglichkeiten, wie man gratis Filme herunterladen kann.«

»Wieso schläfst du nicht mit ihm? Er liegt in deinem Bett. Näher kannst du ihm nicht mehr kommen.«

»Wie stellst du dir das vor? Soll ich ihn zwingen? Dann sticht er mir fix ein Messer in den Rücken. Ich glaube, er ist gar nicht schwul.«

»Wie bitte? Warum ist er dann permanent an schwulen Orten? Das kann doch kein Zufall sein?«

»Wenn ich das wüsste. Ich verstehe ihn überhaupt nicht. Er liegt still im Bett und schaut in die Luft. Ich glaube, er denkt viel. Manchmal sind seine Augen feucht, manchmal stöhnt er. Ist er wach, ist er liebenswürdig, und seine Liebenswürdigkeit ist ehrlich. Doch sie hält penibel zwei Zentimeter Abstand. Er liegt neben mir, und ich spüre, dass er sich wohlfühlt. Aber es wäre undenkbar, ihn zu berühren. Er weiß genau, dass ich ihn begehre. Er genießt es. Ich merke es an der Art, wie er sich bewegt, wie er sich das T-Shirt auszieht und ins Bett steigt. Er beobachtet mich dabei, wie ich ihn beobachte. Meine hungrigen Augen schmeicheln ihm. Er labt sich daran, dass ich mich nach ihm verzehre.«

Frederik verzog spöttisch die Mundwinkel.

»Bist du unter die Dichter gegangen?«

»Ich muss daran denken, was Tante Erika gesagt hat. ›Wer einem die Haut rettet, den kann man nicht ohne Weiteres lieben.‹ Wir haben Ferhat die Haut gerettet. Deshalb wäre es komisch, mit ihm Sex zu haben. Du hast ja gehört, was er gesagt hat. Er fühlt sich in unserem Land wie ein einsames Schaf. Was, wenn ich nicht so arg auf ihn stehen würde? Dann wäre uns sein Schicksal vielleicht völlig egal. Wahrscheinlich würde uns sogar empören, was er getan hat. Zumindest würde er auf keinen Fall in unserem Bett schlafen. Er spürt das und holt sich ein Stück Unabhängigkeit zurück, indem er meinem Begehren nicht nachgibt. So kommt es mir zumindest vor.«

»Mir kommt vor, dass deine Verklemmtheit ungeahnte Ausmaße annimmt. Sie gibt dir klugen Schmonzes ein, damit du nur ja den Schwanz nicht bedienen musst. Soll ich Regina fragen, ob sie enthemmende Drogen für dich hat?«

Wir legten uns auf ein Handtuch, das Frederik aus dem Rucksack zog. Direkte Berührung mit der Erde mieden wir beide.

»Ich muss dir noch etwas sagen«, Frederik hob und senkte das Becken wie Jane Fonda in einem Workout-Video.

»Die letzten Wochen waren elendig. Ich muss Urlaub machen, oder mir geht die Puste aus. Ich werde den ganzen August weg sein, okay? Ich hänge alle Überstunden an den Urlaub an. Die Chefin hat es mir erlaubt. Ich werde fünf Tage in Valencia verbringen. Dann fliege ich von Madrid in die USA. Ich habe vorgestern gebucht. Ich musste es sofort tun, denn ich hatte Angst, dass sonst das Zögern kommt und ich wieder am Attersee lande.«

Ich war nicht sonderlich überrascht.

»Vermutlich fliegst du an die Westküste.«

»Richtig. Die Golden-Gate-Bridge sollte man gesehen haben.«

»Habt ihr telefoniert?«

»Sie hat uns eine E-Mail geschickt, uns beiden. Du musst deinen Posteingang kontrollieren!«

»Was schreibt sie?«

»Ich sage nichts, oder wir beginnen wieder zu streiten. Lies selbst! Es motiviert mich jedenfalls, in San Francisco vorbeizuschauen.«

Er drehte sich auf meine Seite. Wir benahmen uns wie ein verliebtes Paar im Sonnenschein.

»Kommst du mit? Yasmina schreibt, die Castro Street wäre ein Paradies für dich.«

Auf San Francisco hatte ich überhaupt keine Lust.

»Nein, tut mir leid. Ich flieg doch nicht nach San Francisco, jetzt, wo das Paradies gleich nebenan liegt … Freddy, ich kann nichts dafür. Ich weiß wirklich nicht, warum es so ist. Oder weißt du, warum es nicht aufhört, dass du Yasmina liebst? Obwohl sie inzwischen am Pazifik lebt, am anderen Ende des Planeten?«

»Das kann ich dir sagen. Ich liebe Yasmina, weil sie besser ist als ich. Sie ist perfekt. Vielleicht nicht vom Charakter, aber vom Wesen her. Yasmina hat einfach Klasse. Ferhat ist ein Schaf, ich bin ein Esel, und Yasmina ist ein Pferd.«

»Ein Pferd? Das ist der Grund, warum sie dich verlassen hat. Weil du sie mit einem Pferd vergleichst.«

»Ich rede nicht von einem armseligen Gaul. Ich rede von einem Rappen aus dem Oman. Hochmütig und scheu. Wild und edel. Ein Herdentier und trotzdem eigensinnig. Das ist Yasmina.«

»Vielleicht möchte Yasmina aber nicht mit einem Pferd aus dem Oman verglichen werden? Vielleicht kommen ihr solche Vergleiche blöd und klischeehaft vor?«

»Aber darin zeigt sich umgekehrt die wahre Blödheit. Vergleichen ist vernünftig, redlich und menschlich. Im Vergleichen stellen wir die Dinge nebeneinander. Vergleichen rechnet damit, dass alles mit allem benachbart ist. Es ist das Beste, was unser dummer Geist zusammenbringt. Wer sich gegen das Vergleichen stemmt, stemmt sich dagegen, dass die anderen nah sind. Wer nicht verglichen werden will, will einzigartig sein. Aber Einzigartigkeit ist lächerlich.«

»Du meine Güte. Bist du unter die Philosophen gegangen?«

Frederik spuckte aus, um den Anschein von Weisheit sofort zu entkräften.

»Leck mich doch! Was soll ich sonst tun? Mir steigt alles in den Kopf. Ich bin ein Esel, der sich in ein Pferd verliebt hat. Deshalb bin ich zum Hirnwichsen verurteilt. Das ist ungerecht. Esel sind klein, mag sein, aber sie haben einen stattlichen Schweif!«

Zu Hause las ich Yasminas E-Mail. Es war die erste Nachricht seit ihrer Abreise:

»Lieber Kurti und lieber Freddy, ich schreibe euch beiden, weil ihr euch sowieso immer alles erzählt. Ich wollte mich bei dir entschuldigen, Kurt, dass ich dir nie erzählt habe, dass ich nach San Francisco gehe. Als wir im Taxi saßen, war es schlimm für mich. Aber wie hätte ich mich verhalten sollen? Wie sollte ich zu dir ehrlich sein, ohne dass du zu Freddy ehrlich bist? Das geht nicht, das war mir bewusst. Jetzt ist es wunderbar. Ich wollte in die Verwaltung wechseln. Aber hier ist es toll, Ärztin zu sein. Die Patienten respektieren mich, obwohl ich einen Akzent habe. Sie fragen nicht die ganze Zeit, wann die *richtige* Ärztin kommt, wie am AKH. Dass ich dunkle Haare habe, ist hier jedem wurscht. Ich lebe in einer WG, ich zahle Miete, zum ersten Mal in meinem Leben, es ist großartig. Übrigens ist die Wohnung ganz in der Nähe der Castro Street. Kurti, du hättest hier viel zum Schauen! Es gibt Männer

aus allen Himmelsrichtungen, es ist für jeden (und jede) etwas dabei. Das Einzige, was ich vermisse –
 seid ihr beide.
 Alles Liebe, Yasmina.«

Frau Kord bat uns ins Wohnzimmer, wo sie gedeckt hatte. Am Boden lagen große Perserteppiche, und an den Wänden gab es Holzregale, die bis an die Decke mit Büchern und Bilderrahmen gefüllt waren. Die meisten Buchrücken zeigten Sprachen, die ich nicht verstand. Ich hatte weder gewusst noch geahnt, dass Frau Kord in einer Bibliothek wohnte. Sie kam mit einer Kanne Johannisblütentee an den Tisch.

»Ferhat ist unschuldig. Wenn ihr jemanden verurteilen wollt, verurteilt in Gottes Namen mich. Allerdings war ich von Mittwoch bis gestern im Waldviertel, weil gewisse Dinge sind mir zu stressig. Ich weiß trotzdem alles. Ihr könnt mir den Prozess machen, wenn euch danach ist. Aber langsam, langsam. Heutzutage ist man im Nu verurteilt. Dabei haben die meisten Leute keine Ahnung. Sie blättern in der Zeitung, sitzen beim Spritzwein und beurteilen den Islam, den Nahostkonflikt und die Kernspaltung. Daneben wischen sie auf Tinder Liebhaber ins Abseits. Sie haben zu allem eine Meinung, obwohl sie von nichts eine Ahnung haben. Sie verwechseln Persisch und Arabisch, Türkisch und Kurdisch, links und rechts, oben und unten. Aber ein Urteil haben sie trotzdem parat.

Ich kann nichts beschönigen. In der friedlichen Welt zwischen Gumpendorfer Straße und Mondscheingasse sollte man natürlich niemanden ermorden. Leider, leider geht es manchmal nicht anders. Wir haben Jamal Al-Khouri umgebracht. Zurzeit wissen wir nicht genau, wo seine Leiche ist. Aber tot ist er. Ich weiß, dass sich da der Spaß aufhört. Ich weiß, dass es den europäischen Werten widerspricht, dem sogenannten Rechtsstaat und den christlichen Evangelien. Aber ihr könnt mir glauben, wir haben uns die Sache gut überlegt. Wir haben darüber abgestimmt. Bei einer Enthaltung sind wir einstimmig zum Ergebnis gekommen, dass wir Jamal Al-Khouri am besten noch in der Wildbrandtgasse erschießen.

Bevor euch die Entrüstung übermannt, empfehle ich eine kurze, politische Besinnung. Beschließt ein Staat, jemanden zu vernichten, regt sich in der Regel niemand auf. Staaten fokussieren ihren Feind, dann fangen und töten sie ihn. Nebenbei sonnen sie sich im Glanz ihrer staatlichen Gründe und Gesetze. Dafür gibt es tausend Beispiele. Wer hat Osama bin Laden erschossen? Wer Muammar al-Gaddafi? In wessen Namen wurde Saddam Hussein erhängt? Alle drei kamen bekanntlich nicht bei Sportunfällen ums Leben. Sie wurden auf staatliches Geheiß getötet. Allerdings, wenn *wir* demokratisch abstimmen und mit Mehrheit beschließen, den Teufel höchstpersönlich zu erschießen, spricht man von Mord, Mafia und Terrorismus. Man schüttelt angewidert den Kopf. Aber warum? Weil *unsere* Gewalt kein staatliches Mäntelchen besitzt! Vom kurdischen Standpunkt aus, wie übrigens auch vom Standpunkt der Hazara, der Rohingya, der Palästinenser, der Uiguren, der Sioux, der Aborigines und aller Flüchtlinge auf diesem Planeten, ist das ungerecht. Aus unserer Sicht sind die Staaten die größten Terroristen. Zahlenmäßig produzieren sie die meisten Opfer.«

Frederik wurde ungeduldig. Man merkte es daran, dass er mit den Fingern auf die Tischplatte klopfte. Er wollte nicht über die Aborigines sprechen, sondern über Ferhat. Er blieb beim Sie, obwohl Frau Kord uns ununterbrochen duzte. Sein Ton war unfreundlich.

»Was sind das für Geschichten? Wer ist dieses Wir, von dem Sie die ganze Zeit sprechen? Was ist mit dem toten Libanesen? Wo haben Sie den Burschen da hineingezogen?«

»Wir sind eine politische Organisation, wie es tausende auf der Welt gibt. Wir kümmern uns um die Sache der Kurden. Und zwar mithilfe echten Engagements. Das heißt, wir twittern nicht nur oder liken oder posten. Wir handeln, mit den Händen. Wir sind weltweit vernetzt und haben tausende Mitglieder. Den Namen sage ich euch nicht. Am Ende bekommt ihr doch noch einen moralischen Anfall. Wir haben Ferhat in nichts hineingezogen. Wir haben ihn höchstens aus etwas herausgehalten. Wir sind keine Sekte oder Bruderschaft. Wir operieren wie jede normale Partei. Man kann sich uns anschließen oder uns den Rücken kehren. Wir verfügen über Statuten, eine Geschäftsordnung und ein Vereinslokal. Wir haben einen Präsidenten und ein Präsidium. Jeden dritten Samstag gibt es einen Tag der offenen Tür mit Bier und vegetarischen Würsteln. Für uns in Wien war es der erste Mord. Es ist nicht so, dass wir jede Woche jemanden zur Strecke bringen.

Du denkst, dass Ferhat ein hilfloser Flüchtling ist, du nennst ihn Bursche. Du glaubst, wir haben seine Situation ausgenutzt. Du denkst, er hat keinen eigenen Kopf, weil er vom Krieg gebeutelt ist. Du hältst ihn für arm und ungebildet. Du denkst, sein Traum sei immer gewesen, in Europa Fertigsemmeln aufzutauen. Für 900 Euro im Monat, womit man keine Wohnung und kein Leben führen kann. Aber du irrst dich. Ferhat ist nicht geflohen, weil er von einem neoliberalen Scheißdreckjob geträumt hat. Er ist geflohen, weil er es in Erbil nicht mehr ausgehalten hat. Weil sich sein Leben so mit Politik gefüllt hat, dass er fast daran erstickt wäre. Wahrscheinlich hat er nicht weniger, sondern mehr Lebenserfahrung als du.«

Frau Kord erhob sich, um das Licht aufzudrehen. Sie schien mit dem Verlauf des Gesprächs unzufrieden.

»Hört zu! Ich habe Ferhat zu euch geschickt, weil ich euch vertraut habe. Ich habe gewusst, dass du sein Lehrer bist und du Arzt. Ich war, wie gesagt, im Waldviertel. Wir haben nicht damit gerechnet, dass ausgerechnet ihm etwas passiert. Wir sind nicht die RAF oder die ETA, ich bin nicht Josefa Ernaga oder Gudrun Ensslin, im Gegenteil. Ich wäre gerne ein verträumtes Wesen so wie die Wienerinnen und Wiener. Auch meine Eltern haben sich nichts sehnlicher gewünscht, als mich aus der Politik herauszuhalten. Deshalb sind sie vom Iran nach Wien. Leider ist nichts daraus geworden, denn das Kurdischsein ist wie ein Fluch. Wer weiß, vielleicht ist es wie das Schwulsein?«

Frederik blieb reserviert, und ich haderte mit dem Bild, das ich mir von Frau Kord gemacht hatte. Ich wollte, dass sie zurückruderte und wieder die nette Dame von nebenan wurde. Ich hatte überhaupt keine Lust mehr, über Politik zu sprechen. Schon gar nicht wollte ich, dass ein weiteres Wort über den Mord gewechselt wurde. Sie sollte vom Weintrinken mit Tante Erika erzählen oder von Drechslers Affäre mit Frau Seiler oder von sonst einer normalen Begebenheit.

»Schwul ist nur er«, stellte Frederik klar, »ich mitteleuropäische Dumpfbacke habe ja nicht einmal vom Schwulsein eine Ahnung.«

»Wie dem auch sei«, Frau Kord nahm ihren Gedanken wieder auf, »Kurdischsein bedeutet jedenfalls immer mehr, als es bedeuten sollte. Vielleicht ist es beim Schwulsein ähnlich? Niemand kennt sich aus damit. Die Leute sagen: Aha, Kurdisch, das ist ein türkischer Dialekt, nicht wahr? Oder: Sie sind Kurdin? Warum haben Sie kein Kopftuch auf? Oder: *Durchs wilde Kurdistan* von Karl May, haben Sie das gelesen? Solche Dinge muss man sich anhören. Sosehr man sich wünscht, normal zu sein, es gelingt einfach nicht. Man trägt irgendeine Bedeutung, die einem selbst überhaupt nichts bedeutet. Ich bin in Ottakring ins Gymnasium gegangen, wo es eigentlich nicht darum ging, ob ich kurdisch oder iranisch oder türkisch bin. Ich hatte Glück mit meiner Klasse. Manchmal bin ich wegen meiner dunklen Haare aufgefallen oder wegen meiner Augenbrauen. Ich habe gelogen und gesagt, dass ich Griechin bin oder Italienerin oder manchmal sogar Perserin. Das hat gereicht, und die Leute haben Ruhe gegeben. Ich hatte eine glückliche Schulzeit, und meine Eltern waren stolz auf mich. Mein Vater hatte auf der Hernalser Hauptstraße ein Geschäft für Elektrogeräte. Meine Mutter hat ihm geholfen. Sie wollten einfach Wiener sein, ein Geschäft haben und freitags in die Pizzeria gehen. Sie wollten ein Auto haben und im Sommer nach Rimini fahren. Ich sollte Jus studieren. Ich sollte Richterin werden oder Strafverteidigerin oder sogar Staatsanwältin. Dann aber kam das Unglück, und ich habe mich verliebt.

Ich habe Fadel am Yppenplatz getroffen, wo wir einkauften. Man hat sofort gesehen, dass er kein Verkäufer war. Er sah aus, als mache er sich viele Gedanken oder als würde er eine Menge wissen. Meine Eltern wollten auf keinen Fall, dass ich mich mit ihm einlasse. Also haben wir uns heimlich getroffen. Ich war im ersten Semester, und es war nicht schwer, Vorwände zu erfinden. Ich ging in die Bibliothek oder in ein Seminar oder in eine Vorlesung. Aber in Wahrheit ging ich zu Fadel. Er wohnte in der Grundsteingasse in einer WG. Seine Kollegen waren Bohemiens. Sie hatten Geliebte, bis auf Engin, der hatte einen Geliebten. Wir saßen in der Küche, tranken Kaffee oder Bier und rauchten Gras. Der letzte Nachmittag ist mir eine unvergessliche Erinnerung. Es war Sommer, und wir hatten uns geliebt. Fadel saß im Unterhemd am Tisch. Im Hof war es ruhig, man hörte die Fliegen und die Bienen. Engin servierte Palatschinken. *Hey now, Hey now, don't dream it's over,* kam es aus dem Radio. Wir wollten an den Neusiedler See fahren und haben uns überlegt, mit welcher Ausrede ich meine Eltern anschwindle. Am nächsten Tag war Fadel tot.

Ich will die Geschichte nicht en détail erzählen, seither sind 25 Jahre vergangen. Aber, so viel ist klar, sie hat mein Leben verändert. Sie hat mich ins Kurdischsein hineingeschleudert. Ich war in Fadel verliebt, und am Anfang war ich natürlich zu Tode betrübt. Doch dann hat sich die Wut gemeldet. Ich begann den Umständen ins Auge zu sehen. Fadel wurde im dritten Bezirk erschossen, gemeinsam mit seinen Kollegen, Abdul Rahman Ghassemlou und Abdullah Ghaderi-Azar. Erschossen klingt fast zu betulich, sie wurden durchlöchert. Von wem? Warum? Wo sind die Täter? Ich musste es herausfinden, das unbedarfte Leben war vorbei. So bin ich zur Politik gekommen.«

Sie studierte unsere Gesichter. »Habt ihr von den Wiener Kurdenmorden gehört?«

Frederik schüttelte den Kopf. Auch ich hatte noch nie davon gehört. Mir ging gegen den Strich, dass nun noch ein Mord aufs Tapet kam. Ich wollte, dass das Gespräch ein Ende nahm.

Frau Kord nickte nur. »Das habe ich mir gedacht. Ihr braucht euch nicht zu schämen. Ich bin daran gewöhnt. Lasst euch eines gesagt sein: Ein Staat hat meinen Mann getötet, und ein Staat hat die Mörder laufenlassen. Aber gegen einen Staat bist du nichts. Ich war ein Mädchen von neunzehn Jahren. Meine Eltern konnten nicht mit mir trauern. Sie schämten sich nämlich. Tief in ihrem Herzen dachten sie, dass ich eine

Schande wäre. In ihren Augen hatte ich mich an einen Terroristen verschenkt. Aber Fadel war kein Terrorist. Er wollte die Rechte der iranischen Kurden verhandeln, weiter nichts. Er hatte nicht einmal ein Messer bei sich. Meine Eltern glaubten mir nicht, und ich bin ausgezogen. Ich habe mein Studium hingeschmissen und für ein paar Jahre im größten Unglück gelebt. Fast hätte mich der Hass von innen aufgefressen. Durch einen Zufall fand ich diese Wohnung. Ich war meines Lebens müde und lag tagelang im Bett. Mein Mann war tot, meine Familie kaputt, am liebsten wäre ich gestorben. Aber die Wände hier im Haus sind dünn, das ist euch ja sicher schon aufgefallen. Beim Herumliegen hörte ich, dass nebenan jemand weinte. Man hörte es leise, aber regelmäßig und andauernd. Ich presse mein Ohr gegen die Mauer, und von da an wurde es besser.

Margit und ich wurden Freundinnen. Sie vermisste ihren Mann, ich vermisste den meinen. Sie haderte mit ihrem Leben, ich haderte mit dem meinen. Über Margit lernte ich Erika kennen und über Erika Herrn Drechsler. Erika war unser Wirbelwind, unser Sonnenschein, unsere Liebe. Sie hat sich von früh bis spät um uns gekümmert. Erst viel später habe ich begriffen, warum sie sich so um uns bemühte und woher sie ihre Energie bezog. Doch das ist eine andere, traurige Geschichte. Dank Erikas Hilfe habe ich mein Leben wieder in die Hand genommen. Ich habe einen Job gefunden und bin Sekretärin und Dolmetscherin in einer Rechtsanwaltskanzlei geworden. Mein Chef ist auf Fremden- und Familienrecht spezialisiert. Er leistet großartige Arbeit.

Die Dinge stabilisierten sich, und ich bin in die Partei eingetreten. Das war ich Fadel schuldig. Seither bin ich parteiisch, und dazu stehe ich. Das Leben ist kein politikwissenschaftliches Seminar. Neutralität ist eine Lüge. Ich würde Al-Khouri ein zweites und ein drittes Mal erschießen. Die Kurden haben Kirkuk erobert. Die Chancen für Kurdistan stehen gut. Nur die Verrückten machen Probleme. Die Maschinengewehre, die Al-Khouri den Islamisten verkauft, richten kurdische Männer, Frauen und Kinder zugrunde. Wir wollten Al-Khouris Tod, und wir haben es vorzüglich hinbekommen. Seinem Fahrer ist nichts passiert. Ein Loch in der Heckscheibe, ein Fleck auf der Rückbank, das ist alles. Als er die Lederröcke und die hochhackigen Schuhe gesehen hat, hat er einen langen Hals bekommen. Er ließ sogar die Fensterheber herunter. Angeblich hat er gerufen, ›Hallo, ihr Hübschen, ich hab's eilig‹. Es war leicht, ihm in den Kopf zu schießen.«

Frau Kord legte die Hände in den Schoß. Sie wippte mit den Unterschenkeln hin und her. Ihre entspannte Körperhaltung stand in starkem Widerspruch zu dem, was sie erzählte. Al-Khouris Ende ging ihr sichtlich mit Genuss über die Lippen. Frederik zog die Stirn in Falten. Mein einziger Wunsch war, dass die Geschichte endete.

»Eine Minute später waren wir über alle Berge. Wir denken, dass niemand die Polizei verständigt hat. Der Wagen steht noch immer in der Wildbrandtgasse. Wahrscheinlich haben sie ihn im Wald vergraben oder in die Donau geschmissen, oder er wurde – nach saudischer Methode – zerstückelt und in Säure aufgelöst. Wir denken, die Libanesen meiden die Polizei. Sie regeln die Dinge lieber auf eigene Faust. Aber sie tappen im Dunkeln. Die Sicherheitsdienste waren auf Erdoğan fixiert. Al-Khouri fühlte sich unbeobachtet. Alles ist perfekt gelaufen, bis auf Sezgins erbärmliche Intervention. Er war es, der Ferhat mit zwei Schergen aufgelauert hat. Wer weiß, vielleicht wollte er ihn wirklich töten. Zum Glück ist Ferhat stark wie ein Löwe. Zum Glück hat ein Anrainer den Tumult bemerkt und die Polizei verständigt.

Ich hatte Ferhat verboten, auch nur in die Nähe der Wildbrandtgasse zu kommen. Er sollte sich mit Freunden das Fußballspiel anschauen, am besten in einer Bar am anderen Ende der Stadt. Er hat sich daran gehalten, bis es vorbei war. Wahrscheinlich ist Sezgin aber weniger dumm als angenommen. Vermutlich treibt ihn die Leidenschaft, was am gefährlichsten ist. Er sollte nicht wissen, wo Ferhat wohnt, und er wusste es doch. Dabei hat ihn Ferhat nach Strich und Faden belogen. Aber vielleicht ist er zu weit gegangen und hat sich irgendwie verplappert. Jedenfalls ist Sezgin der Grund, warum wir Ferhat nun verstecken. Solange wir nicht wissen, wie Sezgin und die Libanesen weitermachen, halten wir ihn in Deckung. Kommt wider Erwarten die Polizei ins Spiel, ist es besser, wenn er nicht bei mir wohnt. In Polizeikreisen bin ich nämlich ein bisschen berühmt. Deshalb ist es mir lieber, Ferhat wohnt bei Drechsler oder Regina oder bei euch. Das ist es im Wesentlichen. Gibt es noch etwas, was ihr wissen wollt?«

»Nein danke, alles klar«, ich richtete mich auf, um das Wohnzimmer zu verlassen. Frederik sagte nichts und folgte mir. Wir verabschiedeten uns hastig.

Unter der Decke drehte sich Frederik noch einmal zu mir: »Ich bin froh, dass Yasmina nach San Francisco gegangen ist und nicht zu einer Partei. Ich bin froh, dass sie sich auf Facebook engagiert und nicht mit den Händen. Parteiischsein und Fanatischsein, das ist schwer zu unterscheiden.«

Ich entgegnete nichts, denn ich war fertig mit der Politik.

Die Ferien begannen mit einer Verliebtheit, die wie eine Krankheit war. Anstatt in die Wachau oder ans Meer zu fahren, krebste ich supersensibel in der Mansarde und rund um Drechslers Wohnung herum. Beim Frühstück spitzte ich die Ohren, ob die beiden schon munter waren. Mittags ersehnte ich schwitzend Ferhats Besuch. Nachmittags riss ich mich einigermaßen zusammen. Hatte es über dreißig Grad, fuhr ich in den Prater oder auf die Donauinsel. Meine Gedanken kreisten unablässig rund um Ferhat. Ich zückte, wo auch immer ich war, das Telefon, selbst am Fahrrad oder im Schönbrunner Schwimmbad. War ich zwei Längen geschwommen, stieg ich aus dem Wasser und kontrollierte mit tropfenden Fingern das Display. Abends spielte ich den ungezwungenen Besucher, obwohl meine Unrast an Besessenheit grenzte. Die Phrase des »Vorbeischauens« kam mir selbst dumm und unerträglich vor. Drechsler amüsierte sie. Um das Feuer anzufachen, ließ er den ganzen Tag die Wohnungstür offen. Angeblich zum Zweck besseren Durchzugs. In Wahrheit fand er Gefallen daran, dass ich Ferhat liebte und mich seinetwegen zum Trottel machte.

Einmal saßen wir im Grünwaldpark. Drechsler hatte geschwollene Fingerkuppen, Schorf im Gesicht und aufgesprungene Lippen: »Es klingt lächerlich, fast genieße ich es, wie das Leben jetzt ist. Frederik und du, ihr seid ein Glück. Seit der Junge bei mir ist, schlafe ich besser. Es ist beruhigend, dass jemand da ist. Frau Kord bringt uns jeden Tag Gulasch oder Bohneneintopf oder Krautrouladen. Sogar Regina kommt hin und wieder vorbei. Ich habe nie geraucht, selbst als Teenager nicht. Der Scheißkrebs, da bin ich mir sicher, ist auf dem Mist der Einsamkeit gewachsen. Es gefällt mir, wie du diesen Burschen liebst. Ihn macht es stolz, und mir geht das Herz auf.«

Drechsler und Ferhat vertrieben sich die Zeit, so gut sie konnten. Hatte Drechsler einen guten Tag, spielten sie Schach oder Mühle, oder sie schnapsten. War die Hitze erträglich und Drechsler fit genug, gingen sie vormittags um den Block. Durch die Wand hörte ich, wie sie sich unterhielten. Ich verstand nichts, aber der Klang ihrer Stimmen schlug mich in den Bann. Ich konnte Ferhats Schritte und Handgriffe von denen Drechslers unterscheiden. Ging Ferhat abends ins Bad, lauschte ich mit angehaltenem Atem, wie er sich den Mund ausspülte und ins Klo pinkelte.

Nach ein paar Tagen waren Schock und Schmerzen einigermaßen verflogen. Um die Mittagszeit kam Ferhat meistens zu mir. Wir spazierten auf die Mariahilfer Straße und setzten uns in die Aida-Konditorei. Er trug Sonnenbrillen und eine Kappe. In der Aida-Konditorei waren ausschließlich Gäste, die wir für ungefährlich hielten. Auch Frau Kord hatte nichts dagegen einzuwenden. Natürlich mussten wir Ferhat vor Sezgin schützen, doch ebenso mussten wir ihn vor dem Durchdrehen bewahren. Im August wollte Frau Kord ihn ins Waldviertel mitnehmen, wo sie traditionellerweise ihre Ferien verbrachte. Bis dahin versuchten wir ihm das Auf-der-Hut-Sein so angenehm wie möglich zu gestalten. Ferhat wusste, dass ich in ihn verliebt war. Er trug es weniger mit Stolz, wie Drechsler meinte, als mit einer gewissen Behutsamkeit, die ich ihm dankte. Beim Spazierengehen redeten wir über dies und das. Er erkundigte sich nach meiner Familie. Ich versuchte seinem Innenleben näherzukommen Hatte er je eine Freundin gehabt? Oder einen Freund? Ferhat hielt sich bedeckt. Ich hatte nicht den Eindruck, dass er etwas verheimlichte. Aber es war nicht seine Art, über diese Dinge zu sprechen. Er hätte gern vier Kinder, das war alles. Er senkte den Kopf und zündete sich eine Zigarette an.

Bei der Frage, warum er aus Erbil geflohen war, wurde er ausführlicher: »Dafür gibt es nicht einen, sondern tausend Gründe. Ich bin geflüchtet, weil mein Vater und mein Onkel seit zwanzig Jahren um ein Haus streiten. Es hat drei Stockwerke, und deswegen ist es zu vielen Schlägereien gekommen. Gleichzeitig ist unsere Familie mit einer viel größeren Familie zerstritten. In Erbil gibt es nämlich zwei große Familien, die seit Jahrhunderten miteinander streiten. Gleichzeitig sind alle kurdischen Familien mit allen Irakern zerstritten, das heißt natürlich nur mit den schiitischen Irakern. Gleichzeitig sind die schiitischen Iraker mit den sunnitischen Irakern zerstritten, und der Irak ist mit dem Iran zerstritten, und der Iran ist mit Amerika zerstritten, und so weiter. Meine Brüder sind zur Miliz gegangen. Meine Mutter wollte nicht, dass ich zur Miliz gehe, weil ich der Jüngste bin. Sie hat gesagt, dass ich am besten helfe, wenn ich Geld nach Hause schicke. Also bin ich weggegangen. Das waren sieben Gründe, daneben gibt es 77 andere.«

In der letzten Juliwoche lud ich ihn ins Burgenland ein. Wir hatten einen Monat friedlicher Koexistenz hinter uns. Wir hatten drei Tage im selben Bett geschlafen. Von mir hatte er nichts zu befürchten. Ich hatte alle Träumereien aufgegeben. Ich wollte ihm das Leben nicht mit einem Begehren beschweren, das ihn zusätzlich beengte und belästigte. Ich wollte einfach neben ihm sein. Der Abstand zwischen uns war kleiner geworden. Er ließ es zu, dass ich ihn bisweilen umarmte oder am Arm berührte. Er ließ es zu, weil ich ihm keine Szenen machte. Ich war nicht peinlich oder aufdringlich. Ich beherrschte mich, und es fiel mir leicht, weil ich mich mein Leben lang beherrscht hatte. Meine Eltern hatten mich darauf gebracht, dass Onkel Bertrams Schilfhütte leer stand. Sie liehen mir das Auto und freuten sich, dass ich in Oslip Urlaub machte.

Frederik entfernte Ferhats Nähte. Es blieb ein rosafarbener Strich. Das Schultergelenk schien nicht in Ordnung, doch Ferhat kümmerte sich nicht darum. Die Hütte lag nahe am Schilf hinter dem Oggauer Schwimmbad. Es gab eine Veranda und einen kleinen Garten mit Obstbäumen und einem Bootshäuschen. In der Garage meiner Oma standen mehrere Fahrräder, und wir pumpten Luft in die platten Schläuche. Ich konnte es kaum fassen, als wir von Oslip über den Ungerberg nach Oggau zurückfuhren. Der Himmel war blau und die Luft voll trockener Düfte. Ferhat saß aufrecht auf dem Sattel. Er strich mit den Händen über die Sonnenblumen, schnupperte an den Blüten und lachte. Er war ein Cowboy oder ein kurdischer Reiter oder einfach ein stolzer junger Mann.

An den Vormittagen schleppten wir Onkel Bertrams Holzboot ins Wasser und paddelten auf den See hinaus. Die Passage durchs Schilf war wie das Vordringen in ein fremdes Reich. Überall zirpten und blubberten Vögel, Fliegen, Frösche und Fische. Ratten suchten zwischen den Stängeln Schutz. Schlangen zogen elegante Spuren. Draußen am See berauschten wir uns an der Weite. Wir nahmen Ausrüstung mit aufs Boot und versuchten zu angeln. Allerdings biss in vier Tagen kein einziger Fisch an. Wir mussten sie in Rust bei der Händlerin kaufen. Am Nachmittag gingen wir ins Schwimmbad oder radelten durch die Landschaft. Abends verbrachten wir die Zeit mit Kochen, das heißt, wir grillten. Wir grillten die Fische. Dazu aßen wir gegrilltes Brot, gegrillte Maiskolben, gegrillte Tomaten, gegrillte Paprika und gegrillten Käse. Das Nachtleben um den See, die schicke Bar in der Ruster Bucht, interessierte uns nicht. Wir saßen mit Bier vor dem Feuer und drehten mit nackten Oberkörpern die Fische um.

Unter dem Hüttendach war ein Bretterboden, auf dem Matratzen ausgelegt waren. Man stieg über eine Leiter nach oben und konnte sich ab da nur noch gebückt bewegen. Durch das Dachfenster, das mit einem Gelsengitter abgedeckt war, schimmerte ein Hauch von Mondlicht. Mir ekelte vor Spinnen, und ich schlief ungern in rustikalen Umständen. Wegen der Hitze konnte man sich jedoch unmöglich im Schlafsack einschließen. Für mich war es daher zwingend erforderlich, vor dem Einschlafen mit dem Handydisplay alle Ritzen des Bretterbodens, die Dachbalken und die Matratzen zu inspizieren. Ferhat, der Cowboy, lachte mich aus. Er schmiss sich auf die Matratze und streckte die Glieder von sich. Ich legte mich neben ihn, spürte seine Anwesenheit und biss die Zähne zusammen. Mit den ersten Sonnenstrahlen brachen die Vögel ein lärmendes Konzert vom Zaun, ganz so, als wäre jeder Tag ein Fest des Lebens.

Am letzten Abend fuhren wir nach Rust zum Heurigen. Ich kannte die Gastwirtschaft seit meiner Kindheit und wollte sie Ferhat zeigen. Der Garten lag unter Nussbäumen und war voller Blumentöpfe und betrunkener Gäste. Auf der Speisekarte stand gegrillter Fisch. Wir ließen uns dazu einen Liter Wein mit Wasser bringen. Innerhalb kürzester Zeit waren wir beschwipst. Ferhat begann Faxen zu machen. Ich war erregt und glücklich. Am Nachhauseweg nahmen wir nicht die Oggauerstraße, was am kürzesten gewesen wäre, sondern den Feldweg über Oslip. Ferhat fuhr freihändig und sang. Vor dem Steinhuter Kreuz bog er auf einen Trampelpfad, der zwischen den Weinreben die Anhöhe hinaufführte. Ich rief ihm nach, dass das der falsche Weg wäre. Er fuhr unbeeindruckt bis zu einem Gestrüpp, lehnte das Fahrrad gegen einen Feigenbaum und legte sich ins Gras.

»Komm!«, sagte er und deutete mit der Hand an seine Seite. Er richtete den Kopf in den dämmernden Himmel. Über Rust und Oggau strahlten die Lichter der Fassadenbeleuchtungen. Der See war eine Linie am Horizont. »Hier ist es schön. Danke, dass du mich mitgenommen hast«, er griff nach meiner Hand und führte sie sich unter den Hosenbund. Er kniete sich über mich. Er zog sich Hose und Unterhose bis unters Knie und drückte den Penis gegen meine Lippen. Ich roch seine Scham und öffnete den Mund. Er fasste mich mit beiden Händen am Genick und penetrierte meine Mundhöhle, als wäre sie ein hohles Stück Plastik. Ich fühlte mich schlecht und stemmte mich mit aller Kraft gegen seine wippenden Hüften. Er zog den Schwanz heraus, kam auf mein Haar, meine Wangen und auf mein T-Shirt. Er drehte sich auf den Rücken. Ich wälzte mich auf ihn, um ihn wenigstens zu küssen. Wir küssten uns für fünf Sekunden. Er stieß mich von sich und zog die Hosen hoch. Wir radelten zur Hütte. Er versteckte den Kopf in den Decken und schlief wie ein Toter. Bei der Rückfahrt platzte mir der Kragen. Ich schrie ihn an, mit mir zu sprechen. Ferhat senkte den Kopf. Er flehte mich an, es bleiben zu lassen. An Drechslers Wohnungstür flüsterte er mir zu: »Danke, dass du mich mitgenommen hast. Das war der beste Urlaub meines Lebens.«

10

Der European Research Council verlieh Regina Schneider-Papaioannou ein sogenanntes Starting Grant. Mitte August wurde die Entscheidung bekanntgegeben. Das Stipendium belief sich auf 1,5 Millionen Euro, musste für Forschungszwecke investiert werden und ermöglichte die Anstellung von zwei bis drei Doktoranden oder Doktorandinnen. Die Auszeichnung wurde ihr zuteil, nachdem sie in *Nature* unter dem Artikel *Female sexual behavior in mice is controlled by kisspeptin neurons* als drittgereihte Autorin firmierte und im *Journal of Biological Psychology* den Artikel *Hormons and the Riddle of Love* als Hauptverantwortliche publiziert hatte. Von der österreichischen Akademie der Wissenschaften wurde sie zur Nachwuchswissenschaftlerin des Jahres 2014 gewählt. *Wien heute* lud sie zum Fernsehinterview, und alle ernsthafteren Zeitungen brachten Reportagen zu ihrer Person. Nicht zuletzt nahm die Wiener Universität die sich türmenden Meriten zum Anlass, ihr die Junior-Professur am Institut für biochemische Verhaltensforschung anzubieten. Man konnte sagen, Regina hatte es geschafft.

Inmitten der Lawine erfreulicher Nachrichten fanden wir viel Zeit füreinander. Sie suchte Abstand von ihrer plötzlichen Prominenz. Ich suchte Beistand für die lauen Nächte. Frederik war in den USA, Drechsler konzentrierte sich auf seinen Sohn, und Ferhat ödete im Waldviertel herum. Ich sah dem

August zunächst mit Unbehagen entgegen. Doch auf Regina war Verlass. Wir gingen Pizza essen oder zum Fischgrillmeister unter der Franzensbrücke. Aus ihrem Inneren strömte Genugtuung, und die Kellner bedienten sie mit Ehrfurcht. Mit mir war sie liebevoll wie nie. Ich bat sie um Interpretationen dessen, was unterm Feigenbaum geschehen war.

»Er hat nichts, und du hast alles. Auf dieser Basis gibt es keine austarierte Liebe. Du kannst ihm sein Verhalten übelnehmen, musst du aber nicht.«

»Ist er überhaupt schwul?«

»Welches Indiz kann dir Gewissheit geben? Welche Fakten machen seine Erektionen schwul? Möchtest du wissen, was er fühlte, als er in deinem Mund herumgestochert hat? Würde dir das helfen? Was hast denn du damals gefühlt, als du bei mir warst?«

Das peinliche Erlebnis, mit dem unsere Bekanntschaft begonnen hatte, war längst ein Segen. Regina und ich verbrachten nicht nur die Sommerabende gemeinsam, wir teilten anschließend auch das Bett. Wir lagen ungezwungen nebeneinander, entweder bei ihr oder bei mir, und freuten uns beim Einschlafen auf das Frühstück.

Anfang September kehrten die Urlauber zurück, und Regina organisierte eine Feier. Sie lud Freunde und Kolleginnen ein, dazu uns Nachbarn. Die Party sollte um sechs beginnen. Sie dachte, Drechsler damit entgegenzukommen, den abends oft die Erschöpfung niederstreckte. Ein Grieche lieferte Oliven, Käse, Salate, Tsatsiki und Fladenbrote. Dazu gab es Wein, Bier und Metaxa. Die Wohnung füllte sich bis in den letzten Winkel, und bald herrschte allgemeine Ausgelassenheit. Größten Anteil daran trugen die Laborkollegen und -kolleginnen. Man merkte indes, dass Regina ihre Chefin war. Kein Witz ging je zu weit, und zwischen den Späßen wohnte unverhohlener Respekt. Ich hatte sie noch nie so schön gesehen. Sie trug ein schwarzes Sommerkleid, dazu rote Schuhe und eine rote Perlenkette.

Drechsler konnte sich nicht sattsehen an ihr. Er saß mitten unter den Gästen, genoss das Durcheinander und ließ die Hausherrin nicht aus den Augen. Ferhat hatte ihm eine Ayrton-Senna-Kappe besorgt. Sie verlieh ihm ein lausbubenhaftes Aussehen und kaschierte den kahlen Schädel. Er wirkte entspannt, woran vermutlich auch Reginas Hanfkekse ihren Anteil hatten. Frederik, der seit seiner Rückkehr aus den USA strahlte wie eine Lampe, saß neben Drechsler. Regina stolzierte zwischen den Grüppchen hin und her und wechselte hier ein Wort und da eins. Hielt sie bei Drechsler, hielt dieser unverzüglich inne. Er sah zu ihr auf und wiederholte die immer gleichen Komplimente.

Ferhat, der sich bei der Feier erstmals wieder in Wien blicken ließ, saß etwas abseits. Er war für die Musik zuständig und bediente den Laptop. Ich versuchte ihn hochmütig zu ignorieren. Es gelang mir überhaupt nicht, und ich setzte mich zu ihm: »Na, wie geht's?«

»Jetzt geht es mir besser. Ich habe Angst gehabt, dass du nicht mehr mit mir redest, weil du mich hasst.«

»Warum sollte ich dich hassen?«

»Du weißt schon, warum.«

»Ich weiß, dass du ein Idiot bist. Ich hasse dich nicht. Ich liebe dich, das ist mein Schlamassel.«

Er lächelte. Natürlich entgegnete er nichts. Wo wir Worte und Sätze hatten, hatte er ein gesenktes Antlitz und einen verschmitzten Mund.

»Hat Regina es dir erzählt oder Shirin?«, er spielte eine neue Playlist ab und lehnte sich zurück.

»Was meinst du?«

»Dass ich übermorgen weggehe.«

Weder Regina noch Frau Kord hatten mit mir darüber gesprochen.

»Wohin gehst du? Wieder ins Waldviertel?«

»Was redest du!? Wenn ich noch einmal ins Waldviertel muss, hänge ich mich auf. Nein, ich gehe nach Griechenland. Wir haben alles organisiert. Ich kann mit Reginas Onkel im Lastwagen mitfahren.«

»Wie bitte? Was machst du denn in Griechenland?«

»Der Onkel von Regina lebt in Thessaloniki. Er handelt mit Öl und Zitronen. Von Thessaloniki nehme ich den Zug nach Athen. Ich kann bei Reginas Großeltern bleiben. Dort sind viele Flüchtlinge, sehr viele. Es sind tausende oder zehntausende. Viele kommen aus Erbil. Ich will mich nützlich machen und etwas tun. Vielleicht fahre ich mit dem Schiff nach Antalya und von Antalya nach Efrin. Shirin hat mir Geld gegeben. Hauptsache, ich kann endlich weg.«

»Wieso willst du unbedingt weg?«, ich versuchte so gelassen als möglich zu reagieren.

»Weil ich es hier nicht mehr aushalte. Ich mag nicht, wie es hier ist. Alles ist so schwer und kompliziert. Hier gibt es keine Lebensfreude. Hier lachen die Menschen nur, wenn sie betrunken sind, und deshalb trinken sie so viel. Manche sind von außen nett. Aber innen drinnen sind sie komplett kaputt. Viele haben schlechte Absichten.«

In mir begann es zu rumoren. Ich nahm jedes Wort persönlich, und am liebsten wäre ich aufgestanden und gegangen. Ferhat bemerkte, dass mich seine Ausführungen verletzten.

»*Du* willst immer reden. Jetzt siehst du, was dabei herauskommt. Ich habe nicht dich gemeint, ich schwöre! Du bist der Beste. Du und Freddy, Shirin, Drechsler und Regina. Ihr seid tausendmal besser als die Menschen in Erbil, Ankara oder Kuala Lumpur. Wären alle Leute so wie ihr, dann wäre Wien die schönste Stadt der Welt. Dann würde ich mein ganzes verficktes Leben lang hierbleiben.«

Er hielt den Kopf starr auf den Boden gerichtet. »Gewisse Sachen kann ich nicht sagen, nicht auf Deutsch und nicht auf Kurdisch, nicht auf Türkisch oder Arabisch. Ich komme aus einer anderen Welt. Du musst mir glauben. Ich küsse deine Augen. Ich liebe dich wie meine Augen.«

Drechsler hatte sich von hinten angeschlichen. »Was für eine Party! Geh, Feri, legst du mir ein Lied auf?«

Er senkte sich über unsere zerknirschten Gesichter. Wahrscheinlich hatte er uns beobachtet. Sicher fühlte er sich dafür verantwortlich, dass kein Wölkchen Reginas Feierhimmel trübte. Ich beherrschte mich, wie üblich, und schluckte den Sturm mit aller Kraft hinunter. Ferhat fügte Drechslers Musikwunsch in die Playlist ein, Regina, Shirin und Frederik gesellten sich zu uns. Regina hatte eine Champagnerflasche in Händen, Frederik sechs Gläser.

»Auf unsere gute Nachbarschaft!«

Drechsler schüttelte baff den Kopf: »Champagner in der Genossenschaft! Wer hätte das gedacht!«

Er nahm einen Schluck und setzte sich in einen Fauteuil. Reginas Boxen waren nicht die besten, aber Ferhat und ich bekamen mit, wovon Drechslers Musikwunsch handelte. *I was born by the river and just like the river, I've been running ever since … It's been too hard livin', but I'm afraid to die … I went to my brother and I asked him: Could you help me, please? He said: I'd like to but I'm not able.* Der Refrain, *A change is gonna come*, milderte nichts. Ich wusste nicht, wie weit Ferhats Englischkenntnisse reichten. Aber auch er verstand, was neben uns im Gange war. Wir rückten enger zusammen und wagten kaum, zu Drechsler hinüberzusehen. Er sank tiefer und tiefer in den Fauteuil. Nur bei flüchtigem Hinsehen hielt man ihn für einen Partygast. Er hatte die Ayrton-Senna-Kappe über die Stirn gezogen und schwenkte das Champagnerglas. Er hielt die Augen geschlossen. Er war nicht mehr auf der Party, sondern in Aretha Franklins schmerzhaftem Lied.

Der dritte Mieter im sechsten Stock verkaufte seine Genossenschaftsanteile. Wie versprochen konspirierte Drechsler, und Frederik bekam die Wohnung angeboten. Sie lag südseitig, verfügte über ein potenzielles Kinderzimmer und einen Balkon. Freddy nahm sie trotz Renovierungsbedarfs. Jahrelang hatte er Geld gespart, weil er bei Yasmina wohnte. Jetzt wollte er selbst für eine Wohnung sorgen und ließ die Handwerker ein und aus marschieren. Regina beobachtete den Verkehr im Stiegenhaus und verglich ihn mit einem Webervogel. Die männlichen Webervögel, so dozierte sie, beeindrucken die Weibchen mit kunstvollem Nestbau. Sie stricken großartige Gebilde ins Gebüsch, um so die weibliche Gunst auf sich zu locken. Frederik strickte nicht selbst und delegierte die Arbeit. Im Reich der Tiere hätte er damit sicher niemanden beeindruckt. Doch Regina hatte recht. Kaum waren die Zimmer gestrichen, das Badezimmer verfliest und die Küchengeräte angeschlossen, schickte er mit seinem neuen Smartphone hunderte Fotos nach San Francisco.

Frederiks Urlaub war nicht umsonst gewesen. Yasmina und er hatten sich wiedergefunden, und wirklich finden heißt bekanntlich wiederfinden. Sie hatten miteinander geredet und sich geliebt, laut Frederik an manchen Tagen mehrmals. Yasmina wollte in San Francisco bleiben. Zum ersten Mal fühlte sie sich als Ärztin ernst genommen. Über Weihnachten planten sie ein Treffen in Lissabon. Überdies bestanden zwischen dem AKH Wien und der UCSF vielfältige Kooperationen, und Frederik bemühte sich um ein Austauschsemester. Parallel dazu bereitete er, ganz Webervogel, ein Nest in Wien.

Wir befanden uns in Aufbruchsstimmung. Ich dachte weniger an Ferhat und nahm mir wie ein Beamter vor, einmal im Monat die Schwulenbar aufzusuchen. Regina bestärkte mich darin und versprach sogar, mich hin und wieder zu begleiten. Frederiks Wohnung nahm Gestalt an. Das Bohren, Spachteln und Hämmern vertrieb den letzten Blütenstaub des Sommers. Bald wurden Möbel geliefert, leuchtende Teppiche, glänzende Armaturen und ein riesiges Bett. Mein Schulbetrieb ratterte wie am Schnürchen, und die Oktobersonne bereitete milde Tage. Drechsler half, wo immer er konnte. Er sperrte den Handwerkern die Wohnung auf und sah nach dem Rechten, wenn Frederik und ich nicht da waren. Er freute sich mit uns und genoss den frischen Wind im sechsten Stock. Der Tod holte ihn mit einem Handstreich. Ende Oktober ging er zur Chemotherapie, routiniert und bestens vorbereitet. Ein septischer Schock zwang ihn auf die Intensivstation. Die Leber, die Lunge, die Nieren und das Herz quittierten den Dienst, ehe Drechsler ein Wort sagen konnte. Er starb vor Sonnenaufgang zwischen Maschinen, umringt von Personal, das sich erschöpft die Augen rieb.

Aus medizinischer Sicht kam sein Ableben nicht überraschend. Aber im alltäglichen Licht eines Mittwochvormittags hob uns die Nachricht aus den Angeln. Bis zum Begräbnis versuchte ich die Verzweiflung abzuwehren. Als wir vom Zentralfriedhof in die Laimgrubengasse zurückkehrten, setzte ich mich an den Küchentisch und stand nicht mehr auf. Ich ließ mich für zwei Wochen krankschreiben, aus psychischen Gründen, wie der Arzt dezidiert feststellte. Er riet mir, einen Therapeuten aufzusuchen. Dafür hatte ich jedoch keinen Nerv. Therapeutischer Schmus und versöhnliche Flötentöne waren das Letzte, was ich gebrauchen konnte. Am hilfreichsten war, auf Erikas Sofa zu liegen und jede Bewegung zu vermeiden. Nach Tagen, in denen ich ausschließlich Drechsler fixierte und die Ungerechtigkeit des Todes, wandelten sich meine Gedanken. Ich attackierte mich selbst und verachtete den Kerker meiner sinnlosen Subjektivität. Mein Leben erschien mir eine verkrampfte Sukzession von Belanglosigkeiten, ein lächerliches Kreisen um ein Nichts.

Zum Glück wurde ich nicht in Ruhe gelassen. Frederik verbrachte jede freie Minute mit mir und schlief erneut in meinem Bett. Hatte er Dienst, rief er nahezu stündlich an. Er machte keinen Hehl daraus, mich rund um die Uhr zu beschützen. Meine Eltern kamen vorbei. Mein Vater wechselte den Dunstabzug und die lockeren Scharniere der Einbauküche. Meine Mutter kochte Eintöpfe und putzte die Dachfenster, außen und innen. Frau Kord brachte abends Tee, dazu die neuesten Nachrichten von Ferhat aus Athen und Erbil. War niemand da, vertrieben die Hausgeräusche die Stille. Die Fahrstuhlkabine ratterte. Die Wasserrohre pfiffen, und drüben knarzte der Parkettboden. Drechslers Sohn, Fabian, bezog einen Tag nach dem Begräbnis die Wohnung. Der Umzug war seit Monaten geplant. Fabian wollte in der Laimgrubengasse bleiben, bis er in Wien eine Anstellung gefunden hatte. Im August hatte ich ihn kaum beachtet, weil ich Ferhat liebte und verblendet durch die Tage ging. Jetzt war es schmerzhaft und doch irgendwie tröstlich, dass Tür an Tür die Klospülung rauschte, als wäre nichts geschehen.

Mitte November schnappte mich Regina für einen Sonntagsausflug. Nach dem Frühstück fuhren wir nach Stammersdorf, wo sie jeden Strauch und jeden Feldweg kannte. Über einem Weingarten setzten wir uns in die Sonne.

»Bist du noch sehr traurig?«, fragte sie.

Wir hatten bislang vermieden, darüber zu sprechen. Mir schossen Tränen in die Augen. Ich wusste nicht, warum mich Drechslers Tod so fertigmachte. Neben dem schieren Vermissen, das uns alle quälte, gab es etwas, das ich schwer auf den Punkt bringen konnte. Am ehesten war es Mitgefühl. Ich versuchte es Regina zu erklären. Sie hörte zu, dann ergriff sie das Wort: »Ich bin eine der besten Biologinnen in diesem Land. Ich meine das nicht arrogant, sondern realistisch. Ich kenne das Fach, ich kenne meine Kollegen. Manchmal bohren wir einer Maus die Schädeldecke auf. Das klingt furchtbar, und in gewissem Sinne ist es das auch. Aber, du kannst mir glauben, wir vergießen keinen Tropfen Blut zu viel. Ich achte darauf. Wer schlampig arbeitet und unnötig Schmerzen zufügt, wird hinausgeschmissen. Die Leute, die sich über uns empören, sind bigotte Spießer. Sie verdammen das Labor. Aber gegen Schnitzel und Hühnerkebap haben sie nichts. Bei der kleinsten Krankheit sind sie die Ersten, die um Tabletten betteln. Wie und wo die Wirkstoffe geprüft wurden, ist ihnen egal. Ich sehe die Welt immer mehr wie Shirin, wir sind Freundinnen.

Die Phrasenhaftigkeit dessen, was die Leute in die Luft blasen, ist am schwersten zu ertragen. Meine Mutter ist für den legalen Schwangerschaftsabbruch auf die Straße gegangen, in Griechenland und in Österreich. Sie hat mir erklärt, wie die Kinder auf die Welt kommen. Sie hat mir eingetrichtert, dass es keine Schande gibt. Das Wort Schande hat in der Natur keinen Sinn. Trotzdem war es furchtbar. Erst wenn man eine Wahrheit selbst verkörpert, wird sie wirklich wahr.

Erst wollte ich es Drechsler nicht verraten. Aber er hat keine Ruhe gegeben wegen seiner Verliebtheit. Ich habe ihm gesagt, dass die Romanze zu Ende ist. ›Du hast mich geschwängert!‹, habe ich gesagt. Meine Ausdrucksweise hat ihn schockiert. Sie hat ihm vor Augen geführt, dass er aktiv daran beteiligt war. Dann hat er, glaube ich, Stolz empfunden. Dann hat er zu träumen begonnen. Die Träume habe ich sofort abgewürgt. ›Wie stellst du dir das vor? Wir sollen die nächsten zwanzig Jahre Eltern werden? Ich soll meinen Beruf an den Nagel hängen? Wegen einer Nacht?‹ Die Klinik war ein Albtraum. Die Möbel aus Biokiefer. In der Luft Lavendel-Öl. Die Kosten eine Frechheit. Ich habe 590 Euro bezahlt, selbstverständlich ohne Beihilfe der Krankenkasse. Ich habe mich geschämt und mich geschämt, dass ich mich schäme. Schwangerschaftsabbruch sollte nicht in pastellfarbenen Privatpraxen irgendwo in Döbling stattfinden. Das ist absurd.

Ich habe Drechsler nicht mehr in die Augen sehen können. Mein ganzes Leben ist mir das nicht passiert. Ich glaube, es war sein Alter, das mich abgelenkt hat. Außerdem war er ein hervorragender Liebhaber. In einem Anfall instinktiver Blödheit dachte ich, dass er mit 62 oder 63 zu alt dafür ist. Aber die Biologie ist unerbittlich. Ein unachtsamer Moment zwischen Wachen und Schlafen, schon braut sich das neue Leben zusammen. Ich habe mich geärgert, über Drechsler und über mich. Aber am meisten geärgert habe ich mich über die Primitivität unserer Kultur. Lieber bewirft sie eine Frau mit Schande, als solidarisch Verantwortung zu übernehmen. Am Ende ist man allein damit. Die Männer, wenn sie nett sind, beschränken sich aufs Moralisieren. Sie haben fix die große Theorie, die dich ungefragt miteinschließt, obwohl sie dich eigentlich ausschließt. An dem hässlichen Tag warst du mein einziger Lichtblick. Du hast nichts gefragt und sogar dein Bettzeug für mich gewaschen. Dafür danke ich dir, und dafür liebe ich dich.

Er bekam die verdammte Diagnose. Ich konnte ihm nicht mehr böse sein, und plötzlich hat er mir leidgetan. Ich verstehe gut, wenn du von Mitgefühl sprichst. Auch ich habe für Drechsler Mitgefühl empfunden. Aber Mitgefühl ist Gift für die Liebe und für die Erotik sowieso. Er hat mir leidgetan, und ich konnte ihn nicht mehr begehren. Er hat das gespürt, und es war sicher eine Schmach für ihn. Trotzdem ist Mitgefühl das ehrbarste Gefühl zwischen uns Lebewesen. Wir teilen es mit vielen Tieren, zum Beispiel mit Affen, Elefanten oder Delfinen. Wahrscheinlich spüren sogar Hühner Mitgefühl. Es beweist, dass man mit den anderen verbunden ist. Nur Ideologen machen Mitgefühl verächtlich. Sie setzen ihm Ironie entgegen oder das Gesetz. Daran kannst du sehen, dass sie Ungeheuer sind.«

Zorn und Tränen mischten sich auf ihrem Gesicht. In den Wolkenkratzern auf der Donauplatte spiegelte sich das Licht. Ringsum roch es nach feuchten Blättern und geackerter Erde. Irgendwo blökten sogar Schafe.

»Ich weiß, wann eine Blastozystenhöhle entsteht. Ich weiß, wann der Uterus zu wachsen beginnt. Ich liebe Kinder, und ich wünsche mir Kinder, so wie du. Aber mit Drechsler wollte ich kein Kind, verstehst du? *Bios* ist Griechisch und bedeutet Leben. Manchmal entnehme ich einer Maus die Eierstöcke. Aber ich tue das, weil ich das Leben liebe. Weil ich wissen möchte, wie es entsteht. Ich bin nicht religiös, und moralisch bin ich schon gar nicht. Aber in mir ist eine Verbindung zum Leben, die damit nichts zu tun hat. Sie kommt aus einer Zeit, als ich Nachmittag für Nachmittag hier am Bisamberg herumgelaufen bin. Ich habe viel geweint. Irgendein Kind schimpfte mich fette Sau oder Kanakin. Zwischen den Mohnblumen, den Ameisen und den Hagebutten haben die Tränen aufgehört. Ein Falke riss einen Hasen oder ein Eichhörnchen. Die Natur ist alles andere als nett. Aber sie beleidigt nicht. Sie verachtet nicht. Niemand muss sich schämen.«

Sie legte ihren Kopf auf meinen Schoß. Wir blieben lange sitzen, und ich begann zu träumen, so wie Drechsler.

Im Winter und im Frühjahr lernten Frederik und ich hauptsächlich Englisch. Wir hörten R.E.M, Guns n' Roses und Radiohead. Die berühmte Zeile *I wish I was special, but I'm a creep* schien Freddy ein gelungenes Stück Philosophie. Anfang April brachte ich ihn zum Flughafen. Wir umarmten uns, und er versprach, mit Yasmina zurückzukommen.

Es folgte ein außergewöhnlicher Sommer. Zunächst senkte sich eine Hitze über Wien, wie man sie noch nie erlebt hatte. Nachmittags zeigten die Thermometer vierzig Grad. Die Blumenrabatten verdorrten, alles Erdreich erstarrte zu Staub, und über dem Asphalt zitterten Luftspiegelungen. Wer konnte, fuhr aufs Land hinaus. Fabian und ich besorgten uns Ventilatoren, denn das Öffnen der Türen brachte keinerlei Linderung mehr. Das Haus zu meiden war die beste Möglichkeit, dem Brutkasten der Mansarde zu entkommen.

Dazu kam noch eine Ungewöhnlichkeit. Anfangs hielt man die Fremden für Touristen. Sie gruppierten sich vorzugsweise um den Westbahnhof, und mit Fortgang des Sommers wurden sie immer mehr. Sie streuten auf die Mariahilfer Straße, in die angrenzenden Grünanlagen, und einige von ihnen lagerten, umringt vom achtspurigen Großstadtverkehr, auf der vertrockneten Rasenfläche vor dem Urban-Loritz-Platz. Das Phänomen trat in den öffentlichen Diskurs und wurde unter dem Stichwort »Welle« rubriziert. Frau Kord und ich hielten uns direkt an Ferhats Informationen. Er berichtete täglich davon, was sich in Piräus und in der Türkei abspielte. Im Südosten Europas befanden sich hunderttausende Menschen auf der Flucht. Ferhat hatte in Athen Arbeit gefunden. Er heuerte bei einem griechischen oder türkisch-griechischen Reeder an. Worin seine Tätigkeit genau bestand, darüber konnte oder wollte Frau Kord keine Auskunft geben.

Das Schönste an der sogenannten Welle war, dass sie Abend für Abend in die Schwulenbar schwappte. Vielversprechende Gesichter mischten sich unter die Stammgäste. Niemand hatte das Geringste dagegen einzuwenden. Die unverstellte Warmherzigkeit des Ambientes sprach sich rasch herum. Mitte August war die Gästeschar so angewachsen, dass man sich einbilden konnte, nicht mehr in Wien, sondern in Sodom in der Levante zu sein. Abend für Abend steigerte sich die Übergeschnapptheit der einströmenden Individualitäten. Es war unmöglich zu sagen, woher die Menschen kamen. Die Sprachen waren mir unbekannt, das Aussehen schwer auf einen Nenner zu bringen. Ihre Schönheit war hingegen offensichtlich. Sie zeigten sich lebensdurstig und liebeshungrig. Manche präsentierten sich über jedes Maß hinaus geschminkt, andere so gut wie nackt. Alte Bekannte trudelten ein, zum Beispiel Sezgin oder Nariman und Mehmet. Yunis und Metham ließen sich ebenfalls blicken. Ihre Auftritte waren mondän. Sie verschickten Kusshände, fächerten sich unter die Lederröcke und posierten wie Marilyn Monroe. Sie stöckelten unverzüglich auf mich zu. Wir küssten uns links und rechts und tranken einen Tequila auf Ferhats Gesundheit. Ab zwei Uhr morgens platzte die Bar aus allen Nähten. Man tanzte auf den Tischen. Es kam zu Schlägereien, und überall wurde geschmust. Auch ich schmuste, und hie und da kam es zu mehr als schmusen, Gott sei Dank.

Ich war so hingerissen, dass ich nichts anderes mehr tat, als in die Schwulenbar zu gehen. Eigentlich hätte ich zu Frederik und Yasmina nach San Francisco fliegen sollen. Wir hatten vereinbart, dass ich sie im August besuchte. Aber ich besorgte mir kein Visum und buchte keine Flüge. Ich machte mir nichts aus San Francisco, denn nirgendwo konnte es schöner sein als in der Schwulenbar. Die Euphorie fand bald ein Ende. »Kultur« wurde zum rhetorischen Schutzpanzer des Bürgertums. Man forderte Grenzen, Zäune und Absperrgitter und träumte feucht von Homogenität. Bald trieben Medien und Politiker die geflüchteten Menschen wie Säue durchs Dorf. Flucht wurde zur Frechheit erklärt, und der Staat schaltete auf Sterilität. Doch in der Augusthitze wussten wir davon noch nichts. Wann immer möglich, nahm ich Regina mit ins Getümmel. Wie nicht anders zu erwarten, liebte sie die Bar. Ich liebte Regina, und wir verbrachten tropische Nächte.

DANK AN

Christian Wallmüller, Catarina Strassl, Elisa Rivelles, Thomas Juffmann, Sara Wolf, Tobias Riepl, Anna Obenauf, Mahdi Sharifi, Amin Maalouf und Pedro Almodóvar,

Hanaa (Alexandria), Hanaa (Kairo), Yasi, Sharam, Hanan, Dina, Heda, Eliza, Zachra, Malika, Sahel, Bafrin, Nasrin, Hasti, Majeed, Emel, Cristina und Neda,

meine Familie.